KB090515

나의
첫
여름

자연과 인간 13

존 뮤어

나의 첫 여름

요세미티에서 보낸
1869년 여름의 기록

김원중·이영현 옮김

사이언스북스
SCIENCE
BOOKS

우주로 가는
가장 분명한 길은
야생의 숲을
통과하는 것이다.
— 존 뮤어

차례

일러두기

본문에 등장하는 길이나 거리 및 면적 단위들은
가독성을 위해 미터법으로 환산하지 않고
존 뮤어가 쓴 야드법 그대로 표기해 두었다.
대신 본문에 등장하는 단위들을 미터법으로 환산한 값을
아래에 표시해 두었다.

1갤런　　≒ 3.8리터

1로드　　≒ 5미터

1마일　　≒ 1.6킬로미터

1야드　　≒ 0.9미터

1에이커　≒ 4,047제곱미터

1인치　　≒ 2.5센티미터

1쿼트　　≒ 1.14리터

1파운드　≒ 0.45킬로그램

1피트　　≒ 30센티미터

위. 머세드 강, 호스슈 굽이

아래. 그릴리 제재소 근처 본(本) 숲의 가장자리

위. 머세드 강 북쪽 분기의 캠프

아래. 직경 8피트의 마운틴라이브참나무

사탕소나무

동료 인간을 관찰하고 있는 더글러스다람쥐

헤이즐 초원 아래 투올름 강과 머세드 강의 분기점

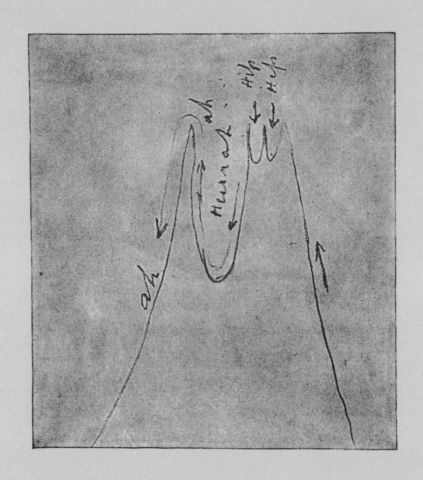

노스톰에서 노래하고 춤추는 메뚜기의 음대(音帶)

사우스돔 꼭대기에 있는 붉은전나무

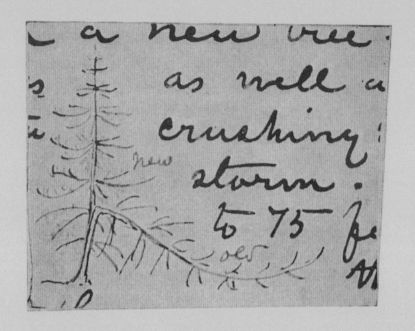

눈사태에 휩쓸려 부러진 소나무에서 새로운 가지가 자라는 장면

요세미티에 이르는 돔 샛강

테나야 협곡에 있는 노간주나무

투올름 강 상류에 위치한 해발 9,500피트의 빙하 초원

위. 모노 호수와 원뿔 화산

아래. 가장 높은 모노 원뿔 화산

가장 높은 곳에 위치해 있는 수원지 중 하나

위. 다나 산 근처 빙퇴석이 흩뿌려진 해발 1만 피트의 빙하 초원

아래. 커시드럴 봉우리의 전면

투올름 계곡 윗부분의 모습

양 떼를 몰고 산기슭을 넘어

캘리포니아 주의 광대한 센트럴 계곡(Central Valley)에는 봄과 여름 두 계절만이 있다. 봄은 통상 11월에 쏟아지는 첫 폭풍우와 더불어 시작되고 몇 달이 지나지 않아 아름다운 꽃과 식물들이 만발한다. 그러나 5월 말이 되면 꽃과 식물들은 마치 오븐에 구운 것처럼 시들고 말라 바싹바싹해진다.

그러면 사람들은 축 늘어져서 숨을 헐떡거리고 있는 양 떼와 소 떼를 시에라 산맥(Sierra Mountain)의 높고 선선한 푸른 초지로 몰고 간다. 이때쯤이면 나도 산에 가고 싶은 생각이 간절했지만 돈도 거의 바닥나 어떻게 식량을 계속 조달할지 염려스러웠다. 떠돌이들에게 아주 고통스러운 빵 문제를 걱정하며 궁리하다가 나도 돈이나 짐 걱정 없이 즐겁게 거닐고 산을 오르고 여기저기 씨앗과 열매, 여러 가지 것들에게서 먹을 것을 구하는 야생 동물처럼 사는 법을 배웠으면 좋겠다는 생각이 들었다. 그러한 때에 마침 양 떼의 주인이자 내가 몇 주간 일을 해 준 적이 있는 딜레

9

이니 씨가 목동과 함께 양 떼를 데리고 머세드 강(Merced River)과 투올름 강(Tuolumne River)의 원류까지 가지 않겠느냐는 제안을 해 왔다. 그런데 신기하게도 그곳은 내가 꼭 가 보리라고 마음먹던 지역이었다. 지난 여름 요세미티(Yosemite) 지역에서 그 보배를 맛본 터라 나를 그 산에 데려다 주기만 한다면 어떤 일도 받아들일 참이었다. 딜레이니 씨는 양 떼들은 눈이 녹으며 모습을 드러내는 숲 지대를 따라 차츰 높은 곳으로 이동해 갈 것이고 중간중간 적당한 곳에서 두세 주일씩 묵게 될 것이라고 설명했다. 이런 캠프 장소들을 거점으로 해서 반경 8~10마일 이내 여기저기를 돌아다니며 식물과 동물, 바위 등을 관찰하며 여러 가지를 배우기에 좋을 것 같았다. 딜레이니 씨는 내가 연구하고자 하는 일에 전념해도 된다고 분명하게 얘기했다. 그러나 아무래도 내가 그런 일을 하기에 전혀 적합한 사람이 아니라는 생각이 들어 나의 부족한 점을 그에게 솔직하게 늘어놓았다. 나는 고산 지대의 지형과 양들이 건너야 할 개울들, 그리고 양을 잡아먹는 야생 동물들에 전적으로 무지하다고 고백했다. 한마디로 곰과 코요테, 강과 협곡, 그리고 가시투성이의 관목을 만날 텐데 대처하는 법을 몰라 양 떼의 절반 혹은 그 이상을 잃어버릴까 봐 걱정이 된다고 말했다. 그러나 다행히도 딜레이니 씨는 이런 결점들을 대수롭지 않게 여기는 것 같았다. 중요한 일은 목동이 임무를 제대로 수행하는지 감독할 믿을 만한 사람을 캠프에 두는 것이라고 하면서 멀리서는 해결할 수 없어 보이는 난제도 일을 하다 보면 사라진다고 나를 안심시켰다. 그러면서 그는 양 떼를 돌보는 일은 목동이 다 알아서 할 것이고 나는 내가 하고 싶은 대로 식물과 바위 그리고 경관을 연구할 수 있으며, 게다가 자기가 첫 번째 야영장까지는 우리와 동행할 것이고 그 후로도 물품을 조달하고 우리가 잘 올라가고 있는지를 살펴보기 위해 때때로 야영장을 방문하겠다며 용기를 북돋았다. 그래서 가기로 결정했다. 그러나 몇 마리인지를 확인하기 위해 목장 우리의 좁은 문을 뛰쳐나오는 멍청한 양들을 보면서 저 2,050마리 중에서 많은 녀석들이 못 돌아올 수도 있다는 염려를 떨쳐 버릴 수 없었다.

근사한 세인트버나드를 데려갈 수 있어 다행이었다. 그 개 주인은 나와 좀 아는 사이였는데 내가 여름을 시에라 산맥에서 보낼 것이라는 소식을 듣자마자 찾아와 자기의 애견 카를로도 데려가 달라고 간청했다. 그 개가 어쩔 수 없이 여름을 평원에서 보내게 되면 혹서를 견디지 못해 죽을까 봐 걱정이라고 말했다. 그는 "자네가 저 개를 잘 돌봐 주리라 믿네. 저 녀석도 자네한테 도움이 될 걸세. 저 개는 산짐승들을 다 잘 알고 있고 캠프를 지키며 양 모는 일을 도와줄 걸세, 모든 면에서 충실하고 유용할 거야."라고 말했다. 카를로는 우리가 자기 얘기를 하고 있는 것을 아는 듯이 우리 얼굴을 살피며 하도 진지하게 경청해 이 녀석이 우리가 하고 있는 말을 이해할지도 모른다는 생각이 들었다. 녀석의 이름을 부르며 나와 함께 가겠느냐고 물었다. 아주 똑똑해 보이는 눈으로 내 얼굴을 응시하더니만 주인에게로 고개를 돌렸다. 주인이 작별의 표시로 토닥거리며 나를 향해 손을 저어 허락하자 마치 무슨 말이 오갔는지를 완전히 이해하고 있고 나를 전부터 잘 알고 있던 것처럼 얌전히 따라왔다.

1869년 6월 3일

오늘 아침에 식량과 야영용 취사도구, 담요와 식물 압착기 등을 짐말 두 마리에 나눠 실었다. 양 떼는 황갈색 산기슭을 향해 출발했고 우리는 먼지 구름에서 멀찌감치 떨어져 어슬렁어슬렁 걸어갔다. 짐말을 끄는 삐쩍 마르고 키가 크며 옆모습이 돈키호테처럼 예리하게 각진 딜레이니 씨, 당당한 양치기 빌리, 처음 며칠간 덤불이 많은 산기슭에서 양 모는 일을 도와줄 중국인과 디거 인디언(digger Indians, 미 서부 지역에 살던 원주민으로 식물의 뿌리를 캐어 먹고 산 데서 나온 이름이다.—옮긴이), 그리고 허리띠에 공책을 매달은 나, 이렇게가 일행이었다.

우리가 출발한 목장은 금맥을 품은 변성 점판암으로 된 산기슭이 센트럴 계곡의 퇴적층 아래로 경사져 들어가 있는 프렌치 사주(砂洲, French Bar) 근처 투올름 강의 남쪽에 위치하고 있다. 1마일도 채 못 가서 나이 든 선도(先導) 양 몇 마리가 작년 여름에 풀을 뜯어 먹은 고산 지대의 초원이 생각난 듯 앞을 바라보며 열심히 뛰어갔다. 곧 온 양 떼가 희망으로 들떴다. 어미 양은 새끼들을 부르고 새끼 양은 희한하게도 사람 같은 목소리로 대답을 했는데, 다정하면서도 떠는 듯한 울음소리가 한 입 가득 급하게 물

나의 첫 여름

어뜯은 마른 풀 때문에 이따금 끊겼다. 양들이 언덕을 넘어가며 매-매 하고 우는 소리 때문에 천지가 시끌벅적했지만 어미 양과 새끼 양은 서로의 목소리를 알아들었다. 숨 막힐 듯한 먼지 속에서 반쯤 잠들 정도로 지친 새끼 양이 대답을 못하면 어미 양은 마지막으로 새끼 소리를 들었던 곳까지 양 떼를 가로질러 달려와 우리 눈과 귀에는 다 같아 보이는 1,000마리 중에서 하나밖에 없는 자기 새끼를 찾고서야 겨우 안정을 찾았다.

양 떼는 한 시간에 1마일 정도의 속도로 이동했다. 밑변이 약 100야드, 높이가 약 150야드 정도의 불규칙한 삼각형 모양을 이루며 나아갔는데 "선발대"라 불리는 가장 튼튼한 마초 징발 대원들로 구성된 꼭짓점이 굽어지며 항상 변했다. 이 선발대들은 "본대"의 울퉁불퉁한 측면을 따라 흩어진 녀석들 중 가장 활발한 양들로 풀과 나뭇잎을 찾아 바위와 덤불 구석을 조급하게 뒤지고 다녔다. 새끼 양들과 뒤에서 꾸물거리고 있는 늙은 어미 양들은 "후미"라 불렸다.

정오가 되자 열기가 참을 수 없을 정도였다. 불쌍한 양들은 애처롭게 숨을 헐떡이며 나무 그늘마다 멈추려 했고 우리는 비록 지금은 시야에 들어오지 않지만 이글거리는 햇빛 사이로 눈 덮인 산과 개천이 있는 쪽을 애타게 응시했다. 여기저기 튀어나온 점판암 덩어리와 울퉁불퉁 튀어나온 덤불과 나무들을 제외하면 너울거리는 산기슭이 눈에 보이는 풍경 전부였다. 나무는 대부분 푸른참나무(blue oak, *Quercus Douglasii*)였는데, 키가 30~50피트 정도 되고 잎이 연한 청녹색이며 나무껍질이 흰색이었다. 가장 얕은 표토나 초원의 화재가 닿을 수 없는 바위 틈새에 듬성듬성 심겨 있었다. 이끼로 덮인 예리한 널판 모양의 점판암이 곳곳에서 황량한 묘지에 서 있는 비석처럼 황갈색 풀 사이를 뚫고 솟구쳐 올라와 있었다. 참나무와 만자니타(manzanita), 케아노투스(ceanothus) 네다섯 종을 제외하면 산기슭의 초목은 평원과 거의 차이가 없었다. 이른 봄에 이 지역에 와 본 적이 있는데 그때는 새와 벌 그리고 꽃들이 가득한 아름다운 정원이었다. 그러나 지금은 땡볕 더위에 모든 것이 황량해졌다. 땅은 쩍쩍 갈라지고 도마뱀들이 바위 위를 미끄러져 다녔다. 열기에 수없이 많은 개미들의 작은 생명의 불꽃이 더 붉게 타올랐는데, 먹이를 모으고 싸우기 위해 길게 열을 지어 달릴 때도 억누를 수 없는 생명력으로 몸을 심하게 떨고 있었다. 이 같은 불볕에 몇 초간 노출되고서도 어떻게 저것들이 바싹 말라붙지 않는지 참으로 기이했다. 외진 곳에 방울뱀 몇 마리가 똬리를 틀고 있었지만 거의 눈에 띄지는 않았다. 보통 때는 아주 시끄러운 까치와 까마귀도 지금은 잠잠하다. 녀석들은 가장 그늘이 잘 드는 나무 바닥에 다른 새들과 섞여 부리를 넓게 벌리고 날개를 늘어뜨린 채 숨이 차서 소리조차 제대로 내지 못한다. 메추라기들 또한 미지근한 알칼리성 물웅덩이 주변 그늘을 떠나려 하지 않는다. 솜꼬리토끼(cottontail rabbit)들은 케아노투스 덤불 사이 이 그늘에서 저 그늘로 뛰어다니고 이따금씩 긴귀토끼(long-eared hare)가 넓은 공터를 우아하게 활보하는 것이 보인다.

한낮에 숲에서 잠시 쉰 후에 먼지에 목이 멘 가련한 양들을 몰고 덤불투성이의 언덕을 넘었으나 우리가 따르던 희미한 길이 가장 결정적인 곳에서 사라져 버렸다. 멈춰 서서 우리가 있는 곳이 어딘지를 알기 위해 사방을 두리번거렸다. 중국인은 우리가 길을 잃어버렸다고 생각하고서는 어설픈 영어로 "잔 막대기(관목 수풀)"가 너무 많은 것이 문제라고 중얼거렸고, 인디언은 통로를 찾으려고 말없이 파도치는 산봉우리와 협곡을 면밀히 살폈다. 가시투성이의 밀림을 헤치고 나오고서야 우리는 콜터빌 (Coulterville)로 향하는 길을 찾았고, 해 지기 한 시간 전까지 그 길을 따라가서야 건지(乾地) 목장에 도착해 밤을 보낼 천막을 쳤다.

산기슭에서 양 떼를 데리고 야영을 하는 것은 간단하고 어렵지 않지만 즐거운 것하고는 거리가 멀다. 사람들이 땔감을 모아 불을 피우고 요리를 하고 짐을 풀고 말을 먹이는 등의 일을 하는 동안 목동은 양들은 지켜보며 근처에서 무엇이든지 뜯어 먹을 수 있게 일몰 후까지도 내버려 둔다. 어스름이 내리면 양들을 야영장 주변 가장 높은 공터에 모으는데 거기서 양들은 서로 알아서 무리를 짓고 어미 양이 제 새끼를 찾아 젖을 먹이고 나면 모두 잠자리에 든다. 그러면 아침까지는 별 신경 쓸 일이 없다.

"먹읍시다."라는 소리가 저녁 먹을 시간을 알렸다. 각자가 양철 접시를 들고 냄비와 프라이팬에서 직접 음식을 덜어 먹으며 양 먹이, 코요테, 곰, 그리고 일확천금이 가능했던 좋았던 시절의 모험 등에 관한 얘기를 나누었다. 인디언은 마치 자신이 우리들과는 다른 종족에 속하는 양, 뒷전에 머물며 한마디 말도 하지 않았다. 식사가 끝나고, 개도 먹이고 나자, 담배 피우는 사람들은 불가에서 담배를 피웠다. 배불리 먹고 담배까지 피우자 마치 성인들의 얼굴에 어린 부드럽고 명상적인 빛처럼 거의 신성하다고 할 만한 고요가 그들의 얼굴에 깃들었다. 그러다 갑자기, 마치 꿈에서 깨어난 양, 모두가 한숨을 쉬거나 투덜거리며 담배 파이프 재를 털고 하품을 하며 몇 분 더 모닥불을 응시하더니만 "자 이제 텐트로 들어가야겠어."라며 곧장 담요 속으로 사라졌다. 모닥불은 한두 시간 더 연기를 피우며 깜박였다. 별이 밝게 빛났다. 너구리, 올빼미, 부엉이가 여기저기서 움직여 침묵을 깨고 귀뚜라미와 청개구리는 쉬지 않고 흥겨운 노래를 불러 댔는데, 이 모든 것이 너무나 조화롭고 충만하여 마치 밤의 일부인 양 느껴졌다. 누군가 코 고는 소리와 목에 먼지가 끼어 기침하는 양들의 소리만이 불협화음이었다. 별빛 아래에서 양 떼는 거대한 회색 담요처럼 보였다.

6월 4일

날이 밝자 야영장이 수선거렸다. 커피와 베이컨, 콩이 아침 식사였다. 얼른 설거지를 하고 짐을 꾸렸다. 해가 뜨자 사방에서 양들이 울기 시작했다. 어미 양이 일어나자마자 새끼 양이 껑충껑충 뛰어가 머리를 박고 아침을 먹었고, 1,000여 마리의 새끼들이 젖을 먹고 나자 양 떼가 흩어지며 꼴을 뜯어 먹기 시작했다. 식욕이 왕성해 안달이 난 숫양들이 제일 먼저 움직였지만 본대에서 감히 멀리 떠나지는 않았다. 빌리와 인디언 그리고 중국인이 양 떼를 그 지루한 길을 따라가도록 몰았는데, 4분의 1 폭 내에 머물면 눈에 띄는 얼마 되지 않은 풀을 먹도록 내버려 두었다. 그러나 우리보다 앞서 양 떼가 벌써 여러 차례 지나갔기 때문에 싱싱한 잎은 물론 마른 잎 하나 남아 있지 않았다. 그래서 우리는 그 굶주린 양 떼를 뜨거운 벌거숭이 언덕 너머 20~30마일 떨어져 있는 제일 가까운 초원으로 급히 몰고 가야만 했다.

늑대와 곰에 대비해 어깨에 묵직한 소총을 맨 돈키호테가 짐을 실은 말들을 끌고 갔다. 오늘도 첫날처럼 뜨겁고 먼지가 날렸는데, 완만하게 경사진 갈색 언덕들을 넘었다. 푸른참나무사이에 흩어져 있거나 작은 숲을 이루고 있는 이상하게 생긴 사빈소나무(Sabine pine, *Pinus Sabiniana*)를 제외하면 초목은 거의 비슷했다. 그 나무의 몸통은 15~20 피트의 높이에서 두 개 혹은 그 이상의 줄기로 갈라져 밖으로 뻗거나 거의 똑바로 자라는데 여기에서 여러 가지가 멋대로 뻗는다. 솔잎은 길며 회색인데 드리우는 그늘은 넓지 않다. 대충 보면 이 나무는 소나무라기보다는 야자수 같다. 솔방울은 대략 길이가 6~7인치이고 지름은 5인치 정도인데 아주 무겁고 땅바닥에 떨어진 후에도 오래가기 때문에 나무 밑바닥에는 솔방울이 가득하다. 이 솔방울은 송진이 들어 있어 캠프에서 내가 본 것 중 인디언 옥수수 낱알 다음으로 모닥불을 피우기에 좋은 땔감이다. 돈키호테는 디거 인디언들이 양식으로 쓰려고 이 나무의 열매를 대량으로 수집한다고 일러 주었다. 사빈소나무 솔방울은 개암(hazelnuts)만큼 크고 껍질도 단단한데, 한 열매가 식량으로도 그리고 신에게 바치는 불을 피우는 데도 사용되고 있는 것이다.

6월 5일

오늘 아침 느릿하게 흘러가는 구름처럼 움직이는 양 떼와 함께 출발한 후 몇 시간이 지나 우리는 피노블랑코 산(Pino Blanco Mountain) 옆구리에 위치한, 제대로 된 첫 단구(段丘)의 정상에 이르렀다. 사빈소나무가 아주 흥미로웠다. 그것들은 하늘 높이 뻗어 있고 기이할 정도로 야자수 같아서 나는 스케치를 하고 싶어 안달이 났고 제대로 스케치도 못하면서 흥분에 들떠 있었다. 남서 면에서 바라보는 피노블랑코 산 정상을 그런대로 괜찮게 그릴 수 있을 만큼 용케 머무를 수 있었다. 거기에는 아래로 흘러가다 길가 골짜기로 떨어지면서 멋진 폭포가 되는 개천이 흐르고 그 개천에서 물을 대어 쓰는 조그만 밭과 포도원이 있었다.

1,000피트 정도 고도를 올라온 데다 앞으로 보게 될 광경에 대한 기대감에 자연스럽게 일어나는 흥분에 젖어 이 첫 단구의 탁 트인 정상에 올랐다. 그러자 호스슈 굽이(Horseshoe Bend)라는 곳에 위치한 머세드 계곡의 광활한 지역이 시야에 확 들어왔다. 경탄을 금할 수 없는 야생 자연이 수천의 목소리로 노래하며 부르

는 듯했다. 앞부분은 소나무와 만자니타 덤불로——그리고 그것들 사이사이는 햇빛이 드는 공터였는데——수북하게 덮인, 가파르게 경사진 비탈이 대부분을 차지하고 있었다. 중간과 뒷부분에는 정교하게 빚은 언덕과 계곡이 겹겹이 자리하고 있었는데 이것들은 멀리서 보면 산 모양의 큰 덩어리로 솟구쳐 올라 있었다. 산들은 거의 대부분이 아데노스토마(adenostoma) 덤불로 덮여 있었는데, 덤불이 일정한 간격으로 너무나 촘촘하게 자라 있어 빈 터 하나, 나무 한 그루도 없이 마치 부드럽고 호화로운 플러시 천 같았다. 눈길이 미칠 수 있는 저 멀리까지 산들이 펼쳐져 있었는데 마치 스코틀랜드의 히스(heath) 언덕처럼 일정하게 계속 넘실거리며 파도치는 녹색 바다와도 같았다. 그 조각 같은 풍경은 윤곽만 아니라 세세한 부분도 정교하고 선명하며 두드러졌다. 거대한 산들이 장엄하게 모여 있는 사이로 강물이 반짝이며 흘렀다. 그 산들은 마치 변성 점판암에서 형성된 섬세한 주름과 능선이 공들여 사포질된 듯이, 뾰쪽한 바위 하나 없이 매끈하고 우아한 습곡으로 조각되어 있었다. 전체 풍경은 인간이 만든 가장 숭고한 조각품처럼 어떤 본을 따라 만들어진 것 같았다. 자연의 아름다움이 갖는 위력은 얼마나 놀라운 것인가! 경외감에 젖어 바라보면서 그것을 위해서는 모든 것을 버릴 수 있을 것 같다는 생각이 들었다. 그 형태와 바위, 식물, 동물, 그리고 멋진 기후를 만들어 낸 힘이 무엇인지를 추적하는 것이 나에게는 끝없이 즐거운 일일 것이다. 인간의 사고를 초월하는 아름다움이 저 아래, 위, 어디에나 창조되어 있었고 영원히 창조되고 있었다. 나는 먼지투성이의 양 떼와 짐말들이 시야에서 멀리 사라질 때까지 그것들을 보고 또 보며 열망하고 찬미하다가 서둘러 메모하고 스케치했다. 그러나 그 신성한 경관의 용모가 지닌 색과 선 그리고 표정이 내 가슴에 아로새겨져 결코 희미해지지 않을 것이기 때문에 메모와 스케치가 실상 필요한 일은 없을 것이다.

이 황홀한 날 저녁은 시원하고 고요하며 구름 한 점 없는데, 한 번도 본 적이 없는 번개 같은 것이 꽉 들어 차 있었다. 그것은 소위 '마른번개'라기보다는 위스콘신 주의 풀밭에서 몸을 잽싸게 떨어 대는 반딧불이처럼 나무와 덤불들 사이에서 빛나며, 흰구름처럼 덩어리진 번개였다. 말의 꼬리털이 쫙 펼쳐지는 것이나 담요에서 번쩍이는 불꽃만 봐도 공기가 얼마나 대전되어 있는지 알 수 있었다.

6월 6일

굽이치는 언덕 지대를 수없이 오르락내리락한 끝에 이제 우리는 피노블랑코 산맥의 고원 혹은 두 번째 단구라고 불릴 만한 곳에 이르렀는데, 그동안 식물군도 당연히 변했다. 탁 트인 공터엔 여전히 저지대 국화과 식물들이 많았는데, 나비나리(Mariposa tulip)며 백합과가 분명한 다른 식물들이 눈에 띄었다. 산기슭에서만 자라는 푸른참나무는 저 아래 지대에만 있어, 크고 멋진 캘리포니아참나무(Quercus Californica)가 그 자리를 대신 차지하고 있었다. 이

나무는 열편(裂片)이 있는 낙엽성의 잎과 멋지게 나뉜 줄기, 크고 넓찍하며 정교하게 갈라져서 아름다운 우듬지를 지니고 있었다. 이곳은 약 2,500피트 높이의 고지인데 우리는 서너 그루의 사탕 소나무(Sugar pine)를 제외하고는 노란소나무(yellow pine)가 대부분을 차지하는 거대한 침엽수림의 언저리에 와 있었다. 이제 우리는 산속에 있고 산은 우리 안에 있어 우리의 땀구멍 하나, 세포 하나하나를 채워 열정을 불러일으키고 모든 신경을 전율케 했다. 살과 뼈로 된 우리 육신의 장막(帳幕)은 유리처럼 투명하게 우리 주변의 아름다움을 비춰 주었다. 마치 우리가 아름다움과 떼려야 뗄 수 없는 한 부분이 된 듯 공기와 나무, 개울과 바위와 더불어 햇빛을 받으며 전율했다. 이 모든 것들이 자연의 일부로서 늙지도 젊지도 않고, 아프지도 건강하지도 않으며 영원불멸한 듯했다. 이렇게 되고 보니 땅이나 하늘에 의존해 사는 육체적 조건뿐만 아니라 음식이나 호흡에 의존하는 육체적 조건도 거의 망각할 지경이었다. 이 얼마나 완벽하며 유익하고 멋진 회심(回心)인가! 옛 속박의 기억이 거의 남아 있지 않아 그것을 기준으로 하여 옛 시절을 바라볼 수조차 없게 되었고, 이 새로운 삶 속에서 우리가 늘 살아온 듯하다.

소나무 숲 사이의 공터로 요세미티 위쪽 머세드 강 상류 주변의 눈 덮인 산봉우리들이 보인다. 푸른 하늘에 그려진 듯이 아니, 좀 더 정확히 말하면 푸른 하늘 속에 들어 있는 것처럼 그 봉우리들의 윤곽이 어찌나 또렷하고 가까워 보이던지! 그 봉우리들은 마치 푸른 하늘에 흠뻑 젖은 것 같았다. 그 산봉우리들의 초대는 정말 사무치도록 강렬했다. 내가 그곳에 발을 들여 놓는 것이 허용될까? 갈 수 있게 해 달라고 밤낮 기도하겠지만 그런 일은 너무나 멋져 실제 일어날 수 없을 것 같았다. 하나님을 위해 일할 수 있는 훌륭한 누군가가 가겠지만, 나도 할 수만 있다면 이토록 신성한 광야에서 기꺼이 종(種)들의 종이라도 되어 사랑의 기념비 같은 이 산속을 떠돌아야 할 것 같았다.

콜터빌 근처의 그늘진 아데노스토마 덤불에서 아디안툼 칠렌스(*Adiantum Chilense*)와 나란히 피어 있는 러블리나리(lovely lily, *Calochortus albus*)를 발견했다. 꽃잎의 기저(基底) 안쪽이 연자줏빛을 띠는 그 흰 꽃은 눈의 결정처럼 순수하고 지극히 인상적인 모습이었다. 보면 볼수록 그만큼 더 순결해지며 누구나 사랑할 수밖에 없는 성자(聖者) 같은 식물이었다. 아무리 거친 산악인도 이 꽃을 보면 얌전해진다. 다른 식물은 없고 이 꽃만 있다 해도 온 세상이 풍요로울 것 같다. 이런 꽃님들이 길가에 서서 설교를 하고 있으니 양 떼와 보조를 맞춘다는 게 쉬운 일이 아니다.

오후엔 위풍당당한 소나무들로 둘러싸인 멋진 풀밭을 지나갔는데 곧게 자란 노란소나무가 대부분을 차지하고 있었고, 군데군데 장대한 사탕소나무가 동료 종의 뾰족한 우듬지 위로 깃털 같은 가지를 뻗고 서 있어서 노란소나무와는 사뭇 대조가 되었다. 이 멋들어진 나무엔 15~20인치의 기다란 솔방울이 가지 끝에 술처럼 매달린 채 흔들리면서 멋진 장식 효과를 내고 있었다.

　　　　　　　　　　　　　　나의 첫 여름

그릴리 제재소에서 아직 켜지 않은 사탕소나무를 본 적이 있다. 지지하기 위해 몇 군데 돌출되어 있는 나무 밑동의 잘린 부위를 제외하고는 둥글고 일정해서 마치 선반(旋盤)에라도 넣고 돌린 듯했다. 달콤한 수액의 향긋한 냄새가 제재소와 재목 저장소에 그득했다. 다람쥐들이 잔치를 벌이곤 하는 사탕소나무의 발등 주변엔 가느다란 솔잎과 큼직한 솔방울, 깍지와 잣날개와 껍질 더미들이 수북이 쌓여 있어서 소나무 아래 땅바닥은 아름답기 이를 데 없었다. 다람쥐들은 나선형으로 붙어 있는 깍지들을 아래쪽 깍지부터 규칙적으로 잘라 내 잣을 먹는데, 깍지마다 밑부분에 잣이 둘씩 들어 있고, 솔방울 하나엔 깍지가 100개에서 200여 개씩 되니, 그 정도면 실컷 먹을 수 있는 양이었다. 더글러스다람쥐(douglas squirrel)는 노란소나무의 솔방울이든 다른 종(種), 속(屬)의 솔방울이든 땅바닥에 거꾸로 세워 붙들고는 보통은 등을 나무에 대고 앉아 차례로 돌려 가며 벗겨 먹는다. 아마 안전을 위해 이렇게 하는 것 같다. 이상하게 들리겠지만, 다람쥐는 자기 몸은 물론, 발이나 수염에도 수지(樹脂)를 묻히는 법이 없는 것 같다. 게다가 다람쥐들이 먹고 버린 솔방울의 찌꺼기 패총(貝塚)도 얼마나 말끔하고 색이 고운지 모른다.

이제 구름이 있고 시원한 시냇물이 흐르는 지역에 거의 이르렀다. 정오경엔 요세미티 지역 위쪽으로 시원한 그늘과 비의 축복을 내리는 희고 멋진 뭉게구름들이 보이기 시작했다. 이 뭉게구름들은 영광이 가득한 황야에 생기를 불어넣는 떠다니는 샘물이요, 하늘의 산으로서 그 산속의 진줏빛 언덕과 골짜기에서 시냇물이 발원한다. 바위가 만들어 낸 어떤 경관도 이보다 더 다양한 조각 같지 않고, 그 어떤 것도 하늘이 빚은 이 풍경보다 더 섬세하게 만들어지지 않았다. 최고로 고운 대리석처럼 하얗고 윤곽이 뚜렷한 돔과, 뾰족한 지붕들이 솟아올랐다, 부풀었다 하면서 만들어 내는 모습은 세계의 모든 건물 중 가장 감동적인 것이었다. 아무리 쏜살같이 지나가는 비구름도 나무와 꽃에 영향을 미쳐 식물들의 맥박을 빨라지게 할 뿐 아니라, 시냇물과 호수를 다시 채우고 우리가 볼 수 있건 없건 간에 바위에도 자국을 새긴다.

호스슈 굽이에서 차미즈(chamise, *Adenostoma fasciculata*)를 처음 본 이후, 기이하고 위세를 떨치는 이 관목을 자세히 관찰해 왔다. 이 관목은 콜터빌 근처에 있는 두 번째 고원의 낮은 비탈면에 많은데, 뚫고 지나갈 수 없을 정도로 빽빽하게 자라 멀리서는 검게 보였다. 장밋과에 속하는 관목으로 6~8피트까지 자라며 가시 같은 잎 둘레엔 작고 흰 꽃들이 총상꽃차례로 8~12인치 길이로 나고 껍질은 불그스레한데 나이가 들면 산산조각이 난다. 늘 햇볕이 내리쬐는 비탈에서 자라는데, 풀처럼 휘몰아치는 불에 휩쓸리기도 하지만 이내 뿌리에서부터 되살아난다. 이 덤불들 한가운데 자리를 잡은 나무가 있다 해도 결국 그 나무는 불에 타 죽고 마는데, 바로 여기에 그 드넓은 관목 지대가 끊어지지 않고 이어지는 비밀이 있음은 의심의 여지가 없다. 모든 것을 태워 버리는 화재가 휩쓸고 간 후, 뿌리에서 다시 자라난 만자니타 몇 그루와 바카리스(baccharis)와 리노시리스(linosyris) 등의 국화과 관목, 그 외에 깊숙이 자리 잡은 구근 덕에 불을 피한 칼로코투스(calochortus)와 브로디아(brodiaea) 몇몇 백합과 식물 등이 함께 자라고 있었다. 수많은 새들과 '작고 겁이 많아 몸은 웅크려도 윤기 나는 털이 있는 동물들'은 이 덤불의 제일 깊숙한 곳에서 안전한 보금자리 터를 찾는다. 주요 덤불 지대를 둘러싸고 있는 탁 트인 평지와 덤불 지대로 이어지는 좁다란 길은 겨울철에 닥친 폭풍 때문에 고산 지대의 풀밭에서 쫓겨 내려온 사슴들에게 먹이와 피난처를 제공한다. 감탄이 절로 나는 식물이다! 차미즈가 활짝 핀 요즈음, 이 예쁘고 향기로운 꽃 몇 송이를 단추 구멍에 꽂아 두고 싶다.

또 다른 매력적인 관목 아잘레아 옥시덴탈리스(*Azalea occidentalis*)는 근처 시원한 개울가와 요세미티 지역의 훨씬 더 높은 곳에서 자란다. 저녁엔 지난 밤 우리가 캠프를 쳤던 그릴리 제재소에서 몇 마일 올라간 곳에 활짝 피어 있는 이 관목을 발견했다. 진달래속에 가까우며 매우 화려하고 향기로운 이 관목은 누구나 좋아할 수밖에 없을 것이다. 그 관목뿐 아니라, 그 나무와 관련된 살아 있는 물, 그늘을 드리우는 오리나무와 버드나무, 양치식물이 우거진 초원이 좋은 것이다.

오늘은 또 다른 침엽수를 보았다. 측백나무의 잎처럼 납작한 깃털 모양의 가지들에 따뜻한 황록색 잎이 달리고 나무껍질이 계피색인 향삼나무(incense cedar, *Libocedrus decurrens*)라는 커다란 나무였다. 그 나이 든 나무의 줄기엔 갈라지는 큰 가지가 없기 때문에 햇살이 비치기라도 하면 숲 속의 멋진 기둥이 되어, 위엄 있는 사탕소나무와 노란소나무와도 어울릴 만한 나무였다. 나는 이상하리만치 이 나무에 매료되었다. 비늘같이 생긴 자그마한 잎은 물론 결이 고운 이 갈색 나무에선 향내가 나는데, 마주 겹치고 납작한 깃털이 멋진 자리를 만들어 비를 막아 주었다. 폭풍에 발이 묶였을 때, 고귀하고 호의적이며 사람의 마음을 끄는 이 나이 든 나무 아래서 비를 피한다면 즐거운 경험이 될 것이다. 그 아래에서는 널따란 가지가 늘어져 텐트처럼 보호해 주며 땅에 떨어진 마른 가지로 만든 모닥불에서는 향이 피어오르고 억센 바람은 머리 위에서 노래를 불러 줄 테니 말이다. 그러나 오늘 밤 날씨는 좋기만 하고, 우리가 친 캠프는 기껏해야 양을 위한 캠프에 지나지 않는다. 이제 우리는 머세드 강의 북쪽 분기(North Fork) 가까이에 와 있다. 밤바람은 고산 지대와 눈 쌓인 샘과 정원, 그리고 크고 작은 숲의 경이로운 현상들을 들려주고 있다. 그 지역의 지형조차 그 바람의 곡조 속에 담겨 있다. 먼지투성이 저지대를 벗어나 높이 올라와 보니 하늘 나라의 영원한 백합인 별들이 얼마나 밝게 반짝이는지! 지평선은 소나무로 된 뾰족뾰족한 담으로 둘러싸여 아름답게 장식되어 있는데 모든 소나무가 서로서로 조화롭게 이어져 있다. 이 나무들은 햇살로 쓴 명확한 상징이자, 신성한 상형문자이다. 그런 문자를 이해할 수 있으면 좋으련만! 양치식물과 나리, 오리나무 사이사이로 캠프를 지나 흘러가

　　　　　　　　　　　　　　　나의 첫 여름

는 시냇물은 감미로운 음악으로 귓가를 건드리지만 하늘가를 따라 빙 둘러 늘어선 소나무는 한층 더 감미로운, 눈에 보이는 음악이다. 이 모든 것이 하늘이 내린 아름다움이다. 빵과 물만 있다면 묶여 있다 해도 이곳에 영원히 있을 수 있고, 외롭지도 않을 것 같다. 만물을 향한 사랑이 커짐에 따라 사랑하는 친구들과 이웃들이 아무리 멀리 떨어져 있고 아무리 많은 산이 가로막고 있다 해도, 더욱더 가깝게 느껴질 것이다.

6월 7일

지난 밤 병이 난 양들 중에서 아직도 낫지 않은 녀석들이 많아 캠프를 떠날 수가 없을 것 같다. 기침하고 신음을 해 대는 꼴이 불쌍하고 가여웠다. 이 모든 게 그놈의 염병할 진달래 잎을 먹어서란다. 적어도 양치기와 돈키호테는 그렇다고 주장한다. 평원을 떠난 후 풀이나 조금 뜯어 먹었지 거의 먹지 못해 굶주리다 보니, 녀석들은 녹색이 나는 것은 모조리 보이는 대로 먹어 댔다. '양치는 사람들'은 진달래를 "양 잡는 독"이라고 부르며, 조물주가 진달래를 만들면서 도대체 무슨 생각을 했는지 모르겠다고 투덜댄다. 책에서 보듯, 지나간 호(好)시절에는 양 방목이 사람을 품위 있게 해 주는 사업으로 생각되었지만, 지금은 지나치게 맹목적으로 진행되어 형편없는 일이 되고 말았다. 캘리포니아의 목축업자들은 돈을 버는 데만 급급한데, 사실 그렇게 돈을 번 사람들도 많다. 목초지를 유지하는 데 돈이 드는 것도 아니고 기후까지 온화하니 겨울이라고 먹이를 대 줄 필요도 없고 오두막이나 축사, 헛간이 필요하지도 않기 때문이다. 그러니 돈을 얼마 안 들이고도 큰 양 떼를 치면서 큰 수익을 올려, 2년이면 투자금의 두 배는 거둘 수 있다고들 한다. 이렇게 돈을 빨리 벌다 보면 더 벌고 싶은 욕심이 들기 마련이다. 그러다 보니 그만 돈에 눈이 멀어 이 불쌍한 사람들은 정작 보아야 할 중요한 것은 못 보는 것이다.

양치기의 경우 사정은 더 나쁜데, 작은 오두막에서 혼자 지내야 하는 겨울이 제일 문제이다. 언젠가는 자신의 주인처럼 양 떼를 소유해서 부자가 되리라는 희망에 때때로 고무되기도 하지만, 양치기 생활을 하다 보면 주인이 누리는 품위나 이점——때론 손실조차——은 고사하고 사정이 더 안 좋아지는 경우가 태반이다. 양치기의 생활수준이 나빠지는 이유를 찾기는 어렵지 않다. 양치기는 거의 1년 내내 혼자 외롭게 지내기 마련인데, 대부분의 사람들에게 고독이란 참으로 견디기 힘든 것이다. 책을 통해서 할 수 있는 이렇다 할 지적인 일이나 여가 생활도 거의 누릴 수가 없다. 밤에 무감각해질 정도로 지친 몸을 이끌고 어두침침한 헛간 같은 오두막으로 돌아오니, 세상 사람들과 균형을 이룰 만한 것을 자신의 삶에서 찾아보려야 찾을 수가 없다. 온 종일 양 꽁무니나 지루하게 따라다니다가 저녁을 먹기는 먹어야 하지만 이런 일이야 등한시할 수밖에 없고, 손에 잡히는 대로 아무것이나 먹어 주린 배를 채우기 십상이다. 구워 놓은 빵이 있을리 만무해 설거지도 안 된 프라이팬에 지저분한 핫케이크나 몇 장 굽고 차 한 줌 끓이고, 썩어 가는 베이컨 몇 조각 구워 먹고 만다. 헛간에 말린 복숭아나 사과쯤은 있지만 그걸 요리하기도 귀찮아 베이컨과 핫케이크로 한 끼 때우고는 담배를 피우며 몽롱한 상태에 의지해 휴식을 취하게 된다. 그러고는 낮에 입었던 옷을 벗지도 않은 채 잠이 들기도 한다. 이런 정신 상태의 영향을 받아 몸이 병드는 것은 물론, 몇 주에서 몇 달씩 홀로 지내다가 결국엔 반쯤 아니면 완전히 미쳐 버리고 만다.

스코틀랜드의 양치기는 양 치는 일 말고 다른 직업은 거의 생각조차 않는다. 아마도 양치기 집안의 핏줄을 타고난 데다가, 콜리만큼이나 눈에 띄게 양치는 일에 대한 애정과 소질을 물려받아서 그런 모양이다. 가족과 이웃들 가까이에서 몇 마리 안 되는 양을 돌보며 날씨가 좋으면 들로 책을 가지고 나가, 책을 읽으며 책 속의 제왕들과 대화를 나누기도 한다. 우리가 읽은 바에 의하면, 동양의 양치기는 자신이 돌보는 양의 이름을 불렀고 양들은 양치기의 목소리를 알아듣고 그를 따라다녔다고 한다. 양 떼의 규모가 작아 관리하기 쉬우니 언덕에 앉아 피리도 불고 책도 읽고 사색할 여유도 충분했을 것이다. 다른 나라나 다른 시대에 양 치는 일이 얼마나 신의 은총을 받았건 간에 상관없이, 내가 보거나 들은 바에 의하면 캘리포니아에선 양치기로서 오래 제 정신으로 지낸다는 것이 불가능하다. 자연의 소리 중에서 그가 들을 수 있는 거라고는 양들의 매-매 소리뿐이다. 코요테 우는 소리

라도 제대로 들리기만 하면 좋으련만, 그것도 수많은 양들의 몸

뚱이와 털에 파묻혀 잘 들리지 않으니 별로 도움이 되지 않는다.

병들었던 양들이 점차 나아가자 양치기는 고지대 초원에 숨

어 있는 진달래나 칼미아(kalmia), 알칼리(alkali) 같은 갖가지 독초

들에 대해 강의를 해 댔다. 머세드 강의 북쪽 분기를 지난 후, 우

리는 왼쪽으로 돌아 파일럿 봉우리(Pilot Peak)로 향했고, 덤불로 뒤

덮인 암석투성이의 산등성이를 꽤 오랫동안 올라 브라운즈 평원

(Brown's Flat)에 이르렀다. 양 떼들은 평원을 떠나온 후 여기서 처

음으로 배불리 풀을 뜯어 먹고 있다. 딜레이니 씨는 이 부근에

캠프를 치고 몇 주 머물 생각이다.

정오가 되기 전에 우리는 바우어 동굴(Bower Cave)을 지났다. 아

주 쾌적한 대리석 궁전 같은 곳으로 어둡지도 않고 천장에서 물

도 떨어지지 않았으며 남쪽을 향해 활짝 열린 입구를 통해 쏟아

져 들어오는 햇빛이 동굴을 가득 채우고 있었다. 그 동굴엔 자그

마하긴 해도 맑고 깊으며 멋진 호수가 이끼 낀 둑에 둘러싸여 있

었는데 그 둑을 널따란 잎이 달린 단풍나무들이 뒤덮고 있었다.

그런데 이 모든 것들은 다 지하에 있었다. 동굴이 많아서 주 영

토의 많은 부분이 벌집처럼 구멍이 숭숭 뚫린 켄터키 주의 줄지

어 늘어선 동굴에서도 이런 광경은 본 적이 없다. 이 진기한 땅

밑 풍경의 표본은 시에라 네바다 산맥의 북쪽 끝에서 시작하여

산맥의 남쪽 끝까지 뻗어 있다는 대리석 지대에 위치해 있다. 이

외에도 수많은 동굴이 이 대리석 지대에 있지만, 내가 아는 바로

나의 첫 여름

는 바깥의 빛나는 밝은 햇빛과, 수정 같은 아름다움을 지닌 지하 식물이 이렇게 잘 어우러지는 동굴은 없다. 이 동굴의 소유주라는 프랑스 사람은 호수 주변에 울타리를 쳐서 막아 놓고는 그 조그만 호수에 배를 띄우고 단풍나무 아래 이끼 낀 둑에 앉아, 입장객에게서 1달러씩을 받고 있다. 요세미티로 가는 여러 길목 중의 하나이기 때문에 여름철 관광 성수기가 되면 상당수의 관광객들이 이곳도 요세미티의 경이로움을 더해 주는 경이로운 것 중의 하나로 생각해서 찾아든다.

독참나무(poison oak)라고도 하는 독담쟁이(poison ivy, *Rhus diversiloba*)는 나무나 바위를 감고 올라가거나 덤불을 이루고 있는데, 최소한 해발 300피트 이하의 언덕에서는 어디서나 볼 수 있다. 이 식물은 눈이나 피부에 닿으면 염증을 유발하는 등 대부분의 여행자에게 문제를 일으키지만 주변 식물과는 조화롭게 섞여 지낸다. 그리하여 수많은 아름다운 꽃들이 보호받고 그늘을 얻기 위해 마음 놓고 이 나무에 기댄다. 별나게 생긴 뱀나리(twining lily, *Stropholirion Californicum*)가 이 식물의 가지를 타고 올라가는 것을 가끔 보게 되는데, 두려워하기보다는 마음이 맞는 친구 사이 같다. 양이 조금 먹었다고 눈에 띄게 어디가 아픈 것도 아니고, 말도 별로 좋아하진 않지만 그냥 먹으며, 대다수 사람들에게는 거의 해가 없는 식물이다. 인간에게 쓸모없어 보이는 것들 대부분이 그렇듯이 이 식물도 군락을 이루지 않는다. "대체 이런 걸 왜 만들었을까?" 같은 멍청한 질문만 계속할 뿐, 무엇보다도 그 식물들이 스스로를 위해서 창조되었으리라는 생각은 하지 못한다.

브라운즈 평원은 머세드의 북쪽 분기와 불 샛강(Bull Creek) 사이에 위치한 분수령 꼭대기에 있는 나지막하고 비옥한 분지다. 여기서는 사방 어디를 둘러봐도 멋진 전망이 펼쳐진다. 대담한 개척자 데이비드 브라운은 이곳을 본거지로 삼아 금도 캐고 곰 사냥도 하면서 여러 해를 살았다. 홀아비 사냥꾼이 혼자 살 만한 곳으로 이보다 더 나은 곳이 또 있을까? 숲에서 사냥도 하고 바위에서 금도 캐고, 날씨에 상관없이 늘 사람들에게 영감을 주는 구름 세간과 하늘 빛깔은 물론, 공기 또한 상쾌하고 건강에 좋으니 말이다. 미지의 땅을 개척하는 선구자들이 대체로 그렇듯, 브라운도 둘째 가라면 서러울 정도로 실용주의자지만 멋진 전망을 유난히 좋아했다. 브라운을 잘 안다는 딜레이니 씨 말에 의하면 브라운은 전망 좋은 산봉우리에 올라가 멀리는 저 숲 너머 눈 덮인 산봉우리들이며 강의 수원지까지, 가까이는 바로 앞 분지와 협곡 너머를 바라보기를 매우 좋아했다고 한다. 오두막이나 모닥불에서 나는 연기, 혹은 도끼 소리로 보아 광부들이 현재 작업을 하는 광구가 어디쯤인지, 또 불하받았다가 버려진 광구가 어딘지 자세히 알아보기 위해서였다고 한다. 그 밖에도 소총 소리가 나면 자신의 넓은 영역에 들어와 총을 쏜 사냥꾼이 인디언인지 아니면 밀렵꾼인지 알아보기 위해서 산에 오르기도 했단다. 브라운의 개 샌디는 어딜 가나 주인을 따라다녔다. 작지만 산을 잘 타는 털북숭이 샌디는 주인을 잘 따르고 마음을 읽을 줄 알았

　　　　　　　　　　　　　　나의 첫 여름

으며 주인의 사냥감까지도 좋아했다. 사슴 사냥을 할 때 브라운은 이른 아침이나 해질 녘에 사냥감들이 먹이를 찾곤 하는 작은 떡갈나무 덤불에서 공터를 찬찬이 살피거나 혹은 풀밭을 끼고 흐르는 강물을 따라갔다. 그러다가 전망이 바뀌는 곳에 다다르면 산등성이 너머를 주의 깊게 바라보며 마른 가지를 되도록이면 사뿐사뿐 밟으려고 신경을 쓰며 느릿느릿 나아갔기 때문에 샌디는 주인 꽁무니를 졸졸 따라다니는 일 말고는 달리 할 일이 없었다. 그러나 곰을 잡을 때가 되면 샌디는 진가를 발휘했다. 브라운은 다른 무엇보다도 곰 사냥꾼으로 이름을 날렸다. 브라운의 외딴 오두막에서 여러 밤을 함께 보내며 그의 이야기를 들은 적이 있는 딜레이니 씨에 의하면, 브라운의 사냥법이란 소총과 밀가루 몇 파운드를 가지고 샌디와 함께 곰이 가장 잘 드나드는 목초지를 천천히 소리 없이 지나가다가 새로 난 발자국이 보이면 시간이 얼마나 걸리든 간에 죽어라고 따라가는 것뿐이었다고 한다. 예민한 코 덕택에 곰이 가는 곳이라면 제아무리 바위투성이 땅이라 하더라도 사냥감 냄새를 놓치는 법이 없는 샌디가 이끄는 대로 따라가곤 했다. 탁 트인 지점까지 높이 오르면 사냥감이 있을 만한 장소를 주의 깊게 살핀다. 사냥꾼은 계절이 언제나에 따라 대략 곰이 있을 만한 장소를 알아낸다. 봄이나 이른 여름, 강둑 주변의 휜히 트인 곳이나 질척질척한 땅에서라면 곰은 토끼풀이나 루피네스(lupines) 같은 풀잎을 먹고 있을 테고, 마른 풀밭에서라면 딸기를 마음껏 먹고 있을 것이다. 여름이 끝나

갈 무렵이라면, 물기 없는 산마루에 주저앉아 가지와 잎이 제아무리 뒤엉켜 있더라도 한 입 가득 쑤셔 넣기 위해 만자니타 열매가 달린 가지를 발로 끌어당겨 꾹 눌러 놓고는 만찬을 즐기고 있을 것이다. 인디언 섬머(indian summer, 늦가을에 갑자기 찾아오는 여름같이 화창한 날씨—옮긴이)라면 소나무 아래서 다람쥐가 까 놓은 솔방울을 씹거나, 가끔씩 나무 위에 올라가 열매가 주렁주렁 달린 가지를 갉아서 꺾어 버리기도 한다. 도토리가 익는 늦가을엔, 먹이를 얻기 위해 공원 같은 협곡의 습지 안에 있는 캘리포니아참나무(California oak) 숲을 즐겨 찾는다. 약삭빠른 사냥꾼은 어디를 살펴봐야 할지 잘 알고 있기 때문에 부지불식간에 곰과 맞부딪치는 경우는 거의 없다. 강렬한 냄새로 곰이 가까이 있음을 눈치 채면 오랫동안 꼼짝 않고 서서, 얽히고설킨 지형이며 식물들을 찬찬히 살피며, 그 털북숭이 방랑자를 어렴풋이 감지하거나 적어도 그 털북숭이 방랑자가 있을 만한 곳이 어딘지 알아낸다.

브라운은 말했다. "곰이 나를 보기 전에 내가 곰을 보기만 하면 녀석을 잡는 건 식은 죽 먹기지. 그저 지형이나 잘 살피면서, 얼마를 돌아가든 바람이 부는 방향으로 약 3, 400야드 이내로 접근한 후, 나는 쉽사리 오를 수 있지만 곰이 오르기엔 턱없이 작은 나무 아래 자리를 잡는 거야. 그러고는 소총 상태를 잘 점검하고 여차하면 튀어 올라가야 하니까 부츠까지 벗고서 명중시키거나 적어도 결정적인 부상을 입히도록 녀석이 옆구리를 분명히 드러낼 때까지 기다리는 거야. 곰이 저항이라도 할라치면 녀석이 닿지 못할 만한 곳까지 높이 올라가곤 했지. 곰은 눈동자가 느리고 어설프게 움직이는데다가 내가 바람 부는 쪽에 있다 보니 냄새를 맡지 못하지. 첫 발포 때 난 연기를 곰이 눈치 채기 전에 재차 총을 쏠 때도 가끔 있었어. 하지만 상처가 난 곰은 숲 속으로 달려가 숨기 마련이지. 그때 바로 쫓아가면 위험하니까 녀석이 도망칠 시간을 충분히 주지. 그러고 나서 샌디를 보내면 십중팔구 죽어 있는 곰을 발견하게 된단 말이야. 그렇지 않을 땐 샌디가 짖어서 곰의 주의를 끌기도 하고, 가끔은 달려들어 물어뜯기도 하지. 그러는 동안 나는 마지막 실탄을 발사하기에 충분한 거리 안으로 좁혀 들어가는 거야. 솔직히 안전한 방법을 따르기만 한다면 곰 사냥도 위험할 건 없다네. 어디서나 사고는 나기 마련이잖아? 샌디하고 나도 위험천만한 일을 당한 적이 있지. 곰이 사람을 피하는 게 상례지만, 새끼가 줄줄이 딸린 마르고 늙은 곰이 굶주리기까지 했다면 자기 영역 안에 들어온 사람을 보면 잡아먹으려 하겠지? 우리도 녀석들을 잡아먹긴 하니까. 어쨌든 녀석들도 그래야 공정하겠지. 그래도 이 근방에서 곰한테 잡아먹혔다는 사람은 아직 본 적 없네."

우리가 도착하기 전에 브라운은 이 산을 떠났지만, 평지 끝자락엔 삼나무 껍질로 지은 오두막집을 아직도 떠나지 못하는 디거 인디언들이 꽤 많다. 그들이 이리로 오게 된 것은 무엇보다도 그 백인 사냥꾼 때문이었다. 디거 인디언들은 브라운을 존경하게 되어 상대적으로 약한 자신들을 약탈하고 아녀자들을 빼앗으려고 때때로 피노블랑코 산맥을 넘어 동쪽에서 침입해 오곤 하는 파유트(Pah Utes) 인디언을 대항하는 일에 그가 지시를 내려 주고 자신들을 보호해 주기를 원했었다.

나의 첫 여름

머세드 강의 북쪽 분기 캠프

6월 8일

풀을 많이 먹어 성질이 온순해진 양 떼는 천천히 풀을 뜯으며 파일럿 봉우리 능선(Pilot Peak Ridge)의 발치에 있는 머세드 강의 북쪽 분기 계곡으로 내려가서 돈키호테(딜레이니 씨)가 우리의 첫 번째 주 캠프로 고른 장소로 접어들었다. 강줄기가 굽어 드는 곳에 산비탈들이 한데 모여 형성된 깔때기 모양의 그림 같은 분지였다. 강둑에서 자라고 있는 나무들 그늘에 시렁을 만들어 식기류와 양식을 쟁여 두고, 양치류 잎사귀와 삼나무 갓털, 갖가지 꽃으로는 각자 취향에 맞게 잠자리를 만들고, 탁 트인 평평한 뒤뜰은 양 떼 우리로 썼다.

6월 9일

간밤엔 나무와 별들이 내려다보는 가운데 산의 품안에서 소곤소곤 평화를 속삭이는 갖가지 소리들이 장중한 폭포 소리와 감미롭게 어울려 들려주는 자장가를 들으며 얼마나 깊은 잠에 빠졌는지 모른다! 오늘은 우리가 산에서 온전히 하루를 보내는 첫날인데 고요하고 따뜻하며 구름 한 점 없이 청명하다. 얼마나 광대하며, 얼마나 조용하고 때 묻지 않은 날인가! 나는 그 시작을 거의 기억할 수 없다. 강가에도, 언덕 너머에도, 그리고 땅과 하늘에서도 봄기운이 흥에 겨워 열심히 세력을 넓히고 있다. 새 생명과 새로운 아름다움이 화려하고 넘치도록 풍부하게 펼쳐진다. 둥지엔 갓 태어난 새들, 공중엔 이제 겨우 날개가 돋기 시작한 생명들, 그리고 새로 난 잎사귀와 갓 피어난 꽃들이 빛을 발하며 즐겁게 사방으로 퍼져 나간다.

캠프 주변엔 나무들이 빽빽이 들어서 있어 백합과 양치류가 자라기에 충분한 그늘을 만들어 주는가 하면, 강둑 뒤쪽엔 햇살이 고스란히 지면에 닿아 화려하게 치장한 풀과 꽃들을 불러낸다. 대나무처럼 물결치는 키다리 브로무스(bromus)와 별 모양의 국화, 모나델라(monardella), 나비나리, 루피네스, 길리아(gilia), 제비꽃, 이것들 모두가 햇빛이 낳은 찬란한 아이들이다. 얼마 안 있으면 양치류 잎사귀 하나하나가 다 벌어질 테고, 흔한 고사리(pteris)와 새깃아재비(woodwardia)가 강가를 따라 거대한 화단을 만들며, 펠라이아(pellaea)와 부싯고사리(cheilanthes)는 양지바른 바위 위에 화환이나 둥근 꽃 장식을 만들 것이다. 새깃아재비 중에는 벌써 잎이 6피트까지 자란 것도 있다.

장밋과의 차뫼바티아 폴리오로사(*Chamoebatia foliolosa*)라는 아름다운 관목은 사탕소나무 밑에 황록색 양탄자처럼 펼쳐져 있는데, 다른 식물들과 섞이지 않아 어디 한 군데도 끊이지 않고 고르게 몇 마일씩 뻗어 있다. 군데군데 워싱턴나리(Washington lily)가 그 고른 지면 위로 고개를 까닥이거나, 장식 삼아 꽂아 두기라도 한 듯 키다리 브로무스가 한두 다발씩 보일 뿐이다. 이 고운 양탄자 같은 관목은 해발 2,500피트나 3,000피트에서 보이기 시작하는데 무릎을 넘지 않는 키에 갈색 잎사귀가 나며, 줄기는 굵어 봐야 0.5인치도 되지 않는다. 정교하게 톱날같이 째진 연한 황록색의 잎은 세 겹의 날개 모양을 하고 있어 풍성한 양치식물처럼 보인다. 잎사귀에 흩어져 있는 미세한 선(腺)에서는 소나무의 강한 향내와 잘 어우러지는 독특하고 기분 좋은 향을 지닌 밀랍을 분비한다. 지름이 8분의 5인치 정도 되는 하얀 꽃은 양딸기꽃과 비슷하다. 이 작은 덤불은 보는 것만으로도 즐겁다. 시에라 산맥의 이쪽 지역에서 진짜 양탄자 같은 관목은 이것뿐이다. 만자니타, 갈매나무(rhamnus)와 대부분의 케아노투스 종들은 양탄자나 덮개라기보다는 보풀이 인 깔개나 테두리의 술 장식에 가깝다.

언덕들이 너무 가까이서 에워싸고 있어서 그런지, 양들은 새로운 목초지가 그리 마음에 들지 않은 모양이다. 마음 놓고 푹 쉬지를 못한다. 간밤엔 이렇게 많은 양고기 중에서 한몫 챙겨보려고 배회하는 곰이나 코요테 때문인지, 양들은 겁에 질려 있었다.

6월 10일

무척 포근했다. 캠프에서 쓸 물을 구하는 돌 웅덩이는 강물이 그림같이 떨어지는 폭포의 발치에 있어서 일부러 휘저어 뿌연 포말을 일으키지 않아도 잘 뒤섞여 요동치고 있다. 이곳 바위는 검은 변성 점판암인데 강물이 흐르는 수로에 있기 때문에 매끈하게 닳아서 작고 둥근 덩어리가 되어 있었다. 이 검은 바위들은 강물이 레이스처럼 얇은 수막이 되어 겹겹이 꼬여 반짝이며 미끄러지듯 떨어지면서 만들어 내는 아름다운 은회색의 폭포와 뚜렷이 대조된다. 수면 위로 솟아오른 바위 위에서 자라는 사초 (sedge) 덤불들은 매력적인 광경을 연출한다. 유연하고 기다란 잎들을 사방으로 활처럼 드리우고 있고 그중에서 제일 긴 잎사귀 끝을 물속에 담그고 있는데, 불쑥불쑥 튀어나온 바위에 부딪혀 물살은 더 작게 갈라진다. 이런 작은 물살들이 사초와 어우러져 이 행복한 강물이 얼마나 아름다워질 수 있는지를 보여 준다. 그뿐 아니라 작은 언덕처럼 생긴 바위에는 커다란 바위떡풀 (saxifraga)이 자라고 있다. 단단히 뿌리를 내리고는 우산처럼 생긴 둥글고 널따란 잎사귀들이 모여 사초 덤불 위로 화려하게 펼쳐져 있다. 이 종(*saxifraga peltata*)의 꽃은 자주색인데 긴 선(腺) 모양의 총상꽃차례는 잎이 나기 전에 핀다. 통통한 뿌리의 줄기들은 틈이나 우묵한 곳에 있는 바위를 꽉 쥐고 있어 가끔씩 홍수가 나도 끄떡도 않는다. 자연이 이 맑고 시원한 강물의 가장 흥미로운 구간을 더욱 아름답게 하려고 이 눈에 띄는 식물을 불러들인 것 같다. 캠프 주변에선 나무들이 강둑에서 강둑으로 가지를 활처럼 드리워 부드러운 불빛으로 가득 찬 나뭇잎의 터널을 만들어 내고, 그 사이를 흐르는 일천(日淺)한 강물은 행복한 생명체인 양 노래하며 반짝인다.

시에라 고지에서 천둥소리가 몇 차례 들리더니, 소나무 숲 뒤로 단단해 보이는 하얀 뭉게구름이 으스대며 올라오는 모습이 보였다. 정오경이었다.

6월 11일

그 강물의 동쪽으로 흐르는 한 지류에서 매혹적인 폭포 몇 곳을 발견했는데, 폭포마다 물이 떨어지는 밑바닥엔 웅덩이가 있었다. 질주하여 하얗게 부서지는 물, 바위 턱에서 물 위로 멋지게 드리워져 있는 사초 덤불과 관목들, 그리고 그 웅덩이 옆의 비옥한 지반에서 자라는 커다란 오렌지색 나리들이 멋지게 어우러져 있었다.

캠프 가까이에는 정신없이 먹어 대는 수천 마리의 양들을 계속 먹여 살릴 만한 넓은 풀밭이나 풀이 무성한 평원이 없다. 주로 먹을 것이라고는 언덕 위에 난 케아노투스 덤불이나 군데군데 한 뙈기씩 나 있는 풀 덤불, 그리고 양지바른 공터에서 피는 꽃들 사이사이에서 자라는 루피네스나 완두콩 덩굴 등이다. 대부분의 지역이 이미 벌거숭이가 되었거나 거의 그렇게 되어, 배고프고 불쌍한 양들은 점점 더 멀리 더 넓게 흩어질 수밖에 없고, 그러다 보니 양치기와 개들은 양들이 구역을 벗어나지 않도록 있는 힘을 다해 뛰어다녀야만 한다. 딜레이니 씨는 곧 돌아오겠다며, 자신이 돌아올 때까지 양 떼가 이 근방을 벗어나게 하지 말라는 지시를 남기고는 인디언과 중국인을 데리고 저 아래 평원으로 떠났다.

날씨가 어찌나 좋던지! 이보다 더 아름다운 것이 또 있을까? 바람은 어쩜 이렇게도 온화할까! 이 공기의 흐름은 바람이라고 부르기엔 너무도 고요하다. 바람은 모든 생명들에게 평화를 속삭이는 자연의 숨결 같다. 저 아래 캠프를 친 골짜기에는 우듬지조차 흔들리지 않고 나뭇잎 하나도 거의 움직이지 않는다. 키가 커서 미풍에도 흔들리곤 하는 나리꽃 줄기가 흔들리는 모습도 보지 못한 것 같다. 이 나리꽃의 총상화관은 또 얼마나 큰가! 그것들 중엔 아이들 모자로 써도 될 만큼 큰 꽃도 있다. 지금껏 그 꽃들을 그리고 있는데 넓고 빛나는 윤생체(輪生體)의 모든 잎사귀들과 점점이 박히고 동글게 말린 꽃잎 하나하나를 모두 그려 보고 싶다. 이보다 더 아름답고 더 잘 가꾸어진 정원은 상상조차 할수 없다. 이 표범나리(leopard lily, *Lilium pardalinum*)라는 종은 5~6피트 정도의 키에, 윤생체로 난 잎의 폭이 1피트에 이르며, 밝은 오렌지 빛깔의 꽃은 폭이 6피트가량 되고, 자줏빛 점이 화후(花候) 부분에 박혀 있고, 꽃잎들이 밖으로 말린 멋들어진 식물이다.

나의 첫 여름

6월 12일

대수롭지 않던 가랑비가 큼직한 물방울이 되어 드문드문 잎사귀와 돌, 그리고 꽃의 입속으로 세차게 철썩이며 떨어져 내린다. 동쪽 하늘에 뭉게구름이 솟아오른다. 그 진줏빛 구슬들이 어찌나 예쁘던지! 그 구름은 밑에서 위로 솟아오른 바위들과 참으로 멋지게 조화된다. 하늘의 산들은 아름답게 조각되어 진짜 산처럼 보이는데, 변화무쌍한 그 산의 지형은 놀랍도록 뚜렷하다. 형태와 짜임새에서 그토록 사실적인 구름을 본 적이 없다. 거의 매일 정오경이면 구름은 마치 새로운 세상이라도 창조된 듯, 눈에 띄게 둥실 떠오른다. 또 시원한 그늘과 소나기로 얼마나 다정하게 정원과 숲 위를 덮어 주고 떠돌며, 꽃잎 하나 잎사귀 하나까지 건강하고 기운차게 키워 주는지 모른다. 구름 또한 식물이라고 상상할 수 있으리라. 해의 부름을 받고 하늘이라는 들판으로 뛰어 올라와 점점 아름다워져 마침내 절정에 이르렀다가, 비와 우박을 작은 열매와 씨앗처럼 뿌리고는 시들어 죽는 식물 말이다.

이곳과 이곳에서 1,000피트쯤 올라간 지역에서 흔히 볼 수 있는 마운틴라이브참나무(mountain live oak)는 전반적인 겉모습이나 잎사귀, 나무껍질, 그리고 넓게 가지를 뻗는 습성뿐 아니라 단단하고 옹이투성이라 쐐기 하나 박기 어렵다는 점에서도 플로리다의 라이브참나무(live oak, 북미 남부산 상록 떡갈나무의 일종, 주로 선재(船材)용으로 쓰인다.—옮긴이)와 비슷하다. 넉넉한 공간에 홀로 서 있는 경우, 밑둥의 지름은 7~8피트까지, 키는 60피트까지 자랄 수 있으며, 나무의 머릿부분 또한 이에 못지않게 널따랗다. 작고 나누어지지 않은 통잎에 톱니나 물결 꼴의 가장자리가 없는 게 대부분이지만, 어린 가지의 경우 날카로운 톱니가 있는 것도 있기 때문에 같은 나무에서 두 종류의 잎을 모두 볼 수 있다. 중간 크기 도토리의 깍정이는 깊이가 얕고 껍질이 두꺼운데다, 잘디잔 털이 달린 금빛 가루로 뒤덮여 있다. 어떤 나무는 줄기랄 것도 없이 지면 가까이에서 곧장 큰 가지들로 나뉘어 널리 뻗어 나간다. 이 가지들이 여러 번 갈라지면서 끝에 가선 길고 가느다란 끈 같은 줄기가 되어 축 늘어진다. 땅바닥에 닿을락 말락 하는 가지들이 많지만, 빛나는 잎사귀들이 잔뜩 달린 짧은 잔가지들이 빽빽이 모여 이룬 덮개는 햇빛이 그 위로 쏟아질 때 뭉게구름같이 둥근 지붕을 만든다.

부시퍼피(bush poppy, *Dendromecon rigidum*) 또한 눈에 띄었다. 캠프 근처의 뜨거운 언덕 사면에서 찾았는데, 내가 돌아다니면서 만난 식물 종 중에선 유일한 목질(木質)이었다. 폭이 1이나 2인치가량 되는 밝은 진노랑 꽃이 피며, 열매 꼬투리는 길이가 3, 4인치 정도로 가늘고 굽어 있다. 이 덤불은 약 4피트까지 자라는데, 대부분이 뿌리에서 뻗어 올라온 가늘고 곧은 가지들로, 만자니타와 그 밖에 햇빛을 좋아하는 관목 덤불들과 잘 어울린다.

6월 13일

오늘도 아주 멋진 하루를 보냈다. 뭔가에 녹아들며 폭 빠져 어딘지 알지 못하는 곳으로 떠밀려 가는 느낌이었다. 인생은 길지도 짧지도 않은 것 같고, 사람이 나무나 별보다 시간을 아끼거나 재촉하는 데 더 신경을 쓰는 것도 아니다. 이렇게 사는 것이 진정한 자유이며 실행 가능한 불멸의 삶이다. 저 건너에서 또 다른 하얀 하늘 나라가 떠오른다. 노란소나무의 첨탑과 사탕소나무의 손바닥 같은 우듬지는 매끈하고 하얀 하늘 나라의 돔에 얼마나 또렷이 윤곽을 그리고 있는가! 귀기울여 보라, 산마루를 타고 울려 퍼지며 우르르 쾅쾅 당당하게 밀어닥치는 천둥소리와 어김없이 그 뒤를 따르는 소나기 소리를!

평지에서 이렇게 높은 산까지 올라온 대다수의 초본 식물들은 저지대보다 두 달 늦은 지금에야 꽃을 활짝 피우고 있다. 오늘은 매발톱꽃(columbines)을 보았다. 대부분의 양치식물이 제철을 맞아, 양지바른 언덕엔 바위고사리(rock fern)와 부싯고사리, 펠라이아, 짐노그람(gymnogramme), 강둑엔 새깃아재비, 아스피디움(aspidium), 우드시아(woodsia), 모래톱엔 프테리스 아퀼리나(*Pteris aquilina*)가 흐드러지게 피어 있었다. 그렇게 흔한 프테리스 아퀼리나도 여기서는 강렬하면서도 원기왕성한 아름다움을 과시해 식물학자들을 미칠 정도로 경탄하게 만든다. 아직 다 자라지 않은 녀석을 재 보았더니 7피트가 넘는다. 양치식물 중에서 제일 흔하고 가장 널리 퍼져 있는 식물을 놓고 하마터면 전에 본 적이 없다고 말할 뻔했다. 빽빽이 자라고 있는, 매끈하면서도 억센 줄기 위에 높이 달려서 넓은 어깨처럼 퍼져 있는 잎들이 겹겹이 서로 기대고 얽혀 완벽한 천장을 만들어 냈기 때문에, 마치 지붕 밑을 걸어가는 것처럼 사람들 눈에 띄지 않고 똑바로 서서 몇 에이커를 걸어갈 수도 있을 것 같았다. 이 살아 있는 천장을 통해 정말 부드럽고 사랑스러운 빛이 흘러들어, 아치 모양으로 휜 나뭇잎들의 주엽맥과 잎맥이 만든 수없이 많은 창틀에 연녹색과 노란색 식물의 유리창들이 얼마나 멋지게 들어맞는지를 보여 준다. 흔하디흔한 양치류가 만들어 낸 도원경(桃源境)이다.

　사람보다 작은 동물들이 마치 열대림에 있는 것처럼 어슬렁거렸다. 양 떼가 산 이쪽에서 통째 사라지는가 싶더니 100야드 가량 떨어진 건너편에서 다시 나타났다. 이파리가 갑자기 흔들리거나 떨리지 않았다면 양들이 지나가는 줄도 몰랐을 것이다. 그런데 참으로 기이하게도 그 억센 목질의 줄기는 부러진 데가 거의 없었다. 나는 키가 제일 큰 양치류 아래 한참이나 앉아 있었는데, 야생 나뭇잎들의 정자(亭子)치고 이보다 더 진기하고 인상적인 정자는 없었다. 머리 위로 양치류 이파리를 펼쳐 보라, 그러면 세상의 근심은 다 사라져 버리고 자유와 미(美)와 평화가 찾아든다. 산꼭대기에서 흔들거리는, 자연이 손에 들고 있는 요술봉인 소나무야 열심히 산에 드나드는 사람치고 그 위력을 모를 리 없겠지만, 고요한 협곡에서 자라며 스코틀랜드 사람들이 고사리 숲이라고 부르는 이 숲의 놀라운 미적 가치를 노래한 시인이 있는가? 아무리 근심에 빠졌다 해도 이 성스러운 양치식물 숲의 신성한 영향력에 감화되지 않을 사람은 없을 것 같다. 그런데 바로 오늘 어떤 양치기가 더할 나위 없이 아름다운 양치식물 숲을 지나가면서도 양들보다도 더 무감각해 보이기에, "이런 장대한 양치식물을 어떻게 생각하십니까?"라고 물었더니, 그는 "어허, 그것 참 우라지게 큰 고사리로구먼."이라고 대답하는 것이었다.

이곳엔 기질이나 생김새, 피부색이 가지각색인 도마뱀들이 사는데, 새나 다람쥐 못지않게 행복해 보여 쉽게 친해질 수 있을 것 같았다. 온순하며 진화가 덜 되고 나처럼 유한한 녀석들이지만 신의 햇살을 받으며 먹고살기 위해 최선을 다하는 녀석들이 일하거나 노는 모습을 바라보는 것이 즐겁다. 녀석들은 사람을 보고도 도망치지 않기 때문에 그 녀석들의 순수하고도 아름다운 눈을 오랫동안 들여다보면 볼수록 녀석들이 더 좋아진다. 녀석들은 쉽게 길들여지기 때문에 사람들도 이내 정이 들고 만다. 뜨거운 돌 위에서는 잠자리 못지않게 쏜살같이 달아나곤 한다. 눈으로 따라가기도 힘들 지경이다. 그러나 녀석들은 오랜 시간 동안 쉬지 않고 달리는 법이 없다. 대체로 그저 10이나 12피트 달리다가 갑자기 멈추곤, 또다시 갑자기 출발하곤 하는데, 언제나 반사적인 충동에 의해 잽싸게 움직인다. 내가 알기로, 이렇게 자주 멈춰서 쉬어야 하는 건 숨이 차기 때문이다. 끊임없이 쫓기게 되면 얼마 못 가 숨이 차서 애처로울 정도로 헐떡이다가 이내 잡히고 만다. 이 도마뱀은 몸길이의 반 이상이 꼬리지만, 관리를 잘 하기 때문에 꼬리를 무겁게 질질 끌거나 말아 올리는 등 끌고 다니기 힘들어 보인 적이 없었다. 도리어 꼬리 스스로 의지가 있어 민첩하게 몸을 따라다니는 듯 보였다. 도마뱀은 파랑새 같은 밝은 하늘색도 있지만, 먹이도 사냥하고 햇볕도 쬐곤 하는 이끼 낀 바위 같은 회색도 있다. 평지에 사는 뿔도마뱀(horned toad)도 순해서 해를 끼치는 일이 없으며, 작고 덜 발달된 사지를 쓸모없는 부속물처럼 질질 끌고 다니며 진짜 뱀처럼 구불구불 미끄러지듯 기어 다니는 종도 마찬가지로 무해하다. 몸길이가 14인치 정도 되는 도마뱀을 자세히 관찰한 적이 있는데, 싹처럼 돋아 있는 부드러운 발은 전혀 쓰지 않고 뱀 특유의 우아함으로 부드럽게 그리고 은밀하다 싶을 정도로 미끄러지듯 기어 다녔다. 회색 먼지 투성이 작은 녀석이 마치 나를 알고 믿는 것처럼 다가와 내 발 주위를 어슬렁거리다 말고 내 얼굴을 교활하게 올려다본다. 눈여겨보던 카를로가 내가 보기엔 그저 재미 삼아 와락 달려든다. 도마뱀은 카를로의 발 밑을 쏜살같이 빠져나와 떡갈나무 숲 속 깊숙한 곳으로 무사히 들어갔다. 온순한 도마뱀과 날도마뱀, 그리고 고대의 강력했던 종족의 후손들이여, 너희들에게 하늘의 축복이 함께하고, 너희들의 미덕이 널리 알려지길! 깃털이나 털, 피륙뿐 아니라 비늘도 온화하고 사랑스런 동료 피조물을 덮을 수 있다는 것을 아는 사람은 거의 없으니까 말이다.

광부들이 사금을 함유한 잔돌들을 씻다가 발견하곤 했던 뼈 때문에 마스토돈(Mastodon)과 코끼리가 지질학적으로 그리 오래지 않은 옛날 이곳에 살았었다는 사실이 잘 알려져 있다. 또 캘리포

　　　　　　　　　　　나의 첫 여름

니아사자(California lion)나 표범, 살쾡이, 늑대, 여우, 뱀, 전갈, 말벌, 타란툴라 외에도 최소한 두 종류의 곰이 지금 이곳에 서식하고 있지만, 가끔은 작고 사나운 검은개미를 이 광활한 산속 세계의 주인 같은 존재로 여기고 싶은 생각이 들 때도 있다. 이 겁 없고, 쉴 새 없이 왔다갔다하는 조그만 녀석들은 몸길이는 4분의 1인치에 불과하지만, 내가 아는 어떤 맹수보다도 물어뜯고 싸우기를 좋아한다. 녀석들은 집 근처에 살아 있는 것이라면 뭐든 공격해 대는데, 내가 보기에는 때론 아무 이유가 없는 것 같기도 하다. 개미의 몸은 얼음 갈고리처럼 굽은 턱이 대부분을 차지하고 있는데, 이 무기한테 할 일을 구해다 주는 것이 그들의 주된 목적이자 기쁨인 것 같다. 개미는 대체로 다소 썩거나 속이 빈, 살아 있는 참나무에서 집단을 이루게 되는데, 그 속에다 개미들은 손쉽게 방을 만든다. 단단해서 다른 동물들의 공격이나 태풍을 막을 수 있기 때문에 참나무를 선택한 듯하다. 이 개미들은 밤낮으로 일을 하는데, 어두운 동굴 속으로 기어 들어가거나 높다란 나무에 기어 올라가기도 한다. 그늘도 없는 뜨거운 산봉우리에서 시원한 산골짜기에 이르기까지 헤집고 돌아다니며 사냥을 하면서, 물속이나 하늘을 빼놓고는 온 사방에다 크고 작은 길을 낸다. 나지막한 언덕에서부터 해발 1마일에 이르기까지 그 어떤 것도 이 개미들에게 들키지 않고 움직일 수 있는 것은 없다. 짓는 소리나 울음소리 하나 들리지 않는데도 경계경보는 정말 순식간에 퍼져 나간다. 이 개미들에게 왜 그토록 독한 용기가 필요한지 이해가 되질 않는다. 녀석들의 사나움에는 상식도 없는 것 같다. 물론 자기 집을 지키기 위해 싸울 때도 있겠지만, 녀석들은 깨물 상대가 있는 곳이라면 어디서나 싸운다. 사람이나 짐승한테 약점을 찾아내기라도 하면 개미들은 머리를 대고 턱을 처박고는 갈기갈기 찢기는 한이 있더라도 끝까지 더 꽉 깨문 채로 죽어갈 것이다. 그렇게 널리 퍼져 있고 꼭꼭 몸을 숨기고 사는 이 사나운 녀석들을 생각하면, 온 세상이 평화와 사랑에 의해 지배되기까지는 아직도 해결해야 할 숙제가 많다는 생각이 든다.

몇 분 전 캠프로 가는 길에 나는 직경 10피트가량의 죽은 소나무를 지나쳤다. 그 나무는 꼭대기에서 밑둥까지 불길에 휩싸였던 터라, 지금은 마치 기념물로 세운 거대한 검은 기둥처럼 보인다. 이 웅장한 나무 안에는 크고 새까만 개미들이 군체를 이루고 있다. 녀석들은 썩은 부분이든 멀쩡한 부분이든 간에 그 나무 안에 공을 들여 굴과 방을 만들어 놓았다. 갉아 놓은 나뭇조각들이 톱밥처럼 밑둥에 쌓여 이루는 사면(斜面)의 규모로 판단해 보건대, 나무 기둥 전체에 벌집 모양 구멍이 숭숭 났을 것이다. 이 개미들은 자신들보다 더 작고 호전적일 뿐 아니라 강렬한 냄새가 나는 형제 개미들보다 더 영리해 보이는데, 필요하다 싶으면 지체 없이 싸움을 하긴 해도 예의가 더 바르기는 하다. 녀석들은 서 있는 나무 기둥뿐 아니라 넘어진 나무 안에도 집을 만들지만, 건강하게 살아 있는 나무나 땅속에는 절대로 집을 짓지 않는다. 잠시 쉬거나 메모를 하려고 개미집 근처에 앉게 된다면, 돌아다

나의 첫 여름

니던 사냥꾼 개미가 당신을 발견하고는 침입자의 속성과 대처 방법을 파악하기 위해 분명히 조심스럽게 다가올 것이다. 당신이 개미집에 너무 가까이 있지 않고, 꼼짝 하지 않는다면, 이 사냥꾼은 당신의 크기를 재고, 전체적인 모습을 가늠하기 위해 당신의 발이나 다리, 손과 얼굴, 바지 위를 몇 차례 왔다갔다하고는 경보를 울리지 않고 유유히 지나갈 것이다. 하지만 솔깃해지는 구석이라도 있거나 어떤 미심쩍은 움직임이 녀석을 흥분시키기라도 하면 이내 꽉 깨무는데, 얼마나 지독하게 아픈지! 곰이나 늑대가 문다고 해도 이것과는 비교도 안 될 것이다. 감전된 듯이 강렬한 고통의 불꽃이 충격을 받은 신경을 타고 휙 지나가기 때문에, 당신은 자신이 가진 감각 능력이 얼마나 엄청난 것인지 처음으로 깨닫게 된다. 이렇게 지독하게 물리면 순간 앞이 안 보이고 비명을 지르며 개미를 움켜쥐었다가 정신을 차리자마자 어쩔 줄 몰라 빤히 쳐다보게 된다. 다행히 조심만 한다면, 평생 한두 번 이상 물릴 일은 없다. 이 놀랍도록 자극적인 종의 크기는 대략 4분의 3인치 정도이다. 곰은 이 개미를 좋아해서 이 개미가 집을 지은 나무에 구멍을 내고 물어뜯어 산산조각 내고는 개미 알이며 애벌레, 성충 개미, 그리고 썩었든 멀쩡하든 개미가 지은 방들의 목질을 향긋하고 신맛 나는 한 끼 식사로 마구 먹어 치운다. 디거 인디언들 또한 이 애벌레는 물론 성충 개미까지도 좋아한다는 얘기를 나이 든 산지 사람에게서 들은 적이 있다. 디거 인디언들은 개미의 머리를 뜯어 버린 후 몸서리치게 신맛 나는 몸통을 아주 맛있게 먹는다. 이 거대한 세상에서 크든 작든 남을 무는 다른 동물들처럼, 이 불쌍한 개미도 이렇게 물어뜯기고 만다.

앞서 언급한 두 개미의 중간 크기로, 날씬하고 활동적이며 똑똑해 보이는 붉은개미도 있다. 이 개미들은 땅속에 살면서 자신의 집 위에 씨껍질이나 나뭇잎, 지푸라기를 높이 쌓아 둔다. 이들은 주로 곤충이나 식물의 이파리, 씨와 수액을 먹고 사는 듯하다. 자연은 얼마나 많은 입을 먹여 살려야 하며, 우리에겐 얼마나 많은 이웃이 있는가! 또 그 이웃들에 대해 제대로 아는 게 얼마나 되며, 살면서 서로 맞부딪치는 경우는 몇 번이나 될까? 가장 작은 개미를 마스토돈만 하다고 할 때, 그 개미와 비교해서 눈에 보이지 않을 정도로 작은 녀석들은 또 얼마나 많은가를 생각해 보라.

6월 14일

큰 폭포와 그 주변의 작은 물줄기 아래로 쏟아지는 거센 급류로 인해 생긴 웅덩이엔 돌 부스러기 하나 없이 깨끗하다. 폭포를 타고 휩쓸려 온 물질 중 묵직한 것들은 웅덩이 앞에서 조금 떨어진 곳에 둑처럼 쌓이는데, 주변이 침식하면서 둑은 점점 높아진다. 하지만 눈이 녹아 상류의 지류들이 '이쪽 기슭에서 건너편 기슭'까지 온통 포효하며 흘러 내려오는 봄 홍수철이 되면 큰 변화가 일어난다. 여느 여름이나 겨울철이라면 꿈쩍도 하지 않을, 강

52   나의 첫 여름

바닥으로 떨어진 큰 바위들이 봄에 홍수가 나면 큰 빗자루로 쓸기라도 한 것처럼 느닷없이 폭포 너머 웅덩이들로 내동댕이쳐졌다가 오래된 둑의 일부와 더불어 또 다른 둑을 만든다. 반면에 그보다 작은 돌들 중 일부는 강물 따라 더 멀리까지 흘러가다가, 물살의 힘을 이겨 낼 만한 곳에서 크기와 모양에 따라 제각기 자리를 잡는다. 하지만 폭포와 웅덩이, 둑, 이 셋의 관계에서 생기는 변화의 가장 큰 원인은 으레 때가 되면 찾아오는 봄철의 홍수가 아니라, 때를 가리지 않고 느닷없이 들이닥치는 홍수일 것이다. 홍수에 밀려온 돌 더미 위에서 자라는 나무로 판단컨대, 움직일 수 있는 것은 모조리 깨워 소용돌이치고 춤추며 멋진 여행을 떠나게 할 정도로 큰 홍수가 마지막으로 있은 지 한 세기는 족히 된 듯하다. 수로들이 모이는 지점이라 고랑이 패여 있을 뿐 아니라 넓고 경사가 가파른 분지에, "호우(豪雨)"라고도 불리는 격렬한 소나기가 천둥을 동반하며 쏟아져 내리는 여름에 이런 홍수가 일어날 가능성이 크다. 이런 지점에서는 단기간에 별안간 강물이 합류하여 큰 물줄기가 되면서 비록 오래 지속되지는 않지만 엄청난 수송력을 가진 급류로 바뀌기도 한다.

우리 캠프에서 제일 가까운 폭포의 발치에 있는 웅덩이 둑의 아래쪽 가장자리 바로 밑에는 예전의 홍수에 휩쓸려 온 바위 하나가 강바닥 한가운데에 단단히 박혀 있다. 높이가 8피트 정도 되는 입방체의 화강암 덩이인데, 윗면은 물론, 옆면도 보통 때의 수위 자국인 선까지 벨벳 같은 이끼로 덮여 있다. 오늘 바위 꼭대기에 올라 쉬려고 누워서 바라보니 이보다 더 낭만적인 장소가 또 있을까 하는 생각이 들었다. 뚝 떨어진 곳에 제단같이 반듯하고 흔들림 없는 모습으로, 이끼로 뒤덮인 평평한 윗면과 매끈한 옆면을 가진 큼직한 바위다. 바로 그 앞에서 바위 겉면의 이끼를 늘 신선하게 해 주기에 부족함이 없는 곱디고운 물보라로 바위를 촉촉이 적셔 주는 폭포, 그 폭포 아래에서 찬미하는 자들의 무리인 양 앞으로 고개 숙인 채 반원을 그리고 서 있는 나리들과 종 모양의 거품으로 둘러싸인 맑고 푸른 웅덩이, 활처럼 구부러진 가지 사이사이로 햇볕이 내리쬐는 말채나무(flowering dogwood)와 오리나무가 자리하고 있다. 울창한 잎사귀들이 만든 반투명 천장 아래에 있으면 어찌나 시원한지 마음이 진정되고 편안해진다. 급류가 바위를 스치고 지나며 양치식물이 우거진 강바닥의 수많은 자갈들에 부딪혀 저음으로 나지막하게 만들어 내는 끝없이 다양한 소리, 깊은 저음을 내는 폭포며, 종을 치듯 울려 퍼지는 물보라 등 물이 만들어 내는 온갖 음악이 얼마나 사람을 즐겁게 하는지 모른다. 이처럼 모든 것이 에워싸 조용한 방안에 있는 것처럼 근거리에서 서로에게 영향을 미치고 있다. 마치 신이라도 만날 수 있을 듯한 신성한 공간 같다.

해가 진 후 캠프 사람들이 휴식에 들어가자, 나는 다시 더듬더듬 그 제단 바위를 찾아가 발밑엔 물, 머리 위엔 나뭇잎과 별이 있는 그곳에서 그날 밤을 보냈다. 어렴풋하긴 해도 하얗게 보이는 폭포가 자연의 친근한 사랑 노래를 열정적으로 불러 주는

나의 첫 여름

가 하면, 별들은 나뭇잎 지붕 사이사이로 엿보며 하얀 물의 노래를 따라해 온 세상이 낮보다 한결 더 진한 감동을 안겨 주었다. 영원히 잊지 못할 소중한 밤, 소중한 낮이었다. 이 같은 불멸의 선물을 주신 신께 감사드린다.

6월 15일

아침이 되자 기운을 되찾았다. 기나긴 산의 경사면을 따라 쏟아지는 햇살이 잠에서 깨어난 소나무를 금빛으로 물들이며 솔잎 하나하나마다 생기를 부여하고, 살아 있는 만물을 기쁨으로 충만케 한다. 오랜 세월 동안 울새의 노래는 이 축복의 대륙 구석구석까지 기운을 북돋워 주고 기쁨을 안겨 주었는데, 울새는 오리나무와 단풍나무 숲에서 또다시 그 옛 노래를 부르고 있다. 이 산골짜기에서도 울새는 농부의 과수원에서처럼 편안해 보였다. 불록스꾀꼬리(bullock's oriole)와 루이지애나풍금조(Louisiana tanager) 또한 지금쯤 자신의 둥지 주변에서 분주히 움직이고 있을 많은 명금류와 그 밖의 작은 산새들과 더불어 이곳에 와 있다.

직경이 6인치인 골드컵참나무(goldcup oak)와 키가 7피트나 되는 더글러스전나무(douglas spruce), 8피트 길이의 줄기에 장밋빛 꽃이 60송이나 달린 뱀나리를 찾아냈다.

사탕소나무의 솔방울은 둥그스름한 밑면이 끝으로 갈수록 조금씩 뾰족해지는 원추형이다. 오늘은 24인치 길이에 직경이 6인치 가까이 되는 솔방울을 발견했는데, 솔비늘들이 벌어지는 중이었다. 또 다른 솔방울의 길이는 19인치였는데, 이 나무가 잘 자랄 만한 장소에서라면 다 자란 솔방울의 평균 길이는 18인치 가까이 된다. 해발 약 2,500피트에 위치한 지대의 아래쪽 끝자락에서 자라는 솔방울은 길이가 1피트에서 15인치 사이로 대체로 작은 편인데, 요세미티 지역에서 사탕소나무가 자랄 수 있는 상한선인 해발 7,000피트 이상의 지역에서도 사탕소나무의 키는 별반 다르지 않다. 이 멋진 소나무는 끊임없는 연구 대상이자 기쁨의 근원이다. 사탕소나무에 장식술처럼 매달려 있는 거대한 솔방울은 물론, 100피트 이상 뻗을 때까지 큰 가지 하나 없는 완벽한 원통형의 줄기와 고운 자주색 나무껍질, 아래로 구부러지며 멀리까지 뻗어 나가며 깃털로 뒤덮인 멋진 가지들이 모여 만들어 내는, 늘 힘이 넘치면서도 인상적이고 보기 좋은 우듬지 등, 모든 게 아무리 봐도 질리지 않는다. 사탕소나무의 습성이나 전반적인 모습으로 볼 때, 야자나무 같은 면이 없지 않지만, 햇빛을 받으며 조용히 생각에 잠긴 듯한 자세를 취할 때건, 솔잎이란 솔잎을 모두 떨며 폭풍우 속에서 흔들리면서도 정신 바짝 차리고 있을 때건 간에, 외형이나 움직임이 그토록 위엄 있는 야자나무는 일찍이 본 적이 없다. 어린 사탕소나무는 대부분의 다른 침엽수처럼 매우 곧고 균형이 잡혀 있다. 하지만 50~100년 정도 지나면, 나무마다 개체적 특성을 띠기 시작해서 한창때가 지나면 똑같은 나무를 찾기 어렵게 된다. 나무 한 그루 한 그루가 다 나름대로 탄성을 자아낸다. 지금까지 침엽수의 잎을 수도 없이 그려 왔는데, 유감스럽지만 아직도 다 그리질 못했다. 사탕소나무는 300피트까지도 자란다고 하는데, 내가 재 본 나무 중에서 제일 큰 나무도 240피트가 채 되질 않았다. 지면에서 잰 가장 큰 나무의 직경은 약 10피트 정도지만, 내가 듣기로는 12피트, 심지어 15피트짜리도 있다고 한다. 아주 높이 자랄 때까지 이 밑둥의 직경이 그대로 유지되다가, 그 위에서부터 서서히 가늘어지지만 거의 눈에 띄지 않을 정도다. 사탕소나무의 짝이라고 할 노란소나무도 크기로 따지면 사탕소나무에 못지않다. 어린 노란소나무의 길쭉한 은빛 잎들은 우듬지의 어린 가지와 위로 뻗은 가지 끝에서 원통형의 근사한 솔 모양을 하고 있는데, 바람에 솔잎들이 모조리 특정한 각도에서 한 방향으로 흔들리기라도 하는 날엔, 나무는 하얗게 떨리는 태양의 불꽃 탑이 된다. 이 빛나는 수종(樹種)을 은소나무(silver pine)라고 불러도 좋으리라. 이 나무의 솔잎 중에는 1피트 이상이 되는 것도 있으니, 플로리다 주의 긴이파리소나무(long-leaf pine, 노란소나무를 long-leaf pine이라고 부르기도 한다.—옮긴이)의 솔잎과 거의 비슷한 길이다. 크기 면에서 노란소나무는 사탕소나무와 거의 맞먹을 정도일 뿐 아니라 견고한 내구성에 있어서는 사탕소나무를 능가한다고 한다. 그러나 여느 소나무와 별반 다르지 않은 뾰족한 우듬지며, 솔잎 사이사이에 부자연스러울 정도로 빽빽이 모여 있는 비교적 자그마한 솔방울들로 인해, 전반적인 습성이나 풍모는 사탕소나무에 미치지 못한다. 이 세상에 사탕소나무만 없다면, 세계적으로 80~90여 종에 달하는 소나무 중에서 이 노란소나무가 왕이 되어, 고개 숙여 왕을 경배하는 빛나는 수많은 나무들 가운데서 가장 밝게 빛날 것이다. 노란소나무들을 그저 기계적으로 만든 조각품이라 친다 해도 여전히 너무도 우아한 생명체가 아닌가! 밝게 빛나는 멋진 은색 가지와 섬유 조직 그리고 세포마다 생명력이 넘쳐흐르는 모습을 보면 얼마나 가슴이 두근거리고 짜릿한지 모른다. 이것들이 바로 식물 왕국의 신(神)들로서 천국이 바라다 보이는 곳에서 오랜 세월 숭고한 삶을 이어 오면서, 수세대에 걸쳐 주목과 사랑은 물론 경탄의 대상이 되어 온 것이다! 이외에도 리보세드루스(libocedrus), 더글러스전나무, 은전나무(silver fir), 세쿼이아(sequoia) 등과 같은 빛나는 수지(樹脂)를 내는 얼마나 많은 양수(陽樹, sun tree)들이 이 주변과 더 높은 지역에 살고 있는가! 우리 눈을 사로잡는 나무들로 된 초지 같은 이 축복받은 산속에서 우리가 물려받은 유산은 얼마나 풍요로운 것인가!

이제 해가 지고 있다. 서쪽 하늘은 온통 모든 사물을 아름답게 만드는 영광의 색으로 물들어 있다. 파일럿 봉우리 훨씬 위쪽에서 찬란히 빛나는 나무들은 '잘 자라.'는 태양의 인사를 받으며 조용히 생각에 잠겨 있다. 태양과 나무가 다시는 만나지 못할 운명인 듯 엄숙하고 인상적인 작별을 하고 있다. 빛이 잦아들면서 색의 마법이 풀리고, 별 아래서 숲은 밤의 미풍을 맘껏 들이마신다.

6월 16일

오늘 아침엔 브라운즈 평원에서 온 한 인디언이 캠프 중앙으로 곧장 들어왔는데도 아무도 본 사람이 없었다. 나는 내가 쓰고 그린 기록과 그림을 보며 바위에 앉아 있었는데, 우연히 고개를 들었다가 몇 발자국 앞에서 말없이 딱 서 있는 그 사람을 보고 깜짝 놀랐다. 수세기 동안 그 자리에 있던 늙은 나무 그루터기처럼 비바람에 시달려 지저분한 몰골로 미동도 없이 서 있었다. 인디언들은 모두 눈에 띄지 않고 걸어 다닐 수 있는 이런 놀라운 재주를 터득하고 있는 것 같다. 내가 이 숲에서 관찰해 온 어떤 거미들처럼 자신을 보이지 않게 하는 재주 말이다. 예를 들어 거미줄을 쳐 놓은 덤불에 새가 내려앉는 경우와 같은 비상시에, 거미들은 그 즉시 탄력 있는 거미줄을 타고 위아래로 급히 이동하는데, 너무 빨리 움직이기 때문에 제대로 포착하기가 어렵다. 몸을 숨길 만한 곳이 거의 없거나 전혀 없는 곳에서도 적의 눈에 띄지 않게 몸을 피하는 인디언의 능력은 아마도 사냥감에 접근하거나 적을 기습할 때, 혹은 후퇴할 수밖에 없는 상황에서 안전하게 빠져나가기 위해 싸우거나 힘겨운 사냥을 하면서 서서히 습득되었을 것이다. 그리고 이런 경험이 수세대에 걸쳐 전승되면서 마침내 대략 본능이라고 불리는 것이 되었을 것이다.

주변 산의 지면은 너무나 평평하고 도대체 변화라고는 찾아볼 수 없다. 시냇물 양쪽에 있는 얼마 안 되는 공터와 숲으로 된 양탄자가 얇거나 없는 곳을 제외하면 양 목장 너머에서는 발자국 하나 발견되는 일이 거의 없다. 이런 탁 트인 길고 조각난 땅에서는 사슴이 지나간 자국이 발견되기도 한다. 그러나 아주 평탄한 곳에서는 몸집이 작은 수많은 동물들의 발자국은 물론 곰 발자국을 연상시키는 큼직한 발자국이 아주 드물다. 그래서 그것들은 일종의 옅은 장식용 땀이나 자수에 해당한다 하겠다. 주요 능선과 강의 큰 지류에선 인디언들이 지나다닌 흔적을 추적해 볼 수도 있지만, 그 흔적들이 우리가 기대하는 만큼 뚜렷한 적은 결코 없다. 얼마나 오랜 세월 동안 인디언들이 이 숲을 돌아다녔는지 아는 사람은 아무도 없다. 아마 아주 오래전 콜럼버스가 우리 해안에 닿기 훨씬 전부터 그렇게 해 왔을 텐데 더 명확한 자국이 만들어지지 않았다는 것이 참으로 기이하다. 인디언들은 살포시 걸으며 새나 다람쥐보다 풍경을 해치는 일이 없고, 나뭇가지와 나무껍질로 지은 인디언의 오두막은 숲쥐의 집보다도 더 오래가지 못한다. 사냥을 좀 더 쉽게 하려고 숲에 불을 질러 생긴 자국을 제외하면 인디언들이 남긴 더 오래가는 기념물들도 몇 세기를 못 넘기고 다 사라지고 만다.

백인들, 특히 저 아래 금광 지대에서 일하는 백인들이 남긴 대부분의 유적과는 얼마나 다른가! 저들은 단단한 바위를 폭파해 길을 내고, 제멋대로 흐르던 시냇물에 둑을 쌓고 물길을 돌려 협곡과 계곡의 가장자리를 따라 흐르게 해서 광산에서 노예처럼 일하게 만들어 놓았다. 그 시냇물은 죽마(竹馬)를 타고 흐르는 듯 긴 버팀 다리 위에서 저 하늘 높이 능선에서 능선으로 건너다니거나, 철로 만든 관(管)에 갇힌 채 계곡과 언덕을 가로질러 오르락내리락하면서 수마일에 걸친 산 표면과 언덕을 들이받고 쓸어 내고 금이 있는 골짜기나 평지는 모조리 벗겨 내고 체질한다. 피노블랑코 산맥의 측면을 따라 수백 마일에 걸쳐 흩어져 있는 제재소와 벌판, 마을은 말할 것도 없고, 바로 이런 것들이 황금 열풍이 불었던 지난 몇 년간 백인들이 남긴 자국이다. 자연은 다시 나무를 심고, 가꾸고, 예전의 댐과 수로를 휩쓸어 버리고 자갈과 표석(漂石) 더미를 무너뜨려 평평하게 만들고 모든 지독한 상처를 참을성 있게 치료하는 등 할 수 있는 모든 일을 하고 있다. 그러나 이런 자국이 다 지워지려면 오랜 세월이 걸릴 것이다. 이제 대대적인 금광 열풍은 끝났다. 여기저기서 폐석이나 뒤적이며 근근이 살아가는 백발의 나이 든 광부들은 말이 없다. 땅속에서 천둥치는 듯한 발파 작업이 지금도 계속되면서 쿵쾅거리는 석영 공장을 돌아가게 하고는 있지만, 자동 채굴기와 기계 삽으로 난리를 치던 몇 년 전의 열풍에 비하면 주변 풍경에 미치는 영향력은 미미한 편이다. 금맥이 있는 점판암이 대체로 산기슭에 한정되어 있는 것이 그나마 시에라의 정경을 위해서는 다행스러운 일이다. 캠프 주변 지역은 아직 사람들의 손이 미치지 않았고, 이보다 높은 지역에 쌓인 눈엔 하늘 나라에 비할 만큼 발자국 하나 없다.

어제 구름 나라에선 얼마간 언덕도 쌓고 둥근 지붕도 짓더니만 오늘은 아무것도 없다. 상쾌하게 따스한 날인데 햇빛은 유난히 희고 희미하다. 자연의 맥박이 가장 빨라지는 바로 이 봄에 고산 지대의 화창한 날씨는 더할 나위 없이 매혹적이다. 밤에는 피노블랑코 산맥의 정상에서 온화한 산들바람이 불고 낮엔 바다와 저지대 언덕과 평원에서 미풍만이 살살 불어올 뿐이다. 이마저 없다면 너무나 잠잠해 잎사귀 하나도 움직이지 않을 것이다. 그래서 이 주변의 나무들은 바람에 관한 한 할 얘기가 거의 없다.

양도 사람처럼 배가 고플 땐 통제가 안 된다. 내가 지키는 나리 정원만 빼고, 이 발굽 달린 메뚜기 같은 녀석들은 캠프로부터 1, 2마일 반경 내에서 찾을 수 있는 잎이라는 잎은 거의 다 먹어 치웠다. 덤불조차 잎사귀 하나 남지 않았고, 개와 양치기가 지키고 있는데도 양들은 사방으로 뿔뿔이 흩어져 먼지를 일으키며 자취를 감춰 버린다. 검은 양 16마리 중 한 녀석이 보이지 않는 걸 보니 몇 마리는 잃어버린 게 아닌가 걱정된다.

6월 17일

오늘 아침 양들이 우리 문을 통해 튀어나올 때 숫자를 세어 보았다. 거의 300마리가 없어졌지만 양치기는 찾으러 나갈 형편이 못 되니 내가 갈 수밖에 없었다. 나는 빵 한 조각을 허리띠에 매달고는 카를로를 데리고 파일럿 봉우리의 위쪽 경사지를 향해 출발했다. 도망간 멍청한 녀석들을 찾아야 하니 걱정스럽긴 해도 즐거운 하루였다. 혹 떼러 갔다가, 도리어 혹을 붙이고 돌아온 건 아니었다. 오로라 광환(光環) 위로 보이곤 하던 희고 희미한 특이한 빛이 지평선 주변에 동그라미를 그리며 더 위쪽 하늘의 푸른빛과 뒤섞이고 있었다. 구름이라고는 빗질한 명주실같이 폭신폭신하면서도 연필로 희미하게 그린 듯한 몇 점이 전부였다. 나는 평소에 양들을 풀어 두던 구역의 경계선으로 곧장 돌진해 그 주변을 맴돌다 그 녀석들이 밖으로 나간 흔적을 찾았다. 그 흔적은 저 위의 산마루를 지나 케아노투스 덤불이 울타리처럼 둘러싸고 있는 공터로 이어져 있었다. 카를로는 내가 무엇을 하는지 알아채고는 열심히 그 냄새를 따라가더니, 마침내 두려운지 찍소리도 못 내고 웅크린 채 한군데에 몰려 있는 양 떼를 찾아냈다. 녀석들은 먹이를 찾아 나서기도 두려워 밤새껏, 그리고 오전 내내 그 자리에 있었음이 분명했다. 구속에서 벗어나고서도 자유가 두려워 그 자유로 무엇을 해야 할지 모르는, 우리가 아는 어떤 사람들처럼 녀석들도 원래의 길들여진 속박으로 돌아가는 것이 기쁜 듯했다.

6월 18일

세상에서 이보다 더 나은 말을 생각할 수 없을 만큼 '경외심으로 가슴이 뛰는' 아침이다. 내가 여태 듣거나 읽은 천국에 관한 어떤 묘사도 이 아름다운 풍경을 절반도 표현하지 못하는 것 같다. 정오쯤에 창공에 하얗고 가느다란 필치로 곱게 그려 넣은 듯한 구름이 하늘의 약 5퍼센트를 차지하고 있었다.

    털로 덮인 메뚜기 같은 녀석들 너머의 저 높은 산마루와 언덕

꼭대기는 지금 모나델라, 클라키아(clarkia), 금계국(coreopsis) 외에도 술이 달린 키다리 풀잎들로 화려한데 그중 몇몇은 어찌나 큰지 소나무처럼 흔들거리는 것들도 있다. 루피네스 중엔 어떤 종인지 분명치 않은 식물이 많은데 대부분 꽃이 다 진 상태였고, 국화과 식물은 이제 꽃이 지기 시작하는 것들이 많았는데 그 빛나는 꽃부리는 안개 속에서 보이는 별처럼 보풀보풀한 갓털이 되어 쇠하고 있었다.

오늘은 브라운즈 평원에서 또 한 사람이 찾아왔다. 등에 바구니를 멘 나이 든 인디언 여자였다. 마을에서 온 첫 번째 방문객처럼 이 여자도 발견 당시 완전히 캠프 안에 들어와 있는 상태여서 모습을 또렷하게 볼 수 있었다. 얼마나 오랫동안 그 여자가 조용히 우리를 지켜보고 있었는지는 아무도 모른다. 개마저도 그녀가 살금살금 다가오는 것을 눈치 채지 못했다. 아마도 그 여자는 루피네스나 빳빳한 바위떡풀의 이파리, 뿌리줄기를 찾아 들판으로 가는 길이었던 것 같다. 옥양목으로 만든 누더기를 걸치고 있었는데 깨끗한 것과는 영 거리가 먼 상태였다. 그 여자는 어딜 봐도 자연 속의 깔끔하게 잘 차려입은 동물들과는 닮은 구석이 전혀 없었지만, 그 동물들처럼 황야가 베푸는 자비심에 기대어 살고 있었다. 오직 인간만이 더럽다는 것이 참으로 이상하다. 그 여자가 노간주나무와 리보세드루스의 조각조각 난 나무 껍질이나 풀로 엮은 천, 또는 동물의 가죽을 걸치고 있었더라면 그녀도 야생 자연의 당연한 일부로 여겨졌을 것이다. 적어도 얌전한 이리나 곰처럼 말이다. 이렇게 타락한 동료 인간은 새와 다람쥐를 기겁하게 할 정도로 휘황찬란하게 차려입은 관광객과 비교하더라도 더 자연스러운 구석이 전혀 없었다.

6월 19일

온종일 구름 한 점 없는 맑은 하루였다. 잎사귀가 그늘을 드리운 바위는 얼마나 아름다운지! 라이브참나무가 드리우는 그늘은 유난히 투명하고 뚜렷해서 어떤 예술 작품보다도 우아하고 섬세하다. 때로는 돌 위에 그려 넣기라도 한 듯 꿈쩍도 않다가, 또 어떤 때는 소란스런 소리가 무서운지 살며시 미끄러지기도 하고, 흥에 겨워 재빨리 소용돌이를 일으키며 왈츠를 추거나 해안가 낭떠러지를 수놓는 파도처럼 순식간에 햇볕이 잘 드는 바위 위를 오르락내리락하며 춤을 추기도 한다. 이 그림자가 만드는 아름다움은 얼마나 진실하고 사실적이며, 더할 나위 없는 숭고함을 지녀 그 아름다움이 배가 되는지! 요즘 꽃이 아주 큰 오렌지나리 (orange lily)는 더할 나위 없이 아름다운 잎사귀와 꽃으로 치장하고 있다. 정말 건강한 자연의 총아(寵兒)이자 귀한 식물들이다.

6월 20일

오늘 아침 멍청한 양 몇 마리가 거미집에 걸려든 파리처럼 얽히고설킨 덤불에 꼼짝없이 간혀서 구출해 내지 않으면 안 되었다. 녀석을 발견하고서 카를로는 되도록이면 손쉽게 함정에서 몰고 나오려고 했다. 양에 비하면 개가 얼마나 영리한 동물인가! 카를로보다 더 한결같고 인정 많은 친구나 조수도 없을 것이다. 이 고귀한 세인트버나드는 자신의 종족에게 영예이다.

대기에는 발삼과 송진, 민트의 독특한 향기가 감돌고 있다. 숨을 들이쉴 때마다 그런 선물을 주신 신께 감사해야 마땅하리라. 이렇게 거친 야생지가 그리도 아름답고 훌륭한 것으로 가득 찰 수 있으리라고 누가 짐작이나 하겠는가? 무대 장치와 음악이 있고 향내가 나는 가운데, 웅대한 연극이 상연되고 있는 둥근 지붕의 대형 천막 안에 들어와 있는 느낌이다. 연극의 온갖 비품과 행동들이 어찌나 재미있는지 한순간이라도 지루한 시간을 억지로 견뎌야 할 위험은 없다. 신은 이곳에서 스스로의 열정에 불타는 사람처럼 일하며 늘 최선을 다하는 것 같다.

6월 21일

내 나리 정원까지 강둑을 따라 걸었다. 자연 속에 피어 있는 이 나리들의 완벽한 아름다움은 그칠 줄 모르는 감탄과 경이의 근원이다. 그것들의 뿌리줄기는 웅덩이 옆의 변성 점판암 분지에 쌓여 있는 새까만 옥토에 자리 잡고 있기 때문에 홍수가 나지 않아도 물이 부족할 일은 없다. 윤기 나는 길쭉한 줄기를 삥 둘러 고르게 윤생으로 나 있는 잎사귀 하나하나가 꽃잎 못지않게 곱게 마무리되어 있고, 나리꽃이 자라기에 필요한 빛과 열은 꽃들 위로 드리운 나뭇가지 사이사이를 지나며 적절히 측량되고 조절

나의 첫 여름

된다. 한낮에 내린 폭우로 인해 아무리 강한 바람이 불어도 나리꽃은 안전하게 보호받는다. 양치류로 가장자리를 두른 아름다운 털깃털이끼(hypnum)의 양탄자와 제비꽃, 그리고 데이지 몇 송이가 나리꽃 아래 펼쳐져 있다. 그 주변엔 모든 식물들이 나리처럼 향기롭고 싱싱하다.

오늘 하늘 나라엔 산 모양의 흰 구름 하나가 외롭게 떠 있지만, 햇살과 그늘이 더해져 있어 커다란 돔 같은 산꼭대기와 돌기물이라도 붙은 듯 불룩 솟아오른 산마루, 그 사이사이의 계곡과 협곡의 색조는 이루 말할 수 없을 만큼 아름답다.

6월 22일

다른 날보다 훨씬 구름이 많이 끼었다. 정기적으로 소나기를 데려오는 적운(積雲) 외에도 머리 위로 안개 같은 구름이 얇게 펴져 있다. 통틀어 구름의 비율이 약 75퍼센트 정도인 듯하다.

6월 23일

아! 산속에서 보내는 이 광막하고 고요하며 헤아릴 수 없는 하루하루는 일과 휴식을 동시에 자극한다. 이런 날들이 발산하는 빛은 만물을 다 하나같이 성스럽게 보이게 하며, 신을 보여 주는 수많은 창을 열어 준다. 아무리 지쳐 있더라도 산에서 하루를 보내며 축복을 받은 사람이 도중에 기운을 잃는 일은 없을 것이다. 장수를 누릴 운명이건 단명할 운명이건, 파란만장한 삶을 살 운명이건 평온한 삶을 살 운명이건 간에 그 사람은 영원한 부자이다.

6월 24일

평소와 다름없이 구름이 끼고 천둥이 친다. 양치기 빌리는 양에 관한 한 고민이 많다. 양들은 맨 처음 창조된 양고기와 마지막에 창조된 양털까지 다른 어떤 동물보다도 더 사악한 악령에 홀려 있다고 빌리는 단언한다. 양이 아무리 많이 없어져도 자신은 그 양들을 찾으러 한 발자국도 움직이지 않겠다며, 도망간 양 한 마리를 찾아오는 동안 아마 열 마리는 잃게 될 거라는 이유를 댔다. 그러다 보니 도망간 양들을 잡아오는 일은 카를로와 내 차지가 되었다. 빌리의 개 잭 또한 매일 밤 캠프를 나가 브라운즈 평원에 있는 산 위에 사는 이웃을 찾아가는 통에 골치를 썩이고 있다. 잭은 이렇다 할 혈통이 없는 그저 평범하게 생긴 똥개지만 사랑과 싸움에 있어서만은 어이없을 정도로 모험적이다. 줄이나 가죽 끈에 묶어 둬도 녀석은 모조리 끊어 버리곤 했다. 관목이 무성한 산을 오르고 또 오른 끝에 녀석을 잡아 온 개 주인은 녀석의 턱 밑에 있는 개목걸이에 막대기를 묶고, 그 막대기의 다른 한 끝은 단단한 묘목에 붙들어 매었다. 그러나 밤새 계속해서 비틀어 대더니, 그 막대기가 지렛대 역할을 해 묘목에 묶어 둔 쪽이 다 닳아서 끊어졌고, 녀석은 숲에서 막대기를 질질 끌며 늘 가던 길을 걸어 안전하게 인디언 부락에 다다랐다. 주인은 뒤를 쫓아가 이것저것 생각할 것도 없이 녀석을 패 주고는 다음 날 저녁엔 "그 얼빠진 강아지 새끼"를 그 녀석 몸무게와 맞먹을 만한 무거운 무쇠 더치 오븐 뚜껑에 인정사정없이 붙들어 매 놓겠다며 욕설을 퍼부었다. 그 무쇠 뚜껑을 녀석의 턱 가까이 개목걸이에 연결하자 이 불쌍한 녀석은 꼼짝도 할 수 없는 것 같았다. 깜깜해지고 나서도 녀석은 있는 대로 기가 죽어 있었고, 뚜껑을 가로질러 앞발을 올려놓고 몸을 쭉 편 채 머리를 두 발 사이에 딱붙이지 않으면 주변을 돌아볼 수도 없고 누울 수조차 없었다. 하지만 아침이 채 되기도 전에 잭은 그 무쇠 고정 장치가 자신을 반대 방향으로 끌어내리는데도 불구하고 언덕 저 높은 곳에서 "더 높은 곳으로"를 외치고 있었다. 녀석은 무거운 뚜껑을 가슴에 방패처럼 껴안은 채 뒷발로 서서 걸어갔거나, 좀 더 정확히 말하면 기어 올라갔을 게 분명하다. 적과 맞서기 위해 참으로 가공할 정도의 철갑으로 무장한 모습으로 말이다. 다음 날 밤 개와 냄비 뚜껑, 그리고 모든 것들을 낡은 콩 부대에 묶고서야 성난 빌리는 승리를 거둘 수 있었다. 그러나 캠프를 떠나기 바로 전 잭은 방울뱀에게 아래턱을 물렸다. 그 후 일주일가량 녀석의 머리와 목은 부어올라 평상시 크기의 두 배 이상 되어 보였다. 그런 꼴을 하고도 녀석은 여전히 팔팔하고 기운차게 뛰어다니더니 이젠 완전히 나았다. 치료라고 받은 건 신선한 우유가 전부였는데, 한 번에 1갤런이나 2갤런 정도의 우유를 상처가 나고 독이 오른 목구멍에 강제로 퍼부었던 것이다.

6월 25일

그저 양을 위한 캠프이긴 해도 산악 지방의 이 거대한 분지는 나의 집, 즐거운 나의 집이 되어 날이 갈수록 정이 들고 있으니 떠나려면 참 섭섭할 것 같다. 그래도 아직까지는 뭐든 짓밟고 다니는 저 녀석들이 나리 정원에 피해를 끼친 적은 없다. 먼지투성이에 굶주려서 기진맥진한 불쌍한 녀석들! 참으로 가엽기도 하다. 덤불과 풀을 15~20톤 정도 얻으려면 날마다 몇 마일씩은 걸어야 한다.

6월 26일

누텔스말채나무(Nuttall's flowering dogwood)에 꽃이 피면 참 아름답다. 나무 전체가 눈으로 덮인 듯 하얗다. 총포(總苞)의 폭은 6~8인치이다. 옆에 있는 나무들 때문에 공간이 비좁지만 않다면 우듬지도 넓고 키도 30~50피트는 되는 꽤 큰 나무다. 총포가 화려하다 보니 주변에 나방이나 나비처럼 날개 달린 곤충들이 떼를 지어 몰려드는데, 그건 곤충들 자신은 물론 나무에게도 이익이라는 생각이 든다. 이 나무는 시원한 물을 꽤 좋아한다. 그래서 오리나무나 버드나무, 미루나무처럼 많은 물을 필요로 하며 시냇가에서 가장 잘 자라지만, 골짜기에 있는 시냇물로부터 멀리 떨어진 소나무 아래 그늘지고 축축한 곳에서 자라기도 하는데, 이 경우는 크기가 훨씬 작다. 가을에 잎이 다 자라면 빨강, 자주, 혹은 연자줏빛의 매력적인 색조를 띠는데 꽃보다 훨씬 더 아름답다.

나의 첫 여름

언덕의 그늘진 사면 위에는 관목 같은 또 다른 종이 무성하게 자라고 있는데, 아마도 코누스 세실리스(*Cornus sessilis*)인 듯하다. 그이파리는 양의 먹이가 된다. 멀리서 우르르 쾅쾅 중얼거리듯 메아리치며 번개 치는 소리가 몇 차례 들렸다.

6월 27일

비이크드개암(beaked hazel, *Corylus rostrata* var. *Californica*)은 파일럿 봉우리 능선으로 이어지는 시원한 경사지에선 흔한 식물이다. 우리 조상들이 살던 멋진 시골에서 자라던 참나무나 히스와 마찬가지로 이 개암나무에는 묘하게도 뭔가 사람의 마음을 끄는 구석이 있는데, 이 참나무와 히스를 통해 식물에 대한 우리의 사랑이 대물림되어 왔다는 생각이 든다. 이 종은 4~5피트 정도의 키에, 잎사귀는 부드럽고 털이 많아 촉감이 좋을 뿐 아니라 열매 맛이 좋기 때문에 인디언과 다람쥐들이 열심히 찾는다. 여느 때와 마찬가지로 하늘은 한낮의 흰 구름으로 더욱 아름답다.

6월 28일

따뜻하고 기분 좋은 여름날이다. 작열하는 햇살이 모든 신경을 자극한다. 새로 돋은 솔잎과 전나무 잎이 거의 다 자라 찬연히 빛나고 있다. 뜨거운 바위 여기저기에선 도마뱀이 번득이고 있다. 캠프 가까이에 사는 녀석들 중 반 이상은 꽤 유순한 편이다. 우리가 해칠까 봐 의심해서가 아니라 그저 호기심에서 바라보는 건지, 머리를 돌려 뒤돌아보며 갖가지 귀여운 몸짓을 해 대고 사람들의 일거수일투족에 주의를 기울인다. 눈도 예쁘고, 순하며 악의가 없는 녀석들이다. 캠프를 떠나 녀석들과 헤어지게 되면 정말 슬플 것이다.

6월 29일

그 강 본류의 폭포와 여울 주변을 훨훨 날아다니는 작고 흥미로운 새를 사귀고 있다. 물에서 먹이를 구하며 물가를 떠나는 일이 없긴 하지만 이 새는 신체 구조상 물새는 아니다. 물갈퀴도 없는 발로 깊고 소용돌이까지 치는 여울에 대담하게 뛰어들어 오리나 아비(阿比)처럼 물속에서 날개로 헤엄을 쳐 바닥에서 먹이를 잡아 먹는 것이 분명하다. 얕은 물가에선 걸어서 돌아다니다가 홱 움직이거나 끄덕이기도 하고 까불어 대기도 하면서 때때로 머리를 물속에 밀어 넣고는 했는데, 이런 행동은 언제나 주의를 끌기 마련이다. 울새만 한 이 새의 날개는 작고 빳빳해서 물속이나 공기 중에서 날아다니기에 편리했으며, 적당한 크기의 꼬리는 위로 구부러져 있어, 고개를 끄덕이거나 깐닥깐닥하는 꼴이 꼭 굴뚝새처럼 보였다. 털 색깔은 무늬 없이 푸른빛이 감도는 은회색인데 머리와 어깨는 갈색을 띤다. 폭포에서 폭포로, 여울에서 여울로 메추라기처럼 강한 날갯짓으로 휙 하고 날며 꾸불꾸불한 시냇물을 따라가다가 보통은 물길에 불룩 튀어나온 돌이나 떠내려가다 걸린 가지에 내려앉는다. 아주 가끔씩은 앞으로 드리운 나무의 마른 가지에 내려앉기도 하는데, 기분이 내키면 보통 나무에 사는 새처럼 횃대에 앉기도 한다. 그 자태는 더할 나위 없이 이상야릇하면서도 우아하고 점잔 빼는 듯하다. 그 조그만 녀석은 노래도 부르는데, 노랫소리는 개똥지빠귀처럼 맑고 고우며 상당히 저음이라 조금도 시끄럽지 않다. 그 녀석이 활기차게 움직이는 것을 보고 사람들이 기대하는 것보다는 훨씬 덜 예민하며 덜 눈에 띈다. 이 시내에서 가장 아름다울 뿐 아니라, 여름날의 열기를 진정시켜 줄 그늘과 시원한 물, 물보라가 있는 온화한 지역에서 이 귀여운 새는 얼마나 낭만적인 생활을 영위하는지! 밤낮 시냇물의 노래를 듣고 산다는 사실을 고려하면 이 새가 멋진 가수라는 사실이 조금도 놀랍지 않다. 여울과 폭포 주변의 공기는 부딪쳐 음악이 되기 때문에, 이 조그만 시인이 들이마시는 모든 숨도 노래의 일부가 된다. 그 새의 첫 번째 교습은 폭포 소리에 맞추어 태어나기 전 알의 떨림이나 흔들림에서 시작되었음이 틀림없다. 아직 그 새의 둥지를 본 적은 없지만, 시내를 떠나는 적이 없는 걸 보면 시내 가까이에 둥지를 트는 것이 분명하다.

6월 30일

하늘의 반은 흐리고 반은 화창해 흰 구름이 환히 빛났다. 파일럿 봉우리 능선을 따라 꽉 들어차 있는 커다란 소나무들이 공단 같은 하늘에 절묘하게 그려 넣은 6인치짜리 소품처럼 보였다. 하늘은 구름의 양이 평균 25퍼센트 정도 되어 흐리다. 비는 내리지 않았다. 이 잊지 못할 한 달이 이렇게 끝나가고 있다. 햇빛의 찬란함이나, 바닷물과 강물의 흐름을 분할할 수 없는 것과 마찬가지로 미(美)의 흐름을 달력 같은 셈법으로 구분지을 수는 없는 것이다. 평화롭고 기쁨에 넘치는 미의 흐름을 말이다. 매일 죽음 같은 잠에서 깨어난 행복한 식물과 우리의 친구인 크고 작은 모든 동물들, 심지어 바위마저도 "깨어나! 어서 깨어나서 기뻐해! 기뻐해. 와서 우리를 사랑해 주고 우리와 함께 노래해!"라고 외치는 듯하다. 캠프가 위치한 작은 숲의 고요함과 혼을 빼앗길 만큼 신비한 아름다움과 평화로움을 되돌아보니, 이번 6월은 내 생애 최고의 달이라는 생각이 든다. 가장 참되고, 신성하리만치 자유로우며 끝없이 영원불멸할 것만 같은 달이다. 그 안에 있는 것은 모두 하나같이 거룩하다. 부드럽고 순수하고 열렬히 타오르는 신의 사랑처럼, 과거나 미래의 어떤 것도 결코 더럽히거나 희미하게 할 수 없으리라.

7월 1일

여름이 한창이다. 씨들이 벌써 꽃받침이나 꼬투리에서 빠져나와 예정된 장소를 일제히 찾아가는 중이다. 어떤 씨는 뿌리를 박고 모체(母體) 옆에서 자라고, 또 어떤 씨들은 바람의 날개를 타고 멀리 날아가 낯선 식물들 사이에서 자라기도 할 것이다. 대부분의 어린 새들은 깃털이 다 자라 제 둥지를 떠났지만 여전히 엄마 새, 아빠 새의 보살핌 속에서 보호받고 먹이를 얻으며 어느 정도

나의 첫 여름

의 교육도 받는다. 새의 가족 생활은 이토록 아름답다! 그러니 우리 모두가 새를 사랑하는 것이 조금도 놀랍지 않다.

나는 다람쥐를 관찰하는 것을 좋아한다. 이곳엔 큰캘리포니아회색다람쥐(large California gray squirrel)와 더글러스다람쥐, 이렇게 두 종류가 산다. 내가 본 다람쥐 중에서 제일 영리한 더글러스다람쥐는 격렬하게 튀는 생명의 불꽃 같으며 잠시도 가만있지 않는 발톱으로 모든 나무를 간질인다. 산의 신선한 활기와 용기가 응축된 덩어리여서 햇살만큼이나 질병에 걸릴 염려도 없다. 이런 동물이 지치거나 병드는 일은 생각조차 할 수 없다. 애초에 양치기나 개는 물론이고 양 떼까지 모조리 내쫓으려 드는 걸 보면 이 녀석들은 산이 온통 자기들 차지라고 생각하는 듯하다. 눈을 부릅뜨고 이를 드러내며 수염을 쫑긋해 얼굴을 찡그리면서 어떻게나 무섭게 호통을 치는지! 녀석이 저렇게 우스울 정도로 작지만 않다면, 정말 무서웠을 것이다. 나는 녀석이 어떻게 자라는지, 또 1년 내내 나무 꼭대기는 물론, 옹이 구멍에 만든 자기들 집에서 어떻게 생활하는지를 좀 더 알고 싶었다. 어린 새끼들로 바글바글한 녀석의 집을 지금까지 한 번도 찾을 수가 없었다니 참 이상하다. 더글러스다람쥐는 대서양을 향해 경사진 사면에 사는 붉은다람쥐와 거의 같은 족속인데, 북부 지역의 끊임없이 이어지는 커다란 숲 덕분에 미 대륙의 서부까지 퍼지게 된 듯하다.

캘리포니아회색다람쥐는 더글러스다람쥐를 빼고는 둘째가라면 서러울 정도로 아름다우며, 주변에 있는 털이 난 동물들 중에서 가장 흥미로운 동물이다. 더글러스다람쥐에 비해 덩치는 두 배나 되지만 숲 속의 일꾼치고는 그렇게 활발하지 않고 영향력도 그리 크지 못하며 이파리나 가지를 헤치고 돌아다녀도 더글러스다람쥐만큼 소란스럽지 않다. 우리 개한테 말고는 무엇을 보고 짖어 대는 소리를 들어 본 적이 없다. 올해에 익은 열매를 구할 수 있는 때가 아직 아니기 때문에, 먹이를 찾아 가지에서 가지로 소리 없이 미끄러지듯 움직이며, 비늘 사이사이에 몇 알갱이라도 씨가 남아 있을까 해서 지난 해 떨어진 열매를 자세히 살펴보기도 하고 낙엽 사이에 떨어진 열매를 줍기도 한다. 녀석의 꼬리는 꽁무니에서 흔들리는가 싶더니, 어느 틈엔가 머리 위에서 흔들리기도 하고, 곧게 펴져 있다가 새털구름 뭉치처럼 우아하게 돌돌 말리기도 한다. 거칠고 끈적끈적한 것을 만져도 털은 모두 제자리에 있고 엉겅퀴의 갓털 못지않게 깨끗하고 반짝반짝 빛난다. 녀석의 몸무게는 꼬리만큼이나 가벼워 보인다. 어린 더글러스다람쥐는 성미가 급하고 격렬하며 허풍이 심할 뿐아니라 전의(戰意)에 불타고 허영심이 넘쳐, 재빨리 힘차게 움직이기 때문에 보는 일이 고통스러울 정도다. 익살스럽게 빙빙 돌면서 구경꾼들을 현기증 나게 한다. 그러나 캘리포니아회색다람쥐는 수줍어하고 나무마다, 덤불마다 또 통나무 뒤 어디에나 적이 있을 거라고 예상하는지 살금살금 은밀하게 움직인다. 그저 혼자 있게 내버려 두기만을 바랄 뿐, 다른 동물이 보는 것도, 칭찬을 받는 것도, 혹은 다른 동물을 겁주는 것도 바라지 않는 듯

나의 첫 여름

하다. 매나 뱀, 살쾡이 같은 적들은 말할 것도 없고 인디언들이 다람쥐를 잡아먹곤 하니 사람들을 경계하는 것이 당연하다. 먹이가 충분한 숲에서 다람쥐는 덤불 속의 집까지 길을 내기도 하지만, 날씨가 덥고 건조해지면 날마다 거의 같은 시각에 찾아가 물을 마시는, 자기가 제일 좋아하는 웅덩이 쪽으로 늘어진 나무 위로 길을 내기도 한다. 이런 웅덩이엔 활과 화살을 들고 잠복한 채 눈이 빠지도록 지켜보고 있다가 찍소리 하나 없이 다람쥐를 죽이곤 하는 사람들이, 특히 남자 아이들이 있다고들 한다. 하지만 이런 적들이 있다 해도 다람쥐들은 숲을 좋아하고, 지칠 줄 모르는 생명력을 가졌으며, 늘 행복에 가득 차 있는 동물이다. 자연의 모든 야생 동물들 가운데 다람쥐가 가장 야생적인 듯하다. 다람쥐와 서로 더 잘 알고 지냈으면 좋겠다.

캠프의 남쪽 방향으로 난 언덕 사면은 덤불로 뒤덮여 있어 수많은 즐거운 새들에겐 둥지를 마련할 장소를 제공해 주고, 호기심 많고 잘 생겼을 뿐 아니라 재미있어 어디에서 보든 늘 관심을 끄는 숲쥐에게도 살 집과 숨을 장소가 되어 준다. 숲쥐는 쥐라기보다는 다람쥐에 가까워, 몸집도 훨씬 더 크고, 배 쪽은 털이 희지만 다른 부분은 암청회색의 곱고 부드러운 털이 빽빽이 나 있다. 귀는 크고 반투명이고 눈은 온화하고 눈물에 젖은 듯 불룩하며, 발톱은 바늘처럼 가늘고 날카로운데, 팔다리가 강하기 때문에 다람쥐처럼 잘 기어오른다. 쥐나 다람쥐 중에서 숲쥐만큼 표정이 순진한 녀석도, 접근하기 쉬운 녀석도 없으며, 자신의 선의

에 그렇게 자신감을 보이는 녀석도 없다. 숲쥐는 가시투성이 덤불에 살기에는 너무 예민해서 집 내부가 아무리 부드럽다 해도 녀석과 어울리지 않는 것 같다. 이 산에 사는 어떤 동물도 보기에 그토록 크고 인상적인 집을 짓는 동물은 없다. 삼삼오오 모여 있는 녀석들의 집을 생전 처음 우연히 보게 되면 그 모습을 다시는 잊지 못할 것이다. 녀석들은 아무 데서나 주어 온 오래된 썩은 가지와, 가장 가까운 덤불에서 물어 온 가시투성이의 싱싱한 가지 등 갖가지 나뭇가지로 집을 짓는다. 태울 준비라도 하는지 원뿔형으로 쌓아 놓은 진흙덩이, 돌, 뼈, 사슴뿔 등 물어 올 수 있는 것이라면 뭐든 가져와 온갖 잡동사니를 섞는다. 이 진기한 오두막 중에는 높이가 6피트, 기부(基部)가 6피트나 되는 것도 있다. 열두 개 혹은 그 이상의 오두막이 옹기종기 모여 있는 경우도 종종 있는데, 아마도 사교적 목적보다는 먹이나 피난처를 얻을 수 있다는 이점 때문인 듯하다. 외로운 탐험가가 인가에서 멀리 떨어진 언덕 사면에 빽빽이 들어찬 덤불투성이의 수풀을 지나다가 이런 낯선 마을로 우연히 들어서게 되면 그 광경에 놀라 자신이 인디언 거류지에 발을 들여놓았다고 생각하고 어떤 대접을 받을지 궁금해 할지도 모른다. 하지만 그 탐험가는 어떤 야만인도, 단 한 명의 주민도 만나 보지 못할 것이다. 기껏해야 두세 마리 정도가 그들의 원형 오두막집 지붕에 자리 잡고 앉아 온화하기 이를 데 없는 야성의 눈으로 그 낯선 사람을 바라보며 가까이 다가오는 것을 용납하고 있는 것을 보게 될 것이다. 거칠고 끝이

나의 첫 여름

뾰족한 오두막의 한가운데에는 끌고 오려고 깨물어 바순 나무껍질의 내부 섬유 조직으로 만든 폭신한 보금자리가 있는데, 그 안은 버드나무나 밀크위드(milkweed) 같은 다양한 씨의 갓털이나 솜털로 만들어져 있다. 가시투성이의 두꺼운 벽으로 둘러싸인 집 안에 사는 이 우아한 생물은 가시가 많은 총포 안에 든 부드러운 꽃을 연상시킨다. 어떤 집은 지면에서 30~40피트 높이의 나무 위에, 심지어는 맨 꼭대기에 지어져 있어 녀석들이 아무리 황량한 고독에 익숙해졌다 해도 제비나 홍방울새처럼 인간과의 교제나 보호를 원하는 건 아닌가 하는 생각이 든다. 살림꾼 중에서 숲쥐는 도둑으로 유명한데 자신의 괴상한 집으로 칼, 포크, 빗, 못, 양철 컵, 안경 등 나를 수 있는 것이라면 모조리 날라 오기 때문이다. 그런데 내가 보기에 그 녀석은 오로지 자신의 요새를 튼튼하게 하기 위해서 그렇게 하는 것 같다. 내가 아는 한, 녀석이 집에서 먹는 것은 열매나 딸기, 씨앗, 때로는 다양한 종의 케아노투스의 어린 싹과 껍질 같은 것으로 다람쥐의 먹이와 별반 다르지 않다.

7월 2일

따뜻하고 화창한 날이다. 이런 날은 식물과 동물, 바위를 전율시키고, 수액과 피를 빨리 흐르게 하며, 수정 산의 모든 요소들을 마치 성진(星塵)처럼 제 스스로 율동하며 빙빙 돌며 춤추게 한다. 어디에서도 따분함이라고는 볼 수도 생각할 수도 없다. 정체(停

滯)도 없고 죽음도 없다. 자연의 커다란 심장 박동 소리에 맞추어 기쁨에 넘친 만물이 율동적으로 움직인다.

더 높은 산 위에 진줏빛 뭉게구름이 걸려 있다. 한쪽 언저리에 은빛이 둘러진 게 아니라 온통 은빛으로 빛나는 구름 말이다. 1년 중 어느 때 어떤 지역에서 본 구름보다도 생김새가 다채롭고 밝게 빛나며 또렷하고 돌처럼 단단해 보일 뿐 아니라 윤곽 또한 더할 나위 없이 선명했다. 시에라의 최고봉이라고 할, 눈처럼 흰 이 구름 산맥들이 날마다 만들어졌다 허물어졌다 하는 모습이 내겐 최고의 경이로움이다. 수마일 높이의 엄청나게 큰 희고 둥근 지붕을 바라볼 때마다 감탄을 금할 수 없다. 하늘과 산에서 이런 일이 일어나고 있는 와중에 식생활의 변화가 우리를 쇠약하게 하고 있다. 지난 며칠 동안은 빵이 다 떨어져 먹지 못했다. 고기나 설탕, 차는 넉넉했지만, 말로 설명하기 어려울 만큼 빵이 먹고 싶어지기 시작했다. 그렇게 넉넉하고 광대한 자연 속에서 먹을 것이 부족하다고 느끼다니 참으로 이상했다. 인디언 보기가 창피하고 다람쥐 보기도 창피했다. 녹말 성분이 있는 뿌리와 씨앗, 껍질은 넘쳐 났지만, 식품 부족은 우리 몸의 균형을 깨뜨리고 우리가 누리는 최대의 즐거움을 위협했다.

7월 3일

따뜻한 하루. 숲으로 겨우 새어 들 정도의 미풍이 불어 숲 속에 있는 수많은 샘물로부터 향내를 실어 왔다. 소나무와 전나무의 열매가 쑥쑥 자라고, 어느 나무에서나 송진과 발삼이 뚝뚝 떨어지며, 씨앗은 어느새 무르익어 풍작을 약속하고 있다. 다람쥐는 빵을 얻게 될 것이다. 다람쥐들은 열매가 익기도 훨씬 전에 온갖 종류의 열매를 먹지만 배탈 한 번 나지 않는다.

식량 부족

7월 4일

숲의 정수(精髓)로 충만한, 양 목장 저 너머의 공기는 무르익어 가는 과실처럼 나날이 더 달콤하고 향기로워지고 있다.

딜레이니 씨는 조만간 식량을 사 가지고 저지대에서 오기로 되어 있다. 양 떼를 새로운 목장으로 옮겨야 하기 때문에 우리 모두는 든든히 먹어 둬야 했다. 그러는 차에 밀가루는 물론이고 콩 등, 양고기와 설탕, 차를 빼고는 식량이 모조리 바닥을 드러냈다. 양치기는 사기가 매우 저하되어 양 떼야 어떻게 되든 거의 신경을 쓰지 않는 것 같았다. 주인이 자신을 안 먹이기 때문에 자신도 양을 제대로 먹일 의무가 없다며, 어지간한 백인치고 양고기만 먹고도 이런 가파른 산을 오를 수 있는 사람은 없을 거라고 큰소리를 치기도 했다. "진짜 하얀 백인에게 이런 음식은 안 어울리지. 개나 코요테, 인디언한테는 문제가 다르지만 말이야. 좋은 음식이 있어야 좋은 양이 있는 거야. 바로 그게 내가 하고 싶은 말이라구." 이상이 빌리의 독립 기념일 연설문이었다.

7월 5일

시에라 고지에서 잠시도 놓치지 않으려고 정신 바짝 차리고 바
라보면 볼수록 한낮의 구름은 나날이 형언할 수 없을 만큼 놀랍
게 아름다워지는 것 같다. 어제는 저지대에서 화약 연기가 피어
올랐는데, 이즈음 연사들의 우아한 웅변은 아마도 잦아들었거나
이미 바람에 날아가 버렸을 것이다. 이곳은 하루하루가 축제일
이기 때문에 닳거나 낭비되거나 물리는 일 없이 평온한 열정 속
에서 희년(禧年, jubilee) 같은 환희가 퍼져 가고 있다. 만물이 기뻐
하고 있다. 세포 하나 결정 하나도 축복을 받지 않거나, 잊히는
일이 없다.

7월 6일

딜레이니 씨는 아직도 안 돌아오고 식량 부족은 심각해지고 있
다. 양고기에 적응하려면 힘들겠지만 한동안은 양고기를 먹는
수밖에 없을 것 같다. 텍사스의 개척자들은 여하한 종류의 곡물
이나 빵은 입에 대지도 못한 채, 야생 칠면조 가슴살만 먹고 몇
달을 버텼어도 별 어려움이 없었다고 한다. 조금 덜 안전하기는
했지만 얼마 되지 않은 음식에 애태우던 옛날에는 이런 일이 많
았다. 초기에 로키 산맥 지역에서 모피를 얻기 위해 덫을 놓아
사냥을 하던 사냥꾼들이나 모피상들은 몇 개월씩 들소와 비버

고기만을 먹고 살았다. 인디언과 백인 가운데 연어를 잡아먹고 살던 사람들 또한 빵이 없어도 거의, 아니, 전혀 고통을 겪지 않았다. 양고기가 상등급이라지만 지금 시점에서는 가장 바람직하지 않은 음식인 듯하다. 제일 기름기가 적은 살점을 집어 심하게 올라오는 구역질을 참고 삼켜 보지만 욕지기가 나고 그 역한 음식에 거부 반응이 일어난다. 차라도 한 잔 마시면 문제는 더욱 심각해진다. 위는 자신만의 의지를 가진 독립된 존재인 양 자신을 내세우기 시작한다. 우리도 인디언처럼 루피네스 잎사귀와 토끼풀, 빠닥빠닥한 잎꼭지와 바위떡풀의 뿌리줄기를 끓여 먹어야 할 것 같다. 위에 탈이 났지만 신경을 쓰지 않으려고 자리에서 일어나 주변을 살펴보며 눈을 산으로 돌리고는, 수풀과 바위를 통과해 경관의 중심부에 올라가려고 끈질기게 애를 썼다. 숨죽인 정적이 엄습했고, 오늘 일은 물론 즐거움도 지지하게 끝이 났다. 우리는 케아노투스 이파리 몇 장을 씹어 점심을 때우고는, 나았다 싶다가도 안개처럼 우리를 감싸며 파고드는 무지근한 두통과 위통을 완화하기 위해 향긋한 모나델라를 씹어 보기도 하고 향내를 맡아 보기도 했다. 밤에 그렇게 많이는 아니더라도 여러 부위의 양고기를 더 먹었다. 잠자리 위에 있는 삼목의 갓털과 가지 사이로 별들이 빛났다.

7월 7일
아침엔 힘이 없고 속이 느글거려 빵 생각뿐이었다. 밀밭과 방앗

간에 기반을 둔 식사를 하지 않고서는 신성한 숲에서도 며칠 동안 산책하기가 어렵고, 최선의 연구에 열중하기가 어려웠다. 우리 속에 갇힌 앵무새처럼 우리는 수백 가지 크래커 중 아무 거라도 원한다. 세상을 떠돌며 먹다 남은 비스킷이라고 해도 감지덕지할 것이다. 베이킹 소다를 넣어 구운 비스킷이 건강에 좋은지도 문제 삼지 않을 것이다. 식물을 관찰하러 여행을 다니며 내 스스로 증명해 낸 것처럼 고기 없이 빵만으로도 훌륭한 식사가 된다. 차마저도 별 어려움 없이 포기할 수 있다. 빵과 물, 그리고 즐겨 할 수 있는 일이 내게 필요한 전부이다. 터무니없이 많은 것은 아니지만, 특정한 음식물을 전혀 먹지 않고도 이 멋진 야생 상태에서 온전한 자유의 삶을 누리려면 자신을 훈련하고 단련해야 한다. 육체적으로 잘 해 나가는 것에 관한 한, 다른 풍토에서 사는 사람들의 삶에서 이러한 것이 성취될 수 있다는 것은 자명하다. 예를 들어 에스키모 인은 밀 생산이 가능한 지대보다 훨씬 북쪽에 살고 있어 기름진 물개와 고래로 생계를 꾸린다. 그들은 고기와 열매, 쓴맛 나는 해초 그리고 고래의 지방만을 먹는데 몇 달씩 고래 지방만을 먹을 때도 있다. 그래도 북미 대륙의 얼어붙은 해안가 주변에 사는 이 사람들은 심신이 모두 건강할 뿐 아니라 용맹스럽기까지 하다. 게다가 거미처럼 육식성이어서 생선을 먹으면서도 위에 관한 한 전혀 문제가 없는 사람들도 있다는 얘기를 들었다. 반면에 우리는 먹을 것을 보고는 소화 불량으로 괴로운 표정을 짓고 얼굴을 찌푸리며 우스울 정도로 난감해 하고,

배에서는 질식당한 양들의 울음소리로 여길 만한 꾸르륵 소리가 난다. 우리한테 설탕은 많으니까 오늘 저녁엔 투정 부리는 아이들 달래듯 이 호전적인 위를 사탕으로 달랠 수 있지 않을까 하는 생각이 들었다. 그리하여 프라이팬을 깨끗이 닦고는 거기에 설탕을 잔뜩 넣어 밀랍 같은 상태로 조리해 보았지만 그것은 오히려 병세를 악화시킬 뿐이었다. 자기가 먹은 음식 때문에 몸을 망치는 동물은 인간뿐인 것 같다. 그러다 보니 잘 씻는 것은 물론이고, 방패 같은 턱받이와 냅킨이 필요할 수밖에 없다. 하지만 미끈거리는 지렁이를 먹으며 땅속에서 사는 두더지도 삶이 곧 계속해서 씻는 일인 물개나 물고기 못지않게 깨끗하다. 앞에서도 보았듯이 이 송진 숲에 사는 다람쥐들은 신비하게도 자신을 깨끗이 유지한다. 그 녀석들은 수지를 분비하는 솔방울을 만지작거리고 겉보기엔 조심성 없이 미끄러지듯 돌아다니지만 머리카락 하나도 끈적거리지 않는다. 깃털을 씻고 깔끔하게 하느라 있는 대로 수선을 떨긴 하지만 새 또한 깨끗한 동물이다. 몇몇 파리와 개미가 곤경에 처해 있는 것으로 보인다. 호박(琥珀) 속에 든 자신의 조상들처럼 우리가 내다 버린 설탕 밀랍에 얽혀 완전히 갇혀 버렸다. 지친 근육처럼 우리의 위도 너무 오래 꿈틀거려 이젠 아프다. 조지아 주의 사바나 근처에 있는 보나벤츄어 묘지에서 며칠간 굶어 배가 몹시 고팠던 적이 있다. 그때도 텅 빈 위가 지금처럼 쓸리며 비슷하게 민감해지고 통증이 생겼는데 심하지는 않았지만 여간 참기가 힘든 것이 아니었다. 꿈에 빵이 보인다. 우리 몸에 빵이 필요하다는 징조다. 인디언과 마찬가지로 우리도 양치류나 바위떡풀의 줄기, 백합의 구근(球根), 소나무 껍질에서 전분을 얻는 법을 배워야 한다. 슬픈 일이지만 여러 세대에 걸쳐 이런 교육이 간과되어 왔다. 야생 쌀도 먹을 만할 것이다. 축축한 풀밭 가장자리에서 겨풀(leersia)을 보았는데 씨가 너무 잘 았다. 도토리나 소나무의 열매도, 개암나무의 열매도 아직 덜 익었다. 소나무나 가문비나무의 속껍질을 먹어 볼 수도 있을 것이다. 취했다 싶을 정도로 차를 마셔 댔다. 어떤 특별한 일이 진행 중일 때 사람은 흥분제를 갈망하는 듯한데, 이것이야말로 내가 쓰는 유일한 흥분제이다. 빌리가 엄청난 양의 담배를 씹어 대고 있는데, 그것이 그의 지각을 잃게 하고 불행을 덜어 줄 것이라는 생각이 든다. 우리는 매 시간 돈키호테를 찾으며 귀를 기울인다. 산 위에 찍힌 그의 커다란 발자국은 얼마나 아름다울까!

내가 보아 온 바로는 따뜻하고 쾌적한 시에라에서 음식과 잠자리에 관한 한 양치기들과 산지기들은 일반적으로 쉽게 만족한다. 그들은 자연의 아름다움이 성가신 것이고 남자답지 않다고 무시하며 "불편한 생활"을 기꺼이 감수하려 한다. 양치기의 잠자리는 돌덩이 하나와 나뭇조각 하나, 베개로 쓸 길마와 맨땅에 깔고 덮을 담요 두 장이 전부인 경우가 종종 있다. 어디서 잘지를 정하는 문제엔 개보다도 신경을 쓰지 않는다. 개들은 이처럼 중요한 일을 결정하기 전엔 이리저리 왔다갔다하면서 심사숙고하고 떨어진 나뭇가지와 자갈을 발로 문질러 치운 후 편안한 잠자리가 되도록 손질을 많이 하지만, 아무 데나 몸을 내던지는 양치기는 잠자리를 구하는 문제에 관한 한, 가장 훈련이 안 되어 있는 것 같다. 자신에게 필요한 모든 게 준비된 상황에서도 양치기의 식사는 그 종류에서건 요리법에서건 맛과는 거리가 멀다. 종류에 상관없이 빵과 콩, 베이컨, 양고기, 말린 복숭아, 그 외에 이따금 감자와 양파를 곁들이면 그의 식단이 완성된다. 마지막 두 가지는 그 식품의 영양가에 비해 너무 무겁기 때문에 사치품에 해당한다. 본거지가 되는 목장을 떠날 때, 위에 열거한 식품을 각각 자루에 반 정도씩 담아 꾸러미에 넣기 시작하는데, 2~3일이면 준비는 다 끝난다. 콩은 조리하기 간편하기도 하지만, 운반하기 쉽고, 건강에 좋으며, 변질될 염려도 별로 없기 때문에 주된 비상 식량이다. 하지만 참으로 묘하게도 콩 요리를 둘러싸고 알쏭달쏭한 이야기가 한둘이 아니다. 콩이 충분히 제 맛을 내게 하는 방법에 관해서는 요리사마다 제각기 의견이 다르다. 충분히 기름을 두르고 한가운데에 삶은 베이컨을 넣어 부드럽게 한 짭짤한 음식을 껴안고 달래고 어른 후, 자신만만한 요리사는 맛을 보느라 한두 쿼트 정도 덜어 내며 "자, 내 콩 요리가 어떠신가요?"라고 물을 것이다. 아무리 똑같은 방식으로 조리한들 어떤 콩 요리도 이런 맛을 낼 수는 없으며, 이렇게 조리하기 위해선 특별한 기술이 필요한데 그런 점에선 바로 자신이 대가라는 듯이 말이다. 원하는 맛을 내기 위해서는 당밀이나 설탕, 후추를 넣을 수도 있고, 사람마다 다른 입맛과 소견에 따라 콩 껍질을

식량 부족

좀 더 완전히 녹이거나 부드럽게 하기 위해 첫물을 따라 버리고, 재나 소다를 한두 숟가락 넣을 수도 있다. 하지만 통에 담긴 포도주와 마찬가지로 냄비에 담긴 어떤 두 요리도 꼭 같지는 않다. 어떤 이는 공교롭게도 재수 없는 날이나 달이라, 맛이 엉망이 되었다고 하고 어떤 이는 콩이 적절하지 못한 흙에서 자랐다고 하거나 올해가 콩의 작황에 이롭지 않은 해였다고 타박을 할 수도 있다.

캠프의 조리장에선 커피 또한 나름의 신비로움을 갖고 있지만, 콩 요리에 따라다니는 경이로움만큼 많지도 않으며 이해하기 힘든 것도 아니다. 꼴깍대는 소리를 내며 커피가 넘어가면 만족해 나지막하게 크으 소리를 내며 "커피 맛이 좋군요."라고 한마디를 던진다. 그러고는 또 한 모금 마시고는 "아, 선생, 커피 맛이 정말 좋다니까요."라고 같은 말을 반복한다. 차는 싱거운 차와 진한 차 딱 두 종류인데, 진할수록 좋은 차다. 차에 관한 한 내가 들어 본 말은 "그 차는 싱거워."뿐이다. 싱겁지만 않다면 충분히 좋은 차이기 때문에 더 이상 언급할 필요가 없다는 뜻이다. 차는 한두 시간가량 끓여 내거나 수지가 많은 나무로 피운 불에 다리면 전혀 문제될 게 없다. 타닌이나 크레오소트가 조금 들어 있다고 해도 누가 개의하겠는가? 이런 물질은 그 까만 음료를 더 진하게 만들어 담배에 찌든 입맛을 가진 사람들이 더 마시고 싶게 만든다.

양 캠프에서 먹는 빵은 캘리포니아의 캠프에서 먹는 대부분

나의 첫 여름

의 빵과 마찬가지로 더치 오븐에 굽는다. 그중엔 이스트로 부풀린 비스킷처럼 생긴 것도 있는데, 몸에 해롭고 끈적끈적한 이 혼합물은 먹자마자 소화 불량을 일으킨다. 하지만 대부분은 뜸밀(sour dough, 뜸팡이)로 발효하는데, 한 번 구울 때마다 한줌씩 떼어내 다음번에 쓰기 위해 밀가루 부대의 주둥이에 붙여 두곤 한다. 오븐이라는 것도 5인치 깊이에 넓이가 12~18인치가량 되는 무쇠 냄비일 뿐이다. 한 번 구울 분량의 재료를 양철 냄비에 넣고 섞어 반죽한 후에, 오븐을 살짝 달구고 쇠기름이나 돼지 껍질 한 덩어리를 문지른다. 그러고는 반죽을 넣고 난 후 옆면에 닿도록 눌러 놓고는 부풀게 놔 둔다. 구울 준비가 되면 불 옆에 한 삽 분량의 석탄을 쫙 깔아 놓고 그 위에 오븐을 얹고는 그 뚜껑 위에도 석탄을 한 삽 퍼 올리는데, 온도가 적당하게 유지되는지를 보기 위해 가끔씩 석탄을 들어 보기도 한다. 이런 식으로 조심스럽게 맛 좋은 빵이 구워지기도 하지만, 까딱하면 타 버리거나 신맛이 나기도 하고 지나치게 많이 부풀기도 한다. 오븐의 무게가 심각한 장애가 되는 것이다.

마침내 기나긴 골짜기를 건너 딜레이니 씨가 왔다. 배고픔은 사라지고 우리는 산 쪽으로 눈을 돌린다. 내일은 구름 나라를 향해 오르기 시작할 것이다.

내가 존재하는 한, 이 첫 캠프를 잊지 못할 것이다. 그것은 그저 기억 속의 그림이 아니라, 내 몸과 마음의 중요 부분으로서 내 안에 자리하게 되었다. 멋진 밤마다 별들이 자신들의 아름다움을 웅대한 나무들 사이사이로 쏟아 내는 깔때기 같은 움푹한 분지, 급경사를 이루며 꽃들이 만발한 들판은 브라운즈 평원으로 이어지고, 평온한 하루가 저물 무렵 꽃향기는 아래로 퍼진다. 수목으로 둘러싸인 강 유역에선 수많은 소리가 모여 아름다운 선율을 만든다. 당당하게 흐르다 몰아치기도 하고 기뻐 날뛰며 휩쓸어 가기도 하는 물결은 물에 잠긴 사초의 잎사귀와 덤불, 이끼 낀 바위들을 애무하면서, 꽃으로 뒤덮인 자그마한 섬에 부딪쳐 나뉘기도 하고, 여기저기서 하얗게 혹은 잿빛으로 돌변하지만, 늘 기쁨이 넘치고 대양을 떠올리게 하는 굵고 진지한 저음이 되기도 한다. 이 강물 옆엔 항상 용감하고 귀여운 새가 함께하며, 춤추듯 가볍게 움직이는 종 모양의 거품 사이에서 상냥한 사람의 음색으로 노래 부르니, 마치 하나님의 사랑을 설명해 주는 신성한 복음 전도자처럼 들린다. 파일럿 봉우리의 움푹한 긴 비탈길은 머리를 땋아 늘어뜨린 듯 우아한 모습을 하고 있으며 서로 다른 지대를 연결하며 넓게 뻗어 있다. 나무들의 제왕인 나무들로 깃털 장식을 하고 있는데 이 나무들은 뾰족한 우듬지 위로 다른 우듬지, 산 정상 위로 다른 산의 정상이 차례로 사열하듯 열을 맞춰 씩씩하게 정렬하고 서서 기다란 잎사귀로 된 팔을 흔들며, 종을 울리듯 솔방울을 흔들고 있다. 햇빛을 먹고 사는 축복받은 산사람들은 그 나무들의 힘에 즐거워하고, 모든 나무는 가락이 고와 바람과 태양의 하프가 되어 준다. 개암나무와 케아노투스가 자라는 사슴 목장의 태양이 내리쬐는 산마루는 박하와 메역취(golden-rod)로 자줏빛이나 누런빛을 띠고, 온통 차뫼바티아 (chamoebatia)가 뒤덮고 있으며 벌들이 윙윙거린다. 이 산에서 보낸 기간 동안 동이 트거나 해가 뜨고 지는 시간에는 장밋빛이 별들 사이로 더 높이 기어오르며 수선화처럼 노랗게 물든다. 갑자기 나타난 수평의 햇살은 산등성이를 가로질러 세차게 나아가며 차례로 소나무를 어루만지고, 모든 강력한 무리들에게 자신들의 빛나는 일과를 시작하라고 일깨우고 힘을 내게 한다. 한낮의 태양은 위대한 황금빛을 띠고, 산처럼 보이는 구름들은 설화 석고처럼 하얗고, 풍경은 신의 얼굴같이 깨어 있어 빛난다. 일몰 시에 나무들은 지는 해가 들려줄 "잘 자라."는 축복의 말을 기다리며 말없이 서 있다. 신성하고, 사라지지 않고 영원히 지속될 풍요이다.

저 높은 산을 향하여

7월 8일

이제 우리는 산맥의 최고봉을 향해 출발한다. 한낮의 천둥과 함께 수없이 많은 작고 나지막한 목소리들이 "더 높이 오라."고 외치고 있다. 축복받은 골짜기와 수풀이여, 정원과 시냇물이여, 새와 다람쥐, 도마뱀, 그 밖의 다른 동물들이여 잘 있어라! 안녕! 안녕!

숲을 헤치고 지나가며 굽 달린 메뚜기 같은 녀석들이 갈색 먼지 구름 아래로 줄줄이 들어갔다. 양 떼들은 자신들이 살던 우리에서 채 100야드도 못 가 새로운 목초지로 가고 있다는 것을 알아챘는지 맹렬하게 앞으로 돌진했다. 숲 속의 빈 곳으로 떼를 지어 몰려들고, 뛰어오르다 뒹굴기도 하는 꼴이 마치 무너진 둑에서 기뻐 날뛰며 환성을 지르는 홍수 때의 큰물처럼 보였다. 양 떼 옆에서 사람들은 지도자 격인 양에게 어떻게 하라고 계속해서 소리를 질러 댔다. 그 양은 이런 굶주린 상황에서 가다라 지방의 돼지처럼 행동하고 있었다. 두 명의 다른 몰이꾼들은 무리에서 숲으로 떨어져 나가 뒤엉켜 있는 녀석들을 빼 오느라 바쁘게 뛰어다녔고, 침착하고 빈틈없는 인디언은 무리에서 떨어져 나간 녀석들을 혹시 빠뜨리고 지나칠까 봐 주시하고 있었다. 개두 마리도 어떻게 하는 것이 더 좋을지 몰라 이리저리 뛰어다녔고, 뒤에서 돈키호테는 다루기 힘든 자기 재산을 지켜보느라 애를 쓰고 있었다.

굶주린 양 떼는 이제는 먹을 것이 남아 있지 않은 옛 목장의 경계를 지나자마자 풀밭을 통과하며 흘러가는 산속의 시냇물처럼 고요해졌다. 거기서부터는 양 떼가 원하는 만큼 천천히 먹으면서 나아가도록 내버려 두었고, 단지 머세드 강과 투올름 강 사이의 분수령 정상을 향해 가도록 신경을 썼다. 얼마 안 가 2,000여 마리의 홀쭉했던 배들이 스위트피넝쿨(sweetpea vines)과 풀을 먹어 불룩해졌다. 그러자 양이라기보다는 오히려 이리처럼 깡마르고 먹을 것에 혈안이 되어 있던 녀석들이 온순해지고 통제하기가 쉬워졌다. 악을 쓰며 양을 몰던 양치기들도 온순한 목동으로 변해 평화롭게 어슬렁거리고 있었다.

해질 녘에 머세드 강과 투올름 강의 분지 사이에 있는 분수령 정상에 자리 잡은 아름다운 헤이즐 초원(Hazel Green)에 다다랐는데, 이곳에 있는 작은 시냇물은 장엄한 은전나무와 소나무 아래 개암나무와 말채나무 덤불을 거쳐 흐르고 있었다. 오늘 밤은 여기에 캠프를 쳤다. 수지가 많은 통나무와 가지로 높게 쌓아 올린 커다란 모닥불은 동이라도 튼 것처럼 활활 타오르며 수백 년 동안 서서히 스며든 여름 햇살의 빛을 기꺼이 돌려주고 있었다. 그 오래된 햇빛이 타오르는 동안 칠흑 같은 바깥 세상을 배경으로 하여 양각된 듯한 주변 사물이 얼마나 인상적으로 도드라져 보이던지! 풀잎과 참제비고깔(larkspurs), 메발톱꽃, 나리, 개암나무 덤불들은 거대한 나무들과 더불어 사려 깊은 구경꾼들인 양, 모닥불 주변에 원을 그리고 서서 인간 같은 열정으로 듣고 보고 있었다. 그렇게 오랫동안 가 보고 싶던 구름 산의 거처인 높은 하늘로 올라오며 온종일을 보내고 나니 밤에 불어오는 산들바람이 시원하다. 대기는 얼마나 강렬하고 달콤한가! 숨 쉬는 매 순간이 축복이다. 이곳에선 사탕소나무가 크기나 아름다움, 개체 수 면에서 한껏 자라 구릉이건 분지건 갑자기 내리받이로 바뀐 계곡이건 간에 구석구석을 모두 채워 다른 종들은 다 내쫓다시피 한 정도이다. 친구 같은 노란소나무 서너 그루가 여전히 보이고, 제일 시원한 자리엔 은전나무가 자리 잡고 있다. 그것들도 고상하긴 하지만 사탕소나무가 제왕이다. 사탕소나무는 그 나무들 위로 보호라도 하듯 긴 팔을 내뻗고 있고 그 나무들은 인정한다는 표시로 몸을 조아리며 흔들고 있다.

이제 6,000피트의 고지에 다다랐다. 오전에 지나온 분수령의 평탄한 지점을 따라 만자니타(Arctostaphylos)가 자라고 있었는데 여태껏 그렇게 큰 녀석은 본 적이 없다. 그중 하나를 재어 보니 줄기의 지름이 4피트였는데, 키는 지면에서부터 고작 18인치였다.

만자니타는 땅에서 가지들이 여러 갈래로 갈라져 넓게 퍼지며, 10~12피트 높이의 넓고 둥근 우듬지를 이루고 목이 좁은, 작은 종 모양의 분홍 꽃송이로 뒤덮인다. 잎사귀는 연녹색이고 선(腺) 모양으로 잎꼭지가 한 번 꼬이면서 끝에 달려 있다. 가지는 발가 벗긴 듯이 보이는데 초콜릿색이 나는 껍질은 아주 얇고 부드러 우며 껍질이 마르면 뒤틀려 조각조각 땅에 떨어진다. 나무는 붉고 결이 고우며 딱딱하고 무겁다. 이 진기한 덤불나무의 나이가 얼마인지 궁금하다. 아마 커다란 소나무와 비슷한 나이일 것 같다. 인디언들과 곰, 새, 통통한 유충들은 이 나무 열매를 즐겨 먹었는데, 그 열매는 작은 사과처럼 생겼고 종종 한쪽은 장밋빛이고 다른 쪽은 푸른색이다. 인디언들은 그 열매로 일종의 맥주나 사과 술을 빚는다고 한다. 그 열매의 종은 꽤 여러 가지인데 이 부근에선 핀구이카(pinguica, *Arctostaphylos pungens*)라는 종이 흔하다. 키가 어찌나 작고 단단하게 뿌리를 내리고 있던지 바람을 두려워할 필요도 없다. 숲을 휩쓸고 지나가는 화재가 나도 뿌리에서 다시 자라기 때문에 전멸되는 경우는 거의 없고, 이 녀석들이 자라는 바짝 마른 산등성이엔 불길이 손을 뻗는 경우도 거의 없다. 이들을 좀 더 알아봐야겠다.

오늘 밤은 내가 사랑하던 강이 불러 주던 노래가 그립다. 제일 꼭대기 샘에 위치한 헤이즐 샛강(Hazel Creek)에선 새소리 같은 소리가 난다. 머리 위 거대한 나무에서 들려오는 바람의 음색은 이상하리만치 인상적이다. 그 나무들 아래서는 잎사귀 하나 흔들리지 않기 때문에 더더욱 인상적이다. 그러나 밤이 깊어 가기 때문에 나도 잠자리에 들어야 한다. 모두가 잠들어 캠프는 고요하다. 이렇게 소중한 시간을 잠자는 데에 소비한다는 것은 낭비인 것 같다. "사랑하는 자에게 잠을 주시느니라." 불쌍하고 사랑스런 사람들이 약하고 지쳐 잠이 필요하다니 안됐다. 영원하고 아름다운 움직임의 한가운데서 별처럼 깨어 그것들을 영원히 바라보지 못하고 잠들다니, 아! 가엾어라.

7월 9일

산 공기를 마시고 활력을 되찾은 나는 오늘 아침엔 야생 동물 같은 기쁨으로 충만해서 소리라도 질러 보고 싶다. 지난 밤 인디언은 옷이라고는 땀에 전 옥양목 셔츠에 청작업복만을 입고 담요 한 장 없이 불에서 멀리 떨어져 잠을 잤다. 이런 고지에서는 밤 공기가 쌀쌀하기 때문에 인디언에게 말을 덮는 담요를 주었지만 별로 좋아하는 것 같지 않았다. 가지고 다니기가 어려울 때 이런 피복 없이 지낼 수 있다면 참 좋을 것이다. 먹을 것이 부족할 때 인디언은 손에 잡히는 대로 먹고 산다고 한다. 열매, 뿌리, 새의 알, 메뚜기, 검은개미, 살찐 말벌, 뒤영벌의 유충 등을 말이다. 그런데도 그들은 자신들이 주목할 만한 행동을 했다고는 느끼지 않는다고 한다.

오늘 우리는 주요 능선의 널따란 정상을 따라 오르다 크레인 평원(Crane Flat) 너머에 있는 한 분지에 이를 예정이다. 바위가 많아 울퉁불퉁한 길도 아니었고, 여태껏 보아 온 나무 중에서 가장 멋진 소나무와 전나무로 뒤덮여 있었다. 200피트나 그보다 큰 키에 직경이 6~8인치에 이르는 사탕소나무도 흔히 만날 수 있었다. 은전나무(흰전나무(*Abies concolor*)와 붉은전나무(*A. magnifica*))는 대단히 아름다운데, 그중에 붉은전나무는 높이 올라가면 갈수록 더욱 많아진다. 크기도 커서 시에라에서 자라는 거대한 침엽수 중에서도 가장 두드러지는 나무 중 하나다. 지름이 7피트에 키가 200피트가 넘는 표본도 본 적이 있지만, 대체로 다 자란 성숙한 나무도 키가 180이나 200피트를 넘기 힘들며 지름도 5~6피트에 미치지 못한다. 이 장대한 규모의 나무가 갖추고 있는 완벽한 마무리와 균형미는 다른 어떤 나무에서도 보기 어렵다. 적어도 이 근방에서는 볼 수 없다. 대부분의 가지는 다섯 개씩 윤생체로 나 있는데 수평의 경령(頸領)에서 크고 곧으며 절묘하게 점점 가늘어지는 가지와 구별된다. 가지는 양치식물의 잎처럼 규칙적인 깃 모양을 하고 있고, 잔가지는 주변에 나 있는 잎사귀들로 빽빽이 뒤덮여 있어 유달리 화려하고 풍성한 인상을 풍긴다. 나무의 제일 꼭대기에 있는 짧고 굵은 가지는 뭔가를 경고하는 손가락처럼 천정(天頂)을 향해 일직선으로 뻗어 있다. 술통 모양의 솔방울은 윗가지 위에 똑바로 서 있는데 6인치 길이에 지름은 3인치 정도로 촉감이 부드럽고 굵은 원통형 모양을 하고 있어 대단히 소중하고 가치 있어 보인다. 씨의 길이는 약 4분의 3인치 정도인데 붉은 기가 도는 짙은 갈색으로 화려한 진줏빛이 감도는 자주색 날개가 달려 있다. 다 자란 솔방울은 조각조각 땅에 떨어지는데, 이처럼 약 150이나 200피트의 높이에서 해방된 씨들은 멀리까지 퍼지며, 바람만 제대로 분다면 꽤 멀리까지 날아가기도 한다. 대부분의 솔방울이 흔들려서 떨어져 날아가는 것도 바로 이렇게 바람이 심하게 불 때이다.

이와는 다른 종인 흰전나무 또한 붉은전나무 못지않게 키가 크고 굵지만, 가지는 붉은전나무처럼 윤생체로 균형을 이루지도 않고, 정확하게 깃 모양도 아니며 울창한 잎에 뒤덮여 있지도 않다. 잎사귀들은 잔가지 주변을 덮으며 자라는 것이 아니라 대개 수평으로 열을 지어 두 줄로 가지런히 나 있다. 솔방울과 씨의 형태는 붉은전나무와 비슷하지만 크기는 반도 되지 않는다. 붉은전나무의 껍질은 불그레한 자주색으로 빽빽이 주름져 있지만, 흰전나무의 껍질은 회색으로 널찍하게 골이 나 있다. 그러나 이 둘은 멋진 한 쌍이다.

크레인 평원에서 우리는 1,000피트 또는 거리로 약 2마일 이상을 올라갔다. 숲은 갈수록 울창해지고 은빛의 붉은전나무가 차지하는 비율이 점점 더 커져 갔다. 크레인 평원은 풀밭인데 그 분수령의 정상을 드넓은 모래밭이 둘러싸고 있다. 푸른 학(crane)들이 기나긴 여행 중에 자주 찾아와 쉬기도 하고 먹이도 찾다 보니 그런 이름이 붙게 되었다. 그 풀밭은 길이가 약 반 마일쯤 되며 머세드 강으로 흘러드는데, 중간 지점은 사초로 무성하고 그 가장자리는 나리와 매발톱꽃, 참제비고깔, 루피네스, 카스틸레이아(Castilleia)로 환하다. 완만한 경사가 지고 마른 땅으로 된 외곽 지대는 유나누스(eunanus), 미물루스(mimulus), 길리아, 둥근 꽃 모양의 스프라게아(spraguea), 에리오고눔(eriogonum) 몇몇 종의 떼장과 찬란한 자우슈네리아(zauschneria) 등 수없이 많은, 조그만 꽃들을 점점이 흩뿌려 놓은 듯하다. 그 주변을 둘러싸고 있는 아름다운 숲의 벽은 두 종류의 은전나무들과 노란소나무, 사탕소나무들로 이루어져 있는데 여기서 이 나무들은 아름다움이나 장엄함 면에서 최고 정점에 이른 듯하다. 고도에 관한 한, 6,000피트나 이보다 조금 더 높은 것은 사탕소나무나 노란소나무에게는 너무 높거나 붉은전나무에게도 너무 낮은 것은 아니지만 흰전나무에게 최적의 고도인 듯하다. 크레인 평원의 북단에서 약 1마일 떨어진 지점에는 모든 침엽수의 왕인 빅트리(big tree, *Sequoia gigantea*)가 자라는 숲이 있다. 게다가 더글러스전나무와 향삼나무, 이엽송(二葉松) 몇 그루가 그 숲에서 작지만 한 부분을 이루며 군데군데 눈에 띄곤 한다. 한 종의 이엽송과 거대한 나무들을 제외하면 세 종류의 소나무, 두 종류의 은전나무, 한 종류의 더글러스전나무 등의 나무들을 여기서 다 만날 수 있는데, 지구상 그 어디에서도 이런 침엽수의 집합을 찾아볼 수 없다.

우리는 아름다운 숲 속에 묻힌 채 분수령의 정상이나 측면에 장식 띠처럼 매달려 있는 정원 같은 아름다운 풀밭들을 지나갔다. 몇몇 풀밭엔 키가 크고 하얀 꽃이 피는 베라트룸 칼리포르니쿰(*Veratrum Californicum*)이 많이 피어 있었는데, 이 꽃은 강하고 억센 백합과의 식물로 잎은 배 모양인데 길이가 1피트이고 넓이가 10인치 정도 되며 개불알꽃(cypripedium) 같은 잎맥이 나 있고 물을 좋아하고 눈에 잘 띈다. 매발톱꽃과 참제비고깔은 풀밭의 가장자리 건조한 땅에서 자라는데, 키 큰 풀들과 사초들 속에서 허리 높이의 키가 크고 보기 좋은 루피네스와 함께 자란다. 여러 종의 카스틸레이아 또한 발치에 피어 있는 제비꽃과 함께 화려한 모습을 드러낸다. 그러나 이 숲 속에 자리한 풀밭에서 최고 멋진 꽃은 나리다. 나리 중엔 키가 7~8피트에 이르고, 10이나 12장 혹은 그 이상의 자그마한 오렌지색 꽃이 총상꽃차례로 화려하게 피어 있는 것도 있다. 이 꽃은 최고의 아름다움을 뽐내기 위해 주변에 자신의 발치를 장식하기에 충분할 정도의 풀이나 동료 식물만 두고서는 공터에 자신을 마음껏 드러낸다. 이 꽃은 대략 7,000피트의 고지에서 최고의 아름다움과 활력을 과시하는 진정한 산지 식물로 내가 아는 나리꽃 목록에 당당하게 추가된다. 토양은 물론이고 연령 차이 때문에, 똑같은 풀밭에서조차 크기가 상당히 다양하다는 것을 알았다. 한 표본은 꽃이 한 송이뿐이지만 바로 지척의 또 다른 표본은 스물다섯 송이나 되기도 한다. 그런데 이런 나리꽃이 피어 있는 풀밭에 양을 들여놓는다는 생각을 하면 견딜 수가 없다! 얼마나 오랜 세월 동안 자연이 꽃을 심고, 물을 주고, 찬 서리가 내리는 겨울이면 포근하게 구근(球根)을 감싸 주고, 꽃의 머리 위로 구름을 커튼처럼 쳐서 그늘을 드리워 주며, 상쾌한 비를 뿌려 주어 꽃이 더욱더 완벽한 아름다움을 갖게 하며, 수많은 기적을 행해 꽃을 안전하게 보살펴 왔겠는가. 그러나 이상하게 들리겠지만 모든 것을 황폐하게 하는 양들로 이런 꽃들을 짓밟게 하다니! 이런 정원을 지키기 위해 불벽(화염벽(火焰壁))을 찾아보는 것이 이치에 맞을 것이다. 자연은 가장 진귀한 보물을 쓰는 데에도 관대해 햇빛 쓰듯이 식물의 아름다움을 육지와 바다, 정원과 사막에 쏟아 붓는다. 그리하여 나리꽃의 아름다움이 천사와 인간, 곰과 다람쥐, 이리와 양, 새와 꿀벌에게 쏟아진다. 그러나 내가 보아 온 바로는, 이런 정원들을 망가뜨리는 것은 인간과 인간이 길들이는 동물들뿐이다. 돈키호테의 말에 의하면 어줍고 둔감한 곰은 더운 날 정원에서 뒹굴기를 좋아하고 발놀림이 날쌘 사슴은 정원을 두세 번 가로지르며 어슬렁어슬렁 풀을 뜯지만 나리꽃 한 송이도 짓밟는 것을 보지 못했다고 한다. 오히려 사슴은 정원사처럼 필요에 따라 나리들을 밟아 주기도 하고 흔들기도 하며 나리를 키우는 것만 같다. 어쨌든 잎사귀 하나 꽃잎 하나도 흩뜨리지 않는다.

정원 주변의 나무들은 아름다움이나 외관이 나리 못지않게 아름다우며, 나뭇가지는 나리의 잎사귀처럼 정확한 순서에 따라 윤생체로 나 있다. 이날 저녁도 평소처럼, 우리가 피운 모닥불이 새빨갛게 타오르며, 그 빛이 닿는 범위 내의 모든 것에 마법을 걸고 있다. 전나무 아래 누워, 전나무가 별이 총총한 하늘에 그것도 나리꽃이 활짝 피어 있는 광활한 풀밭 같은 하늘에 뾰족한 우듬지를 담그고 있는 모습을 보는 건 정말 멋진 일이다.

나의 첫 여름

7월 10일

오늘 아침엔 숲 속의 지독하고 성질 급한 독재자인 더글러스다람쥐가 머리 위에서 짖어 대고 있다. 요란하게 여행하다 보면 거의 눈에 띄지 않는 숲 속의 작은 새들이 점점 따뜻해지는 풀밭 가장자리를 따라 양지바른 가지에 앉아 일광욕과 이슬욕을 즐기고 있다. 보기 좋은 광경이다. 나무 위의 이 깃 달린 작은 생명들의 기운차고 당당한 모습과 그들이 하는 짓이 얼마나 아름다운지! 새들은 맛있고 영양가 있는 아침 식사를 하게 되리라 확신하고 있는 듯한데 그렇게 많은 아침 식사가 다 어디에서 오는 것일까? 그들이 누리고 있는 순전한 야생 상태의 건강을 유지하도록 우리가 싹이나 씨, 벌레 등으로 그들의 식탁을 차려 주려 한다면 얼마나 난감할까! 녀석들에겐 두통이나 다른 고통 따위 있을 것 같지 않다. 충동을 억제할 줄 모르는 더글라스다람쥐를 보고서 사람들은 그 녀석들의 아침 식사나 배고픔 혹은 아프거나 죽을 가능성을 결코 생각하지 않는다. 녀석들이 밤, 도토리 따위를 모으면서 먹고 사느라 때로는 바쁘게 움직이는 것을 볼 수 있을지 몰라도, 녀석들은 운이나 변화가 영향을 미칠 수 없는 별 같은 존재인 것 같다.

숲을 통과해 계속해서 더 높이 오르는 동안, 먼지 구름이 앞길을 가리고 수천 개의 발이 잎사귀와 꽃을 짓밟아도 이 광활한 야생지에서 양들은 그저 나약한 무리에 지나지 않을 것이고, 수천 개의 정원은 파괴적인 양들의 발길을 피할 것이다. 양들이 나무를 해칠 수는 없지만 상처를 입는 묘목이 있기는 하다. 그러나 녀석들이 가져다주는 경제적 가치 때문에, 털이 덥수룩한 이 메뚜기 같은 녀석들이 급속히 늘어난다면 숲 또한 시간이 지나면 파괴될 수도 있을 것이다. 그렇게 되면 먼지와 연기, 형편없는 제물(祭物)에서 나오는 향 때문에 잘 볼 수는 없겠지만 하늘만이 안전한 곳이 될 것이다. 가엾고 무력하며 굶주린 양들은 존재할 합당할 이유도 없이 신이 아닌 인간에 의해 대부분 잘못 잉태되고, 잘못된 시간에 잘못된 장소에서 반쯤은 제조된다고 해도 틀린 말은 아니다. 그런데도 녀석들의 울음소리는 묘하게도 인간의 목소리와 닮아 사람들의 동정심을 불러일으킨다.

우리는 여전히 머세드 강과 투올름 강의 분수령을 따라가고 있다. 목장의 오른 편에 있는 시냇물은 노래하는 요세미티 강물이 불어나게 하고, 왼편에 있는 시냇물은 노래하는 투올름 강물이 불어나게 한다. 시냇물은 거의 태어나자마자 햇살 비치는 사초와 나리꽃밭 사이를 스르르 빠져 나가 수많은 골짜기를 따라 내려가며 갑자기 노래를 부르기 시작한다. 어떤 시냇물이 모여도 이보다 더 아름다운 선율을 만들어 내거나, 더욱더 큰 물방울을 만들며 수정같이 맑지는 못하리라. 속삭이듯 졸졸대며 미끄러지는가 하면 움푹 파이도록 즐겁게 돌진하기도 하면서, 양지와 음지를 들락날락하기도 하고, 물웅덩이에서 반짝이는가 하면, 물줄기들을 합치기도 하고, 낭떠러지와 비탈길 위로 흐르느라 모습이 뒤바뀌며 날뛰고 돌아다니기도 한다. 더 멀리 갈수록 점

점 더 아름다워지다 마침내 빙하가 만든 큰 강으로 쏟아져 들어
간다.

점점 더 범위를 넓혀 가고 있는 장대한 은전나무들이 당당하
게 모여 있는 모습을 감탄해 마지않으며 온종일 황홀하게 바라
보았다. 크레인 평원 위쪽의 숲은 여전히 탁 트인 편이어서 갈색
솔잎이 흩어져 있는 바닥 위로 햇살을 끌어들인다. 각각의 나무
는 균형미가 감탄할 만하고 무성한 잎과 자태가 훌륭하지만 대
여섯 그루 이상의 나무들이 때로는 사원의 숲을 형성하기도 하
는데, 각각의 나무들의 크기나 위치가 얼마나 멋지게 분포되어
있던지 마치 한 그루의 나무처럼 보인다. 여기가 바로 나무를 사
랑하는 사람들의 낙원이다. 세상에서 가장 둔감한 눈길조차도
이런 나무를 보면 분명히 활기를 찾을 것이다.

다행히 양 떼에 그렇게 주의를 기울일 필요는 없다. 양 떼야
천천히 몰면 되고 좋아하는 대로 풀을 뜯거나 먹도록 내버려 두
어도 되기 때문이다. 헤이즐 초원을 떠난 후 우리는 요세미티의
오솔길을 따라오고 왔다. 콜터빌과 중국인 캠프(Chinese Camp)를
거쳐 그 유명한 계곡을 찾는 방문객들은 두 오솔길이 크레인 평
원에서 합류하는 여기를 지나 계곡 북쪽으로 들어간다. 또 다른
길은 마리포사(Mariposa)를 경유해서 계곡 남쪽으로 들어간다. 우
리가 만난 여행객들은 셋이나 넷에서, 열다섯이나 스무 명씩 짝
을 이루어 노새나 작은 야생 조랑말을 타고 있었다. 그들은 이상
한 몰골을 하고 있었다. 겉모습만 번지르르한 싸구려 옷을 입고

는 야생 동물을 겁먹게 하며 경건한 숲 속을 한 줄로 늘어서 지나가고 있었다. 아무리 큰 소나무들도 마음이 산란해 놀라 비명을 지를 것 같다는 생각이 들었다. 그렇다면 우리 자신들과 양떼에 대해서는 뭐라고 말할 수 있을까?

이제 우리는 요세미티의 북단에서 4~5마일 내에 있는 태머랙 평원(Tamarack Flat)에 캠프를 쳤다. 이곳에도 숲에 둘러싸인 풀밭이 있다. 맑고 깊은 시냇물이 그 풀밭 사이를 지나며 흐르고 있고 강둑은 물에 잠긴 사초들로 둥글고 기울어져 있다. 이 고원은 풀밭의 시원한 가장자리 주변에 흔한 이엽송(*Pinus contorta* var. *Murrayana*)의 이름을 따서 지어졌다. 울퉁불퉁한 지면 위에 서 있는 텁수룩하고 땅딸막한 이 나무는 40~60피트의 키에 지름이 1~3피트이다. 껍질은 얇고 수지를 분비하며 가지는 잔가지가 없이 매끈하며, 술이나 잎사귀, 솔방울은 자그마하다. 하지만 축축하고 기름진 땅에 빽빽이 들어찬 이 나무는 늘씬한 모습으로 자라 때로는 키가 100피트에 육박하기도 한다. 지면 가까이에서 재면 직경이 고작 6피트 정도지만, 때로는 키가 50~60피트에 이르며, 활처럼 가늘고 날카로워 꼭 동부의 진짜 낙엽송같이 보여 소나무인데도 그런 이름을 갖게 된 것이다.

7월 11일

돈키호테가 우리보다 먼저 짐말을 타고 주 캠프를 치기 위한 최적의 지점을 찾아 요세미티의 북쪽으로 조사차 떠났다. 이 부근

나의 첫 여름

보다 더 좋다고 하는 저 위쪽 목초지들은 아직도 겨울에 내린 폭설에 묻혀 있기 때문에 이제 더 높이 나아갈 수도 없는 상황이다. 나로서는 요세미티 지역에 묶여 있어야 한다는 것이 기쁘기만 하다. 벽처럼 높은 산꼭대기를 따라 멋지게 산보를 수없이 할 수도 있고, 이 새로운 산과 협곡, 숲과 공원, 호수와 시냇물, 폭포를 바라보며 멋진 풍경을 즐길 수도 있을 터이니 말이다.

지금 우리는 해발 고도 7,000피트에 올라와 있다. 밤공기가 어찌나 서늘한지 담요를 덮고도 그 위에 외투와 여분의 옷을 쌓아 올려야 한다. 태머랙 샛강은 맛이 좋고 얼음처럼 차가워 기운을 돋우어 주는 최고의 물이다. 그 샛강은 풀밭에서는 둑까지 가득 차 소리 없이 흐르고 있지만, 우리 캠프 아래로 몇 백 야드만 내려가도 지면은 잿빛 화강암이 그대로 드러난 채 바위만이 여기저기 흩어져 있어, 넓은 공간에 나무 한 그루도 없거나, 있어도 간간이 조그만 나무만이 좁은 틈에 뿌리를 박고 있을 뿐이다. 바위는 대부분 꽤 큰 편인데, 파편 조각들 사이에 쓰레기 더미처럼 쌓여 있거나 흩어져 있지 않은 걸 보니 무너진 바위처럼 단단한 물체에서 풍화된 것 같지는 않다. 바위들은 대체로 하나씩 떨어져서 바닥에 누워 있는데, 그 위로 잎이 우거진 숲에서 보곤 하던 가물거리는 빛과 그림자와는 대조적으로 햇볕이 현란하게 내리쬐고 있다. 이상한 얘기지만, 내팽겨진 채 쥐 죽은 듯이 누워 있는 이 바위들을 움직일 만한 원동력이나 바위 운반공이 근처에 보이지 않지만, 색깔이나 성분의 차이에서 볼 수 있듯이 이 바위들은 먼 곳에서 채석되고 운반되어 여기 각기 제자리에 놓이게 된 것들이다. 처음 도착한 이래로 그 바위들은 폭풍과 정적 등 어떤 상황에서도 거의 꿈쩍도 하지 않은 것이다. 낯선 곳에 와 있는 이방인들처럼 이곳의 바위들은 외로워 보인다. 거대한 돌덩이로 산에서 떨어져 나온 모난 조각들인데 가장 큰 것은 직경이 20~30피트에 이르기도 한다. 자연의 산과 계곡의 형태를 따라 풍경을 빚어내고 남은 조각들이다. 어떤 도구로 파내고 운반했을까? 그 자국은 바닥에서 찾을 수 있다. 가장 단단하고 풍화를 덜 받은 지면에 완전히 평행선으로 긁힌 자국이 있고 줄이 그어져 있는 것으로 보아 북동쪽에서 빙하가 쓸고 지나가며 산맥의 태반을 으스러뜨리고, 문지르고 까맣게 태우기도 하고, 기이하고 거칠며 씻겨 나간 듯 이상하게 보이는 자국을 남기기도 하면서, 빙하기가 끝나 가 빙하가 녹아 내릴 무렵 빙하가 나르던 바위를 떨어뜨리기도 했다는 것을 알 수 있다. 이것이야말로 굉장한 발견이다. 우리가 지나온 숲에 관해 말하자면, 그 숲의 자양분을 제공하는 토양의 대부분은 다른 형태이긴 하지만 이와 같은 빙하 작용에 의해 빙퇴석의 형태로 퇴적된 것인데, 지금은 대부분 후(後)빙하기의 풍화 작용에 의해 해체되고 퍼지게 된 것이다.

기운차고 찬란한 태머랙 샛강은 풀이 무성한 풀밭에서 벗어나 빙하가 대패질한 화강암 위를 흘러내린 후 하얗고 선명한 무지개 빛깔의 크고 작은 폭포 속에서 노래하고 춤추면서 머세드

나의 첫 여름

협곡에 이르는데, 요세미티에서 2~3마일 아래쪽에 있는 이 협곡은 약 2마일을 가는 동안 3,000피트 이상 아래로 떨어진다.

모든 머세드 강물은 멋진 가수들이다. 요세미티는 머세드 강의 주요 지류들이 만나는 중심지다. 캠프에서 반 마일 정도 떨어진 지점에서 보면 그 유명한 계곡의 낭떠러지와 자그마한 숲 그리고 그 계곡의 아래 끝자락이 보이는데, 산으로 된 그 원고의 장엄한 한 페이지를 읽을 수만 있다면 기꺼이 내 일생을 다 바치고 싶다. 그 광경은 얼마나 웅대한가! 그 장엄함을 생각해 보면 인간의 삶이란 얼마나 짧은가! 또 우리가 아무리 발버둥치며 배워 보았자 그게 얼마나 되겠는가! 어쩔 수 없는 우리의 비참한 무지를 통곡하면 또 뭐 하겠는가? 외적인 아름다움 중에는 우리의 모든 세포 조직을 설레게 하기에 충분할 정도로 늘 눈에 띄는 것도 있는데, 그것이 창조된 방법을 이해할 수는 없다 해도 기분 좋게 즐길 수는 있다. 눈 덮인 샘물에서 갓 흘러나온 멋진 태머랙 샛강이여, 네가 흘러가는 길가의 온갖 생물을 씻어 주고 그들에게 갈채를 보내며, 바다에서 네 운명을 맞이할 때까지 계속해서 노래하고, 철썩이며 소용돌이치고 춤추어라.

온종일 어슬렁거리며 구경을 하거나, 산이 주는 감화에 흠뻑 빠지기도 하고, 스케치를 하거나 뭔가를 적어 두기도 하고, 꽃을 눌러 두기도 하고, 신선한 공기와 태머랙 샛강의 물을 마시면서 이 무한한 하루를 만끽했다. 시에라의 나리꽃 중에서 가장 멋지고 향기로운 하얀 워싱턴나리를 발견했다. 그 구근은 텁수룩하고 얽히고설킨 덤불에 파묻혀 있는데, 난폭하게 달려드는 곰들을 피하기 위한 것인 듯하다. 눈에 눌린 거친 덤불 위로 그 근사한 원추꽃차례가 이리저리 흔들거리고, 꽃가루가 있는 종상화관 안에서 뭉툭한 코를 가진 크고 대담한 꿀벌이 윙윙대며 웅얼거린다. 그 모습을 보기 위해서라면 배를 곯아 가며 발이 아프도록 한없이 걸어도 좋을 만큼 사랑스러운 꽃이다. 웅대한 광경 속에서 피어 있는 이 꽃을 보고 나니 온 세상이 더욱 귀하게 여겨진다.

한 통나무집이 태머랙 초원에 대한 권리를 주장하며 서 있는데, 요세미티를 구경하러 오는 사람들이 급증할 경우에 잠시 쉬어 가는 곳으로 쓸 만한 집이다. 늦게 도착한 일행이 가끔 머무르는 곳이다. 인디언 여자와 함께 살고 있는 어떤 백인이 이곳의 소유권을 갖고 있다.

해질 무렵엔 캠프와 양과 인간의 온갖 흔적에서 벗어나 오래되고 장엄한 숲의 깊은 평온함 속으로 걸어 들어갔다. 그 안에선 모든 것이 천상의 꺼지지 않는 열정으로 불타오르고 있었다.

7월 12일

돈키호테가 돌아와 우리는 다시 순례를 떠난다. "언덕 꼭대기에서 요세미티 샛강 지역을 굽어보면 보이는 거라곤 바위와 군데군데 나무들뿐이지. 하지만 바위가 많은 사막으로 내려가면 풀이 무성한 작은 강둑과 풀밭이 끝없이 펼쳐져 있어. 그곳이 보기와는 달리 그렇게 형편없는 곳이 아니야. 거기로 가서 고지대의 눈이 녹을 때까지 머물러야겠어."라고 그가 말했다.

그렇지 않아도 가능한 한 요세미티를 많이 둘러보고 싶던 참이었는데 눈이 높이 쌓여 요세미티 지역에 머물다 가야 한다는 얘기를 듣고 내심 기뻤다. 캠프가 보이지도, 그들의 소리가 들리지도 않는 곳에서, 근사한 계곡의 가장자리를 홀로 기어 다니고, 식물이나 암석도 연구하고 스케치도 하면서 얼마나 멋진 시간을 보내게 될까!

오늘 요세미티로 놀러 온 또 다른 일행을 만났다. 어쨌든 이런 관광객들은 그 유명한 계곡을 보기 위해 시간과 돈을 쓰고 긴 여행을 견뎠지만, 대체로 주변에 있는 영광에 넘치는 사물들에는 거의 신경도 안 쓰는 것 같다. 하지만 그 성전의 거대한 방벽 안에 실제로 들어서서 폭포의 성가(聖歌)를 듣고 나면 어느새 자신도 모르게 경건해진다. 정말로 이 성스러운 산속으로 들어온 순례자들은 누구든 축복을 받으리라!

우리는 모노 오솔길(Mono Trail)을 따라 동쪽으로 서서히 이동해 오후에 일찌감치 캐스케이드 샛강(Cascade Creek) 강둑에 짐을 풀고 캠프를 쳤다. 모노 오솔길은 블러디 협곡 재(Bloody Canyon Pass)를 타고 산맥을 넘으면 모노 호수(Mono Lake)의 북단 가까이에 있는 금광으로 통하는 길이다. 이 금광들이 처음 발견된 당시엔 금이 풍부해 너도나도 금광으로 쇄도하다 보니 길이 필요했다고 한다. 사람들이 강바닥이 물러서 걸어서는 건널 수가 없는 곳에 몇몇 작은 다리를 놓고, 쓰러진 나무들을 일부분 잘라 내어 부피가 큰 짐이 지나가도 될 만큼 넓은 길을 수풀 사이에 만들었다. 그러나 그 길 대부분에서 돌 하나, 흙 한 삽도 옮기지 않았다.

우리가 지나온 숲은 고도 때문에 동료 격인 흰전나무는 거의 자취를 감춰 붉은전나무뿐이었다. 이 매력적인 나무는 고도가 높아진 것을 아주 고마워하는 것 같았다. 어떤 말로도 이 고매한 나무를 제대로 그려 낼 수 없다. 강풍이 불어 이 나무가 잔뜩 쓰러진 지역이 있는데, 땅이 푸석푸석한 모래다 보니 안전하게 잡아 주질 못했던 것이다. 그 흙은 썩고 분해된 빙퇴석이 대부분이다.

양들은 각자 마음에 드는 바위가 많은 휑한 땅 위에 누워 먹을 풀 걱정 없이 새김질을 하고 있다. 요리를 하고 있는데 식욕이 날로 강렬해진다. 저지대 사람들은 산 사람들의 식욕과 "개떡 같은 음식"이라고 불리는 소화가 잘 안 되는 음식물을 먹어 치우는 솜씨를 이해하지 못한다. 먹고 걷고 쉬는 것이 하나같이 즐거움이어서 아침에 잠에서 깨어나면 수탉처럼 호탕하게 한 번 소리쳐 보고 싶다. 잠도 소화도 공기처럼 맑고 깨끗하다. 오늘 밤 우리는 향긋하고 보드라운 멋진 가지로 만든 잠자리에 누워, 폭포로 떨어지는 샛강이 들려주는 영광스러운 자장가를 듣게 될 것이다. 우리 캠프를 중심으로 이 샛강의 위아래로 따라가 보았지만 이보다 더 적절한 이름을 가진 강물은 없었다. 그것은 끊임없이 튀고 춤추는 흰 꽃송이 같은 폭포였다. 이 강물은 마지막까지 지칠 줄 모르고 흘러 계곡 발치 몇 마일 아래에 있는 태머랙 샛강의 폭포 근처에 있는 요세미티의 주 계곡 바닥으로 300피트 이상을 펄쩍 뛰어 거친 여정을 마친다. 이 폭포들은 훨씬 더 유명한 요세미티 지역의 몇몇 폭포와 비교해도 뒤지지 않을 정도다. 무지개 빛깔의 물보라 아래로 기뻐 날뛰며 시시각각 모습을 바꿔 가며 돌진하는 시원한 폭포수가 저음으로 울리는 듯, 포효하는 듯, 맑고 강렬하게 부딪치는 이 찬란한 폭포의 노래를 결코 잊지 못할 것이다. 깊고 고요한 밤이 되면 어둠 속에서 하얗게 보이며 훨씬 더 인상적으로 장대하게 들리는 그 수많은 목소리도 잊지 못할 것이다. 잎이 우거진 숲 속에 사는 홍방울새 못지 않게 귀여운 물까마귀는 이곳에서 편히 지내는데 물살이 거칠어지면 거칠어질수록 더 큰 기쁨을 느끼는 듯이 보인다. 날쌔게 돌진하여 위력을 드러내는 물살, 아찔한 절벽과 깎아지른 듯한 폭포의 우레와 같은 울림은 경외감을 불러일으키지만, 이 귀여운 새에게서 두려움을 일으킬 만한 것이라고는 전혀 찾아볼 수 없다. 그 새소리는 달콤하고 나지막하며, 주변의 시끄러운 소음 속을 날아다니며 보여 주는 온갖 몸짓은 힘과 평화와 기쁨을 드러낸다. 이 거친 강변에 자리한 물보라 흩뿌리는 둥지에 모습을 드러낸 이 자연의 총아(寵兒)를 찬찬히 바라보다 보니 "강한 것에서 감미로운 것이 생긴다."는 삼손의 수수께끼(삼손이 블레셋 사람들에게 낸 수수께끼로 "먹는 자에게서 먹는 것이 나오고 강한 자에게서 단 것이 나왔느니라." 가 무슨 뜻이냐고 물었다. 답은 "무엇이 꿀보다 달겠으며 무엇이 사자보다 강하겠느냐."이다. 「사사기」 14장 8~20절—옮긴이)가 떠올랐다. 소용돌이치는 물웅덩이 속의 종 모양의 거품보다 한결 더 아름다운 꽃이 이 귀여운 새다. 예쁜 새야, 그대는 내게 소중한 전갈을 전해 주는구나. 이 급류의 의미야 놓칠 수도 있겠다만, 그대의 상냥한 목소리, 그 안엔 오직 사랑만이 담겨 있구나.

7월 13일

오늘은 종일 동쪽으로 요세미티 샛강 분지 가장자리 너머 그 강바닥 중간 지대까지 내려갔다. 그곳에서 빙하가 반질하게 윤을 낸 넓은 화강암판 위에 캠프를 쳤는데 잠자리를 깔기에 든든한 받침대였다. 그 오솔길에서 대단히 큰 곰 발자국을 보았는데, 그러자 돈키호테가 일반적인 곰에 대해 이야기를 해 주었다. 나는 앞으로 나아가며 이 거대한 발자국을 남긴 주인을 보고 싶고 또 이 야생지의 군주 격인 이 맹수의 삶에 대해 뭔가를 알아내기 위해서라면 그를 방해하지 않고 며칠이라도 쫓아다니고 싶다고 말했다. 돈키호테의 말에 의하면 저지대에서 태어나 곰이라고는 듣도 보도 못한 양들도 곰의 자취를 알아차리자마자 코를 씨근거리며 놀라 달아난다고 하니, 이것만 봐도 양들이 자신의 적에 대한 지식을 얼마나 온전하게 물려받았는지를 알 수 있다. 돼지와 노새, 말, 소는 곰을 두려워해, 곰이 다가오면 제어할 수 없는 공포에 사로잡히고 마는데, 특히 돼지와 노새가 심각한 편이다. 돼지는 양처럼 수백 마리씩 떼를 지어 도토리가 널려 있는 해안 산맥과 시에라의 산기슭에 있는 작은 언덕의 목초지로 자주 이동하곤 한다. 목장에 곰이 나타나면 돼지들은 지체 없이 자리를 뜬다. 주로 밤에 한 몸처럼 뭉쳐 이동하기 때문에 주인은 이를 막을 도리가 없다. 이처럼 돼지들은 그저 바위와 숲에서 흩어져 자신의 운명을 기다리는 양에 비해 더 직관적이다. 노새는 곰만 보였다 하면 기수(騎手)가 타고 있던지 아니던지 바람처럼 도망친다. 말뚝에 매어 있을 땐 줄을 끊으려고 애를 쓰다 그만 목을 부러뜨리기도 하지만, 곰이 노새나 말을 죽였다는 얘기는 들은 적이 없다. 곰들이 돼지를 어찌나 좋아하는지 작은 놈은 부위를 가리지 않고 뼈까지 통째로 집어삼킨다고 한다. 딜레이니 씨 말에 의하면 특히 시에라에 사는 곰들은 하나같이 부끄럼을 타서, 사슴이나 시에라에 사는 그 밖의 다른 동물들에 비해 사냥꾼들이 사정거리 안에 들어오게 하기가 훨씬 더 어렵다고 한다. 곰을 제대로 보고 싶다면 인디언들처럼 끝없이 인내하며 참고 기다리면서, 곰 말고는 어디에도 신경을 써서는 안 된다고 했다.

밤이 다가와 황혼이 깃들자 잿빛 바위의 굽이치는 윤곽이 점점 희미해지고 있다. 이 지역이 얼마나 유년기의 원시 지형 그대로인지! 이 지역을 휩쓸었던 얼음판이 바로 어제 사라졌다고 해도 우리 캠프 주변에서 침식을 더 잘 견뎌 낸 구역에 남은 흔적이 지금보다 더 명확히 드러나기는 어려울 것이다. 실제로 말과 양, 그리고 우리 모두가 가장 반들반들한 곳에서 미끄러졌다.

7월 14일

이런 산속의 대기에서 잠은 얼마나 죽음 같으며, 눈을 떠 삶을 새로이 하는 일은 또 얼마나 빠른가! 노랑과 자줏빛이 어우러진 고요한 새벽이 지나자 태양의 금빛 물결이 몰려와 만물을 설레게 하고 타오르게 한다.

한두 시간도 안 되어, 우리는 요세미티 폭포들 중에서 가장 큰 폭포를 빚어내는 요세미티 샛강에 다다랐다. 모노 오솔길 교차점에서 이 샛강의 넓이는 대략 40피트 정도지만, 여기서는 평균 깊이가 4피트 정도로, 시간당 3마일의 속도로 흐른다. 무서운 속력으로 급강하하는 요세미티 암벽 끝까지의 거리는 여기서 2마일도 채 안 된다. 잔잔하며 아름답게, 게다가 소리도 없이 강물은 당당하게 미끄러지듯 흘러간다. 강둑을 따라 가느다란 이엽송들이 빽빽이 자라고 있고, 강가엔 버드나무나 자줏빛 조팝나무, 사초, 데이지, 나리꽃 그리고 매발톱꽃이 자라고 있다. 사초나 버드나무 중에는 강물 속에 가지를 드리우고 있는 것도 있다. 빽빽이 열을 지어 늘어선 나무를 벗어나면 곧바로 양지바른 모래톱이 있는데, 예전에 홍수가 났을 때 퇴적된 듯, 휩쓸려 온 모래 속엔 자갈이 많다. 그곳은 장미꽃 모양의 스프라게아 움벨라타(*Spraguea umbellata*)로 가끔씩 움푹 파이거나 주름져 있는 곳을 빼고는, 잎사귀보다 꽃이 더 많이 달린 에레스레아(*erethrea*), 에리오고눔, 옥시데카(*oxytheca*)로 뒤덮여 고르게 자라고 있다. 꽃으로 뒤덮인 이 땅 뒤쪽은 단단한 화강암 평지인데, 위로 굽이치며 경사져 있다. 빙하가 얼마나 반지르르하게 문질러 놓았는지 햇빛이 비치면 유리처럼 반짝인다. 얕은 분지엔 나무가 자라는 땅뙈기들이 있는데,

대부분 꺼칠한 이엽송이고 흙이 별로 없거나 아예 없는 곳에서는 앙상하다. 또한 노간주나무(Juniperus occidentalis)가 몇 그루 있는데, 키가 작고 퉁퉁하며, 나무껍질은 밝은 계피색이고, 잎은 회색이며, 화재로부터 안전한 햇빛이 내리쬐는 바닥 위에 가느다란 마디로 달라붙어서 대부분 홀로 서 있다. 그 나무들은 산속에서 강인하게 폭풍을 견디며 햇빛과 눈을 섭취하며 1,000년이 넘도록 건강을 유지하며 살아온 것들이다.

분지 위쪽으로는 물결치는 듯한 산등성이와 그 위로 솟아 있는 둥근 마루터기들과 그림 같은 성곽 모양을 하고 있는 큰 바위들이 보인다. 그리고 은전나무들이 자라는 거무스름한 구역들이 있는데 이는 이곳에 퇴적된 땅이 비옥함을 말해 준다. 이런 것을 연구할 시간이 있다면 얼마나 좋을까! 이렇게 잘 형성된 분지를 답사하면 얼마나 멋질까! 얼음이 남긴 비문(碑文)과 조각은 얼마나 훌륭할 것이며, 이 얼마나 고귀한 연구 대상인가! 이 산속의 영광스러운 장엄함이 점점 다가오자 흥분으로 온 몸이 떨렸지만 그저 황홀하게 바라보고 경탄할 수밖에 없었다. 그래서 아이처럼 여기저기에서 나리꽃이나 따면서 앞으로 연구하고 배울 수 있는 기회가 왔으면 좋겠다는 생각을 해 보았다.

양 떼가 샛강을 건너게 하려고 양을 모는 사람들과 개들은 힘든 시간을 보냈다. 이제까지 건너야 했던 개천 중에서 다리 하나 없는 두 번째 큰 개천이었다. 첫 번째는 바우어 동굴 근처에 위치한 머세드 강의 북쪽 분기였다. 사람은 소리치고 개는 짖어 대며 물을 두려워하는 이 소심한 양들을 강둑에 기대어 건너게 하려고 빽빽이 몰아붙였지만, 누구 한 녀석 앞장서 출발하려 들지 않았다. 이처럼 꼼짝도 못하고 있자, 돈키호테와 양치기들이 이 겁쟁이 녀석들 속으로 뛰어들어 앞쪽의 녀석들을 우르르 몰았다. 그러자 오히려 뒤쪽에 있던 녀석들이 도망치는 일이 생기고 말았다. 강둑 역할을 하는 나무들 사이로 황급히 도망쳐 바위 포석 위로 뿔뿔이 흩어졌다. 개의 도움으로 도망간 녀석들을 다시 강물 앞으로 불러 모으긴 했으나 또다시 도망치려 하며 얼마나 시끄럽게 소리치고 울며 야단법석을 떨던지 강물 자체도 어지럽혔거니와, 전 세계의 방방곡곡에서 왔을 사람들이 듣고 있던 폭포의 음악까지 망칠 지경이었다. "거기 녀석들을 잡아! 이제 잡으라구! 이렇게 내몰면 앞쪽 녀석들은 금세 압박을 견디다 못해 모두 물에 기꺼이 들어갈 거고 그러면 양들이 모두 뛰어들어 순식간에 건너게 될 거야."라고 돈키호테가 소리쳤다. 하지만 녀석들은 전혀 그럴 기미를 보이지 않았다. 수십 마리, 수백 마리씩 떼를 지어 내몰리지 않으려고 피할 뿐이었다. 결국 슬프게도 아름다운 강둑은 망가지고 말았다.

한 녀석만 건너게 할 수 있다면 나머지 녀석들도 서둘러 뒤따르게 할 텐데, 그 한 녀석을 찾기가 힘들었다. 새끼 양 한 마리를 잡아들고서 강을 건너 건너편 강둑에 있는 덤불에 묶어 놓았더니, 녀석이 애처롭게 어미를 불러 댔다. 하지만 크게 걱정하면서도 어미는 그저 돌아오라고 부르기만 했다. 이렇게 어미의 모성

나의 첫 여름

에 희망을 걸었건만 그것도 결국 실패하고 말았다. 먼 길을 돌아, 넓게 펼쳐진 강의 지류를 차례로 여럿 건너지 않으면 안 될 것 같아 걱정되기 시작했다. 그렇게 되면 며칠이 걸릴 테지만 이점이 없는 것은 아니었다. 유명한 강의 수원지를 보고 싶은 마음이 간절했기 때문이었다. 하지만 돈키호테는 바로 이곳을 건너야 한다며, 곧장 강둑 위의 가는 소나무를 베어서 빽빽하게 밀어 넣으면 가까스로 양들을 모두 넣을 수 있을 만한 크기의 우리를 만들어 일종의 포위 공격을 시작했다. 강물이 우리의 한 면을 이루고 있었기 때문에, 양 떼를 손쉽게 물속으로 밀어 넣을 수 있을 거라고 생각했다.

몇 시간 후 우리가 완성되었고 멍청한 녀석들은 그 안으로 쫓겨 여울의 가장자리 끝으로 내몰렸다. 그러자 돈키호테는 빽빽이 몰려 있는 녀석들을 헤치고 나가 불쌍한 겁쟁이 녀석들 몇 마리를 강제로 물속에 처넣었다. 하지만 녀석들은 건너기는커녕 무리 속으로 돌아가려고 발버둥치며 둑 가까이로 헤엄쳐 갔다. 그때 10여 마리가 물속으로 떠밀려 들어갔고, 학처럼 큰 키에 강 건너는 일이야 타고난 돈키호테가 녀석들을 따라 뛰어들어 버둥거리는 숫양 한 마리를 잡아 건너편 기슭으로 끌고 갔다. 그러나 풀어놓기가 무섭게 녀석은 다시 물속으로 첨벙 뛰어들더니 우리 속의 겁먹은 동료들에게로 헤엄쳐 돌아갔다. 이리하여 녀석들은 양의 본성도 만유인력만큼이나 불변한다는 것을 보여 주었다. 피리를 가진 판(Pan, 목동과 산야의 신. 염소 뿔과 다리를 가졌으며 피리를 분다.

로마 신화의 실비누스에 해당한다.—옮긴이)조차도 더 나은 결과를 가져오지 못할 것 같았다. 저 멍청한 녀석들은 강을 건너느니 차라리 죽음도 불사할 태세였다. 물에 흠뻑 젖은 돈키호테는 회의를 소집하고는 이젠 굶기는 수밖에 없다며, 우리가 편안히 캠프를 치고 있으면 포위당한 녀석들이 배고픔과 추위에 못 견뎌 정신을 차릴 거라고 단언했다. 녀석들에게 정신이 있기나 한다면 말이다. 이렇게 내버려 둔 채 몇 분이 지나자, 맨 앞줄에 있던 모험심 많은 녀석이 물속으로 뛰어들어 저쪽 기슭으로 용감하게 헤엄쳐 갔다. 그러자 별안간 모조리 뒤엉켜 물속으로 뛰어들더니 물속에서 서로 짓밟아 대는데 말려 보려 했지만 소용이 없었다. 돈키호테는 숨이 차서 꼴깍거리며 숨이 넘어가기 일보 직전의 녀석들이 잔뜩 몰려 있는 쪽으로 뛰어들더니, 물 위에 떠다니는 통나뭇조각인 양 녀석들을 왼쪽, 오른쪽으로 밀어냈다. 물결의 흐름 또한 녀석들이 뿔뿔이 흩어지는 데 일조했다. 이내 기다랗게 굽은 열이 만들어졌고, 몇 분 만에 모든 상황이 끝났다. 녀석들은 아무 일도 없었다는 듯 매-매 하며 먹이를 뜯기 시작했다. 물에 익사한 녀석이 하나도 없다는 것이 놀라웠다. 수백 마리의 양이 세상에서 가장 높은 폭포 너머 요세미티 강으로 휩쓸려 들어가는 낭만적인 운명에 처하게 되리라고 확실히 기대했었는데 말이다.

날이 저물어 가자 여울에서 조금 떨어진 곳에 캠프를 치고, 해지기 전까지 흠뻑 젖은 녀석들이 흩어져 풀을 뜯도록 내버려 두었다. 이제 털도 다 말라 녀석들은 조용히 새김질을 하며 평온

나의 첫 여름

함을 만끽하고 있다. 물속에서 그런 난리가 있었다는 흔적도 남아 있지 않다. 물 밖으로 던져진 물고기보다도 물속으로 내몰린 양 떼가 더 야단법석이었다. 양의 뇌는 형편없는 게 분명하다. 바다나 호수의 이 섬에서 저 섬으로 강폭이 넓은 급류를 조용히 헤엄쳐 건너는 사슴의 모습과 오늘 양들이 보인 모습을 비교해 보라. 혹은 소문에 의하면 꼬리를 돛 삼아 바람 부는 방향에 따라 꼬리를 조절하며 나뭇조각에 몸을 싣고 미시시피 강을 건넌다는 다람쥐나 개와도 비교해 보라. 도저히 양 한 마리를 동물 한 마리라고 할 수가 없다. 양 떼 전체가 모여야 어리석으나마 한 마리 구실이라도 할 수 있을지 모르겠다.

요세미티 강

7월 15일

분지의 동쪽 경계선 위로 모노 오솔길을 따라 거의 정상까지 온
후, 남동쪽으로 돌아 정오경엔 요세미티 강가까지 뻗어 있는 야
트막하고 작은 계곡에 도착해 캠프를 쳤다. 점심을 먹고서 나는
서둘러 고지로 향했다. 인디언 협곡(Indian Canyon)의 서편에 있는
산마루 꼭대기에 서니 내가 여태 본 것 중에서 가장 고상한 여름
산봉우리 모습이 한눈에 들어왔다. 머세드 강 상류 유역의 대부
분이 펼쳐진 가운데 웅장한 모습의 둥근 마루터기와 협곡, 위를
향해 경사진 짙푸른 숲들, 하늘 깊숙이 뻗은 멋지게 늘어 선 하
얀 봉우리들이 눈에 들어왔는데 모두가 불의 열기처럼 우리의
살과 뼈 속으로 달아오르며 아름다움을 발산하고 있었다. 만물
에 햇빛이 비치고, 사방을 덮고 있는 고요함을 흩트리는 바람 한
점 일지 않았다. 이처럼 영광스러운 광경, 끝없이 넘치도록 아름
다운 산의 웅대한 모습은 본 적이 없었다. 이와 유사한 광경을

직접 본 적이 없는 사람에게 내가 아무리 열심히 묘사를 한다 해도, 실제 그것을 감싸고 있는 그 장엄함이나 영적인 기운을 암시조차 할 수 없을 것이다. 나는 돌연 황홀감에 소리를 지르며, 흥분을 이기지 못해 몸을 흔들어 댔다. 나를 따라오던 카를로는 깜짝 놀라, 그 총기 어린 눈에 어쩔 줄 몰라 하는 당혹한 빛이 역력했는데, 개의 그런 모습을 보자 제정신이 들었다. 불곰 또한 내 우스운 짓을 바라보고 있었던 것 같다. 몇 야드를 채 못 가 덤불에서 놀라 달아나는 한 녀석을 보았으니 말이다. 황급히 뒤엉킨 만자니타 덤불 꼭대기로 굴러 떨어지며 재빨리 달아난 걸 보면 나를 위험한 존재라고 생각한 게 분명했다. 무서운지 귀를 축 늘어뜨린 채 나를 똑바로 쳐다보며 카를로는 뒤로 물러났다. 녀석이 한창땐 곰과의 전투를 수없이 본지라 내가 곰을 쫓아가 총을 쏘길 기대하는 눈치였다.

남쪽으로 완만하게 경사진 산등성이를 따라가다가 마침내 인디언 협곡과 요세미티 폭포 사이에 서 있는 커다란 낭떠러지의 언덕마루에 다다랐다. 이곳에 서자 갑자기 그 유명한 계곡의 전모가 거의 한눈에 들어왔다. 그 장엄한 암벽들은 수없이 다양한 돔, 박공, 성가퀴 그리고 평범한, 깎아지른 듯한 절벽들로 조각되어 있고 낙하하는 폭포의 천둥 같은 소리에 모두 떨고 있었다. 평평한 바닥은 정원처럼 손질이 잘 된 듯 여기저기에 양지바른 풀밭이 있고, 소나무와 참나무가 어우러진 작은 숲도 있었다. 자비의 강(머세드 강의 merced는 영어의 mercy, 즉 자비라는 뜻이다.—옮긴이)이

나의 첫 여름

그 한가운데를 장엄하게 휩쓸고 지나가며 햇빛을 반사하고 있었다. 계곡의 위쪽 끝에서 거의 1마일 높이로 치솟은 거대한 티시악(Tissiack) 혹은 하프돔(Half-Dome)은 균형이 정말 잘 잡히고 살아 있는 것 같으며, 모든 바위 중에서 가장 인상적인 모습을 하고 있어 사람들의 찬탄을 자아내며 시선을 붙든다. 깎아지른 듯한 아찔한 깊이와 조각된 듯한 장엄한 절벽들을 지닌 견인(堅忍)의 표상이다. 수천 년간 하늘에서 비와 눈, 서리, 지진과 산사태에 노출된 채 서 있었지만 지금도 한창때의 젊은 모습을 간직하고 있다.

나는 계곡의 가장자리를 따라 서쪽으로 거닐었다. 그 끝부분이 대부분 모나지 않게 둥글게 닳아서 바닥까지 암벽의 정면 전체를 내려다볼 만한 자리를 찾기가 쉽지 않았다. 그런 장소를 발견하자, 나는 조심스럽게 발을 들여놓고는 몸을 끌어당겨 꼿꼿이 세웠다. 바위가 떨어져 나가 저 아래로 떨어질지도 모른다고 생각하니 두려움이 몰려왔다. 추락한다면 얼마나 끔찍할까! 3,000피트는 족히 될 것 같다. 그럼에도 사지는 떨리지 않았고 그 사지에 기대어 있는 마음에도 일말의 의심이 없었다. 화강암 박편이 무너지지는 않을까 하는 것이 유일한 두려움이었다. 절리(節理)가 얼마간 벌어져 있어 낭떠러지의 겉면과 나란한 곳도 있었기 때문이다. 멋진 전망을 본 흥분이 가라앉기 전에 그런 장소에서 빠져나오며 이렇게 혼잣말을 하곤 했다. "이제 다시는 그런 절벽에 가지마." 하지만 요세미티의 전경을 마주하고 보면 그런 신중한 충고는 쓸모없게 된다. 그 마법에 걸려 우리 몸은 거의 통제 불가능한 의지를 좇아 가고 싶은 곳으로 가는 것 같다.

이 잊을 수 없는 낭떠러지를 1마일 이상 걸어서 요세미티 샛강에 다다랐다. 그 좁은 수로에서도 마지막 산의 노래를 부르며 용감하게 자신의 운명을 향해 나아가는 강물의 편안하고 우아하며 자신만만하게 흘러가는 모습이 나를 감탄케 했다. 반짝이는 화강암 너머 몇 로드를 더 가서 아름다운 거품을 일으키며 반 마일가량 떨어지면 다른 세상이 기다린다. 기후와 초목, 서식 동물 등 모든 것이 달라지는 머세드 강으로 들어서는 것이다. 마지막 골짜기를 벗어나, 강물은 넓은 레이스 같은 급류가 되어 매끄러운 경사면을 내려와 웅덩이로 미끄러지듯 나아가는데 여기에서 그 잿빛 강물은 흥분을 가라앉히며 쉬는 듯하다. 그러고는 급강하해 소(沼) 가장자리를 유유히 빠져나온 후 또 하나의 번쩍이는 경사면을 내려오며 속력을 더해 무시무시한 벼랑가로 가서 숭고하며 운명적인 자신감에 넘쳐 거리낌 없이 공중으로 뛰어오른다.

나는 신발과 양말을 벗어 버리고 손과 발을 반질반질한 바위에 딱 붙인 채, 질주하는 강물을 따라 조심스럽게 나아갔다. 내 머리 가까이를 스칠 정도로 달려들며 우렁찬 소리로 포효하는 강물이 사람을 몹시 흥분시켰다. 나는 그 비탈진 호안(護岸, apron)이 계곡의 깎아지른 듯한 절벽과 더불어서 끝나고, 그보다 경사가 덜한 그 호안의 발치에서 폭포의 형태와 행태를 멀리 바닥까지 내다볼 수 있을 만큼 몸을 내밀 수 있으리라 기대했다. 그러나 거기엔 또 다른 돌출부가 하나 있어 그것 너머는 볼 수 없었고, 그곳은 인간의 발로 가기에는 너무나 가팔랐다. 열심히 살펴보니 벼랑 가에 3인치가량의 좁은 바위 턱이 있는데 한 사람이 나 겨우 발을 디디고 쉴 만한 넓이였다. 하지만 그렇게 가파른 산마루를 넘어 그곳에 도착할 방법이 있을 것 같질 않았다. 마침내 그 지면을 자세히 살펴보다가 그 급류의 가장자리에서 어느 정도 떨어진 뒤쪽에 모서리가 울퉁불퉁한 바위 조각을 찾아냈다. 그 가장자리에 닿을 수만 있다면 그것이 손가락을 걸 자리가 될 것 같았다. 그것이 유일한 길이었다. 그런데 그 옆에 있는 사면은 위험할 정도로 매끈하고 가파르게 보였고 내 아래와 위, 옆으로 재빨리 흐르며 포효하는 강물은 몹시도 신경을 곤두서게 했다. 그리하여 나는 더 이상의 모험은 그만두기로 결심했는데, 그럼에도 불구하고 시도하고 말았다. 근처 바위의 갈라진 틈에서는 쑥 덤불이 자라고 있었다. 어지럼증을 막아 줄까 하는 기대감에서, 나는 그 쓴 이파리를 입에 잔뜩 집어넣었다. 평범한 상황에서라면 불가능할 정도로 조심스럽게 기어서 그 작은 바위 턱까지 안전하게 내려가 거기에 두 발을 힘 있게 디뎠다. 갑자기 흐름이 내리막길로 바뀌는 지점 가까이까지 발을 질질 끌면서 가로 방향으로 20~30피트를 나아갔다. 이렇게 멀리까지 내려온 강물은 이미 하얗게 바뀌어 있었다. 이곳에 서니 눈 덮인 것 같은 물줄기들 한가운데까지 시야가 탁 트였는데 폭포의 본줄기에서 방금 갈라져 나온, 혜성 같은 수많은 작은 물줄기들이 노래하고 있었다.

　그런 아슬아슬한 구석에 자리를 잡고 나니 위험을 또렷이 인식할 수가 없었다. 형태나 소리, 움직임 면에서 가까이에서 움직이고 있는 그 폭포의 장엄함이 두려움을 압도했다. 이런 곳에서 우리 몸은 스스로 자기 자신의 안전에 신경을 곤두세우기 마련이다. 내가 그곳에서 얼마나 머물렀는지, 어떻게 돌아왔는지 잘 모르겠다. 어쨌든 멋진 시간을 보내고 의기양양하게 들뜬 마음을 안고 해가 질 무렵 캠프로 돌아왔으나 이내 피로가 몰려왔다. 이제부터는 신경을 지나치게 긴장시키는 그런 장소에 가는 것은 삼가야겠다. 그래도 그런 날은 한 번쯤 모험 삼아 해 볼 만한 가치가 있었다. 처음 본 하이시에라(High Sierra)와 요세미티의 광경, 요세미티 샛강의 죽음의 노래, 광대한 절벽 너머로의 비상, 이들 각각은 평생 재산으로 간직할 멋진 풍경이라고 하기에 충분하다. 그런 광경을 보다가 죽어도 좋을 만큼 즐거움을 준, 잊지 못할 날 중에서도 최고의 날이었다.

7월 16일

어제 오후 기쁨은, 특히 그 벼랑 꼭대기에서의 기쁨은 어찌나 컸던지 잠도 푹 자지 못했다. 지난밤엔 강렬한 전율을 느끼며 계속해서 잠에서 깨고, 우리가 캠프를 친 산의 바닥이 무너지며 요세미티 계곡으로 떨어지는 상상을 하며 반쯤 깨어 있었다. 다 떨쳐 버리고 다시 깊은 잠을 자려고 애를 썼으나 허사였다. 하도 심한 정신적 긴장 탓에, 물과 바위의 멋진 눈사태 위로 공중에서 떨어지는 꿈을 꾸고 또 꾸었다. 한 번은 자다가 벌떡 일어나 이렇게 중얼거렸다. "이번엔 진짜야, 분명 모두 죽고 말 거야. 산사람이 이보다 더 영예로운 죽음을 맞이할 수 있는 곳은 없을 거야!"

해가 뜨자마자 캠프를 떠나 온종일 동쪽을 향해 걸어갔다. 대부분이 케아노투스와 만자니타 덤불과 붉은전나무로 숲을 이루고 있는 인디언 분지(Indian Basin)의 상부를 가로질렀는데, 그런 관목들이 뒤섞여 있는 곳을 밟고 지나가거나 통과하기가 여간 어렵지 않다. 케아노투스는 눈에 짓눌려 빽빽하게 자랄 뿐 아니라 가시가 많고, 만자니타는 심하게 구부러져 다루기가 쉽지 않기 때문이다. 협곡의 정상에서 노스돔(North Dome)을 거쳐 분지와 포큐파인 샛강(Porcupine Creek)으로 계속 나아갔다. 이곳에는 숲으로 빽빽이 둘러싸인 멋진 풀밭이 많은데, 그곳은 고산나리(alpine lily, *Lilium parvum*)와 그 반생종(companions)들로 화려하다. 8,000피트라는 고도가 이런 식물에게 최적의 장소인 듯하다. 내 머리보다 1, 2피트는 더 큰 표본도 있었다. 이곳에서 더 위쪽에 있는 산들과 세상에서 제일 큰 바위라고 하는 거대한 사우스돔(South Dome)을 보니 더 근사했다. 이렇게 엄청나게 크고 멋지게 조각되어 있으니 세계 제일이라 할 만도 하다. 경탄을 자아내는 인상적인 기념물로 그 윤곽은 절묘하고, 엄청난 크기에도 불구하고 가장 섬세한 예술 작품처럼 마무리되어 있어 꼭 살아 있는 듯했다.

7월 17일

인디언 협곡을 경유하여 요세미티로 흘러드는 작은 시내의 수원지에 있는 장엄한 은전나무 숲에 캠프를 쳤다. 앞으로 몇 주 동안은 여기서 머물 예정이다. 거대한 계곡과 그 수원지 주변을 둘러보기에 좋은 곳이다. 스케치도 하고 식물도 납작하게 눌러 놓으며 멋진 지형과 행복한 동료이자 이웃들인 야생 동물도 연구하며 영광에 넘치는 나날을 보내게 될 것이다. 하지만 멀리 떨어진 광대한 산맥들을 내가 알 수나 있을까? 그 한가운데로 들어가 그 산들과 함께 살 수 있을까?

정오경엔 잠깐 동안 격렬한 폭풍우가 억수같이 내리고 산과 협곡엔 천둥소리가 우르릉 쾅쾅 울렸다. 몇 번은 가까이에서 번개가 쳐 섬뜩하게 서늘한 대기에 요란한 소리를 내며 울려 퍼졌지만, 멀리 떨어진 산봉우리들은 비와 구름층을 뚫고 화려한 자태를 드러냈다. 이제 폭풍우는 지나가고 깨끗이 씻긴 공기엔 꽃밭과 덤불의 향기가 가득하다. 요세미티의 겨울 폭풍우는 분명히 영광스러울 것이다. 한 번이라도 볼 수만 있다면!

새 캠프에 잠자리를 깔았는데, 벨벳처럼 사치스럽고 기분 좋은 향기가 났다. 대부분은 전나무의 갓털이었다. 물론 베개엔 여러 가지 향긋한 꽃을 넣었다. 오늘밤은 꿈 때문에 예민해져 뒤척이지 말고 푹 잤으면 좋겠다. 사슴이 케아노투스의 잎과 잔가지를 먹는 모습을 보았다.

나의 첫 여름

7월 18일

푹 잤다. 특히 반쯤 잠든 상태에서는 아직도 나 자신이 밀려드는 하얀 강물 옆의 벼랑 끝에 서 있는 상상을 하긴 했어도 계곡의 높은 벽이 무너질 것 같지는 않았다. 실제로 그 폭포의 벼랑 끝에 있을 때보다 폭포에서 1마일 이상 떨어진 평화로운 숲의 한복판에 있는 지금, 그런 일이 일어날 위험에 더 신경이 쓰이다니 참 이상했다.

발자국으로 판단컨대, 이곳에서 곰은 흔한 동물인 듯하다. 정오경에 놀랄 만큼 격렬한 천둥소리와 함께 폭풍우가 또 한 차례 지나갔다. 금속이 부딪히는 것 같은 쟁그랑 소리가 울려 펴졌으나 점점 잦아들며 낮게 멀리서 우르릉거렸다. 몇 분 동안은 비가 폭포처럼 억수같이 퍼붓더니 우박으로 바뀌었다. 우박 중에는 얼음처럼 단단하고 불규칙한 형태에 지름이 1인치나 되는 것도 있었다. 위스콘신 주에서 종종 본 그런 우박이었다. 카를로는 떨리는 나뭇가지 사이로 우박이 마구 쏟아지자 무슨 일인지 안다는 듯 놀란 눈으로 바라보고 있었다. 구름의 모습 또한 장엄했다. 오후엔 맑게 갠 하늘에 햇빛이 가득하고 고요했다. 전나무와 꽃, 그리고 김이 나는 땅에서 상쾌함과 향기로움이 기분 좋게 우러나는 오후였다.

7월 19일

동이 트며 해가 뜨는 모습을 바라보았다. 연한 장밋빛과 자줏빛 하늘은 노랗고 하얀 수선화 빛깔로 살포시 바뀌고, 봉우리들 사이의 재와 요세미티의 둥근 돔들 위로 햇살이 쏟아지며 그 가장자리가 불타올랐다. 그 중간에 있는 은전나무는 첨탑 같은 우듬지에 빛을 받아 환하고 우리가 캠프를 친 작은 숲은 영광이 넘치는 빛으로 전율했다. 만물이 잠에서 깨어나 기쁨에 넘쳐 기민하게 움직인다. 새들이 꿈틀대기 시작하고 수많은 벌레들이 모여든다. 사슴은 관목 덤불 속 잎이 우거진 은신처로 조용히 물러나고, 이슬은 사라지며, 꽃들은 꽃잎을 펼치고, 모든 파동이 빨라지며 생명이 있는 온갖 세포도 기뻐한다. 바위조차 생명으로 전율하는 듯하다. 풍경 전체가 영광의 열정에 젖어 사람의 얼굴처럼 달아오르고, 지평선 주변이 어슴푸레한 푸른 하늘은 그 모든 것 위에 한 송이 거대한 꽃처럼 평온하게 몸을 구부린다.

정오경엔 여느 때와 마찬가지로 돌기 장식이 있는 커다란 뭉게구름이 숲 위에서 커지기 시작했는데, 그 구름에서 쏟아지는 폭풍우는 여태껏 본 적이 없을 만큼 매우 인상적이었다. 갈지자로 움직이는 은빛의 번개 창(槍)은 여느 때보다 길었으며, 천둥은 한 곳에 뭉쳐 있어 대단히 인상적이고 요란한 소리를 내며 너무도 엄청난 에너지로 울려 대고 있어 한 번 칠 때마다 산 전체가 산산이 부서지는 듯했다. 그러나 부서진 것은 나무 몇 그루뿐이었을 텐데, 그런 나무들이 내가 지나간 길 근처에서 지면을 뒤덮고 있는 것을 보았다. 마침내 또렷이 울리던 천둥소리가 산속 깊이 메아리치는 곳으로 굴러 들어가면서 깊은 저음이 되어 점차

나의 첫 여름

희미해졌다. 그곳에서 천둥은 잘 귀환했다고 환영받는 듯했다. 그러고는 또 다른 천둥소리, 산산이 부서지도록 일격을 가하는 소리가 빠른 속도로 연이어 들렸다. 아마도 거대한 소나무나 전나무가 꼭대기에서 뿌리까지 가늘고 긴 조각으로 갈라져 사방으로 흩어지는 듯했다. 그런 천둥에 걸맞은 엄청난 위력을 갖추고 내리는 비는 흐르는 물의 층이 되어 울퉁불퉁한 풍경의 윤곽에 맞는 피부 같은 투명한 막처럼 온 천지를 뒤덮으며, 바위를 반짝반짝 빛나게 하고, 협곡으로 모여들며 시냇물을 넘치게도 하고, 천둥소리에 맞춰 콸콸 큰소리를 내며 흐르게도 한다.

빗방울 하나의 자취를 더듬어 보는 것이 얼마나 흥미로운가! 지질학적으로 말하자면, 앞에서도 보았듯이 나뭇잎도 없는 신생 시에라의 풍경 위로 맨 처음 빗방울이 떨어진 것은 그리 오래전 일이 아니다. 지금 떨어지는 빗방울들의 운명은 얼마나 달라졌는가! 아름다운 장소로 떨어지지 않는 빗방울은 하나도 없다. 그토록 아름다운 황야나 산봉우리 정상, 빛나는 빙하 바다, 거대하고 매끈한 마루터기, 숲과 정원 그리고 관목이 무성한 빙퇴석 위로 철벅철벅 튀기기도 하면서 반짝이며 씻어 내듯 떨어진다. 일부는 높은 곳에 위치한 눈 덮인 수원지로 흘러가 이미 물이 충분한 저수지를 넘치게도 하고, 일부는 호수로 흘러가 산의 창을 씻어 주며 평탄하고 유리 같은 평원을 가볍게 두드리다가 잔물결이나 거품, 물보라를 일으키기도 한다. 또 일부는 폭포와 함께 춤추고 노래하며 더 아름다운 거품을 일으키고 싶은 듯 크고 작은 폭포로 흘러들기도 한다. 산속의 행복한 빗방울들에겐 행운이며 멋진 일이다. 각각의 빗방울은 그 자체가 구름 속 낭떠러지와 계곡에서 바위로 된 낭떠러지와 계곡으로, 혹은 하늘의 천둥에서 낙하하는 강물 속 천둥으로 떨어지는 높은 폭포인 셈이다. 또 풀밭과 습지로 떨어진 일부는 조용히 눈에 보이지 않는 풀뿌리로 기어들어 둥지에 내려앉듯 살며시 숨어들어 미끄러지기도 하고 여기저기 새어 나오기도 하면서 자신에게 맡겨진 일을 찾는다. 숲 속의 뾰족한 우듬지를 뚫고 내려온 몇몇 빗방울은 빛나는 바늘잎나무 잎 사이로 물보라를 체질해 내며 그들 하나하나에게 평화와 격려의 말을 속삭인다. 겨냥을 잘 한 물방울들은 석영, 각섬석(角閃石), 석류석, 지르콘, 전기석, 장석(長石) 등의 결정체 면 위에서 반짝이기도 하고, 미량의 금과 여행에 지친 무거운 금속덩이 위에서 후두둑 소리를 내기도 한다. 몇몇은 둔중한 소리로 저음의 드럼 소리를 내며 베라트룸과 바위떡풀, 개불알꽃의 넓은 잎사귀 위로 떨어진다. 운이 좋은 몇몇 빗방울은 꽃받침으로 곧장 떨어져 나리꽃의 입술에 입 맞추기도 한다. 빗방울들은 얼마나 멀리까지 가야 하며, 크고 작은 꽃받침과 너무 작아서 보이지도 않을 정도의 작은 세포를 얼마나 많이 채워야 할까? 어떤 꽃받침에는 반(半) 방울이 담겨 있고, 어떤 빗방울은 언덕 사이에 있는 호수의 웅덩이를 채우고 있다. 그러나 모두 한결같이 세심하게 채워져 축복의 무리를 이루고 있는 빗방울은 모두 호수와 강, 정원과 숲, 계곡과 산에서 새로 태어난 은빛 별과 같

나의 첫 여름

다. 그 수정 같은 심연에 풍경이 담고 있는 모든 것이 비친다. 위엄과 화려함 그리고 힘을 과시하며 내리는 신의 사자(使者)이자 사랑의 천사로서 인간의 가장 큰 자랑거리도 우습게 만든다.

이제 폭풍우가 다 지나고 나니 하늘이 맑다. 마지막까지 으르렁대던 천둥소리도 산봉우리에서 사그라진다. 이제 빗방울은 다 어디로 갔는가? 모든 빛나는 무리는 다 어떻게 되었는가? 일부는 날개 달린 증기가 되어 이미 서둘러 하늘로 되돌아가고 있으며, 일부는 식물에게로 가서 보이지 않는 문을 통해 세포의 둥근 방으로 슬그머니 들어가고, 일부는 얼음 결정 안에, 또 다른 일부는 바위 결정이나 기공(氣孔)이 있는 빙퇴석에 갇혀 작은 샘물을 계속해서 흐르게 하며, 일부는 강물을 따라 여행을 계속하다 대양이라는 더 큰 빗방울과 합류한다. 형태를 바꿔 가며, 모든 것들이 한 아름다움에서 또 다른 아름다움으로 쉬지 않고 늘 변모하며 사랑의 열정으로 속도를 더해 가면서 별과 함께 영원한 창조의 노래를 부르고 있다.

7월 20일

고요하고 활짝 갠 아침이다. 대기는 팽팽하고 맑다. 바람 한 점 없는데, 바위는 수정 같은 이슬로 젖었고, 식물들엔 이슬이 내려, 만물이 빛난다. 생물들이 아침을 먹는 것처럼 모두들 제 몫의 무지갯빛 찬란한 이슬과 햇빛을 받는다. 그들의 만나(manna, 이스라엘 사람들이 광야를 헤맬 때 신이 내려 준 음식으로 마음의 양식, 하늘의 은총 등을 의미

한다.—옮긴이) 이슬은 별빛이 빛나는 하늘에서 수많은 작은 별들처럼 내려온다. 이슬 한 방울이 되는 데 필요한 수천 개의 분자가 잔디처럼 소리 없이 어둠 속에서 자라다가 쏟아져 내리는 모습은 얼마나 놀랍고 아름다운가! 이 황야를 건강하게 유지하기 위해 모두들 얼마나 애를 쓰고 있는가! 쏟아져 내리는 눈과 비, 이슬, 빛의 홍수, 보이지 않는 증기와 구름, 바람의 쇄도, 그 밖의 갖가지 기후, 식물의 상호 작용과 동물의 상호 작용 등 이루 헤아릴 수도 없다. 자연의 운행 방법은 얼마나 정교한가! 얼마나 교묘하게 아름다움은 또 다른 아름다움으로 덧씌워지는가! 땅은 결정체로, 결정체는 이끼나 지의류 그리고 낮게 뻗어 나가는 풀과 꽃으로, 그리고 이것들은 더 큰 식물의 잎과 그 위에 늘 색과 형태가 변하는 잎으로, 그 위에는 전나무의 널따란 손바닥이 펼쳐지며, 그리고 이 모든 것들 위에 푸른 하늘의 둥근 천장이 마치 초롱꽃처럼 펼쳐져 있고, 별들 위에 별들이 드리워 있다.

저쪽에 서 있는 사우스돔의 정상은 우리 캠프보다 한참 위에 있지만, 그 바닥은 우리보다 4,000피트 아래 놓여 있다. 사우스돔은 가장 숭고한 바위인데 살아 있는 빛에 싸여 생각에 잠긴 듯하다. 그 주위를 둘러보면 죽은 돌이라는 생각이 전혀 들지 않고 모든 것들이 신성해져서 무겁지도 가볍지도 않게 보이며 신처럼 고요한 힘을 지녀 흔들림이 없다.

우리 양치기는 성격이 괴상해서 이런 야생지에 데려다 놓기 힘든 사람이다. 그의 잠자리는 양 우리의 남쪽 벽 한 부분을 차

지하고 있는 통나무 옆 썩은 나무로 붉은 흙 속에 만든 구덩이이
다. 경이로운 내구성을 지닌 옷을 입은 채, 붉은 담요를 뒤집어
쓰고 누워 썩은 나무의 가루는 물론 양 우리의 먼지까지 들이마
신다. 온종일 담배를 씹어 대고도 밤새껏 암모니아가 든 코담배
를 흡입하기로 작정한 사람처럼 말이다. 양을 따라다니는 동안
허리띠 한쪽에선 묵직한 6연발 권총이 흔들거리고, 다른 한쪽엔
점심 거리가 매달려 있다. 프라이팬에서 금방 꺼낸 고기를 묶어
둔 낡은 천이 필터 역할을 하여, 그 천을 통해 맑은 기름기와 고
깃국물이 줄줄이 열리는 종유석처럼 오른쪽 엉덩이와 다리에 똑
똑 듣는다. 하지만 이 기름기가 많은 구성물은 이내 분해되어,
양치기가 앉거나 구르기도 하고, 혹은 통나무 위에서 쉬며 다리
를 꼬는 동안 그 초라한 옷에 골고루 번지고 문질러지다 보니,
셔츠와 바지는 반질거리고 물도 스며들지 않게 되었다. 특히 바
지는 뒤섞인 기름기와 수지로 어찌나 끈적끈적한지 솔잎이나 얇
은 나무껍질, 섬유, 털, 얇은 운모 조각, 미세한 석영 조각, 각섬
석, 깃털, 씨 날개(seed wings), 나방과 나비의 날개, 뭇 곤충들의 다
리와 더듬이, 심지어 작은 딱정벌레나 나방, 모기 같은 온갖 곤
충에 꽃잎이나 꽃가루, 게다가 그 지역의 동식물이나 광물 부스
러기까지 달라붙어 깊이 박혀 있다. 그리하여 박물학자와는 거
리가 먼 사람이지만 그는 파편이긴 해도 만물의 표본을 수집해
자신이 알고 있는 것보다 점점 더 부자가 되어 간다. 양치기의
표본은 꽉 누르는 역청질의 수지 섞인 잠자리와 맑은 공기 덕분

에 그런대로 신선하다. 인간이 소우주라는데 적어도 우리 양치기 아니 그의 바지는 정말로 그러하다. 그가 이 값진 작업복을 벗는 일은 결코 없다. 그 옷이 얼마나 오래된 것인지 아는 이는 아무도 없지만 그 두께와 농축적인 구조를 보면 짐작은 할 수 있을 것이다. 닳아서 얇아지기는커녕 더 두꺼워져 그 층리(層理) 구조는 적잖은 지질학적 의미를 지니고 있다.

양 떼를 모는 일 외에 빌리는 가축을 도살하기도 한다. 나는 몇몇 철제와 양철 도구를 닦고 빵을 만드는 일을 하기로 동의했다. 이 대단찮은 임무를 다 끝내도 아직 해는 산꼭대기 위에 있어, 나는 양 떼가 없는 곳으로 가서 자유롭게 떠돌며 이 멋진 불멸의 날들 내내 야생지를 마음껏 즐길 수 있었다.

노스돔에서 스케치를 했다. 여기서는 몇몇 높은 산뿐 아니라 거의 모든 계곡이 내려다보인다. 바위와 나무, 잎사귀 등, 눈에 보이는 건 모두 그리고 싶지만 그저 윤곽이나 그릴 수밖에 없다. 단어들처럼 의미 있는 이 표시들은 나만이 알아볼 수 있다. 하지만 나는 연필을 깎고, 다른 사람들에게 도움이 될지도 모른다고 생각하며 작업을 계속한다. 이 그림을 그린 종이들이 낙엽처럼 사라지든, 편지처럼 친구들에게 가든 아무래도 좋다. 이와 유사한 야생 상태를 직접 본 적이 없고 언어를 배우듯 그것을 배우지 않은 사람에게는 이 그림이 들려줄 얘기가 별로 없기 때문이다. 여기는 어떤 고통도, 따분하고 공허한 시간도, 과거에 대한 두려움이나 미래에 대한 공포도 없다. 이 축복받은 산은 신의 아름다

나의 첫 여름

움으로 꽉 차 있기 때문에, 어떤 시시한 개인적 소망이나 경험도 비집고 들어올 여지가 없다. 이런 샴페인 같은 물을 마신다는 것은 순전한 기쁨이며 살아 있는 공기를 호흡하는 것도 마찬가지다. 사지의 움직임 하나하나가 기쁨이며, 아름다움에 노출되었을 때엔 몸 전체가 그 아름다움을 느끼는 듯하다. 마치 사방으로 퍼지는 열기처럼 눈으로만이 아니라 육신 전체로 고르게 다가오는 모닥불이나 햇빛을 몸이 느끼는 것과 같다. 그리하여 말로 설명하기 어려운 격렬한 무아경의 기쁨이 달아오른다. 그런 때엔 사람의 몸은 머리에서 발끝까지 순수한 수정처럼 순일(純一)의 상태가 되는 듯하다.

요세미티의 마루터기에 파리처럼 걸터앉아, 황홀히 바라보며 스케치하고 햇볕을 쬔다. 더 많은 것을 배워 보려는 뚜렷한 희망도 없으면서 말로 다 할 수 없는 경탄에 빠져, 그러나 희망의 문앞에 놓인 갈망으로 지칠 줄 모르는 노력을 경주한다. 장엄하게 드러난 신의 능력 앞에서 겸허하게 굴복하고, 이 신성한 책에서 어떤 교훈이라도 배우기 위해 영원히 애쓰면서 욕망을 억제하고 자신을 포기한다.

요세미티의 장관은 이해하거나 어떤 식으로 설명하기보다는 차라리 몸으로 느끼는 게 더 낫다. 바위와 나무, 시냇물의 고결함은 너무나 미묘할 정도로 잘 조화되어 대부분 숨겨져 있다. 저지대 언덕 꼭대기에서 자라는 풀처럼 빽빽이 자라는 키 큰 나무들이 3,000피트 높이의 깎아지른 듯한 절벽의 가장자리를 장식하고 있고, 이 절벽들의 발치에는 1마일 너비에 길이가 7~8마일 정도 되는 띠 모양의 풀밭이 뻗어 있다. 이 풀밭은 농부가 하루면 너끈히 다 베어 낼 수 있을 만한 좁고 기다란 땅처럼 보인다. 높이가 500에서 1,000 혹은 2,000피트에 이르는 폭포는 비록 그 소리로 계곡을 가득 채우고 바위를 떨게 하지만, 그것들이 타고 떨어질 거대한 절벽에 비하면 얼마나 보잘것없는지 떠다니는 구름같이 부드러운 한 줌의 연기처럼 보인다. 동쪽 하늘을 따라 늘어선 산들과 그 앞에 선 돔, 계곡에 무성한 나무들을 거느리고 점점 더 높아지면서 그 사이를 이어 주는 부드럽고 둥근 굽이치는 봉우리들은 엄청난 크기와 아름다움을 지니고도 고요해 요세미트 성전(聖殿)의 위관(偉觀)을 드러내기보다는 오히려 숨기려 하는 듯하다. 그리하여 그것을 이 조화롭고 방대한 경관에 딸린 부드러운 지형처럼 보이게 한다. 이처럼 어떤 지형의 진가를 평가하려는 시도는 다른 모든 것들의 압도적인 영향력에 의해 좌절되고 만다. 마치 이것으로는 충분하지 않은지, 보라! 다른 한 산맥이 하늘에 솟아난다. 눈 덮인 산봉우리며, 마루터기, 그늘진 요세미티 계곡 등, 그 아래 산맥 못지않게 험하고 단단하게 보이는 지형을 갖고 있는데, 천둥을 동반한 폭풍우가 예고하는 새로운 창조물로, 눈 덮인 시에라 산 같은 형상이다. 아름다운 것을 아끼는 다정한 마음을 지니고 있으면서도 자연은 얼마나 사납고 격렬하며 제멋대로인가. 나리꽃을 그려 내고, 물을 내려 주기도 하고, 정원사처럼 이 꽃 저 꽃 다니며 부드러운 손길로 쓰다듬어

나의 첫 여름

주기도 하는가 하면 번개와 비로 가득 찬 구름 산과 바위산을 빚기도 한다. 머리 위로 툭 튀어나온 절벽 아래에 위치한 은신처로 넙죽 달려가, 갈라진 틈 사이에서 자라는 온화한 사랑의 징표이며 마음에 위안을 주는 양치류와 이끼를 자세히 들여다본다. 너무 작아 두려움은 생기지 않지만 빛이 비밀을 털어놓는 야생의 자식인 아이베시아(ivesia)와 데이지 또한 바라본다. 이러한 것들 덕분에 마음이 편안해지고 폭풍소리도 잠잠해진다. 이제 햇빛이 쏟아지고 향기로운 김이 솟아오른다. 새들은 밖에 나와 숲 가에서 노래한다. 서쪽 하늘은 일몰 의식을 준비하며 금빛, 자줏빛으로 불타오르고, 나는 공책과 그림을 챙겨 캠프로 돌아온다. 그러나 가장 멋진 것들은 내 마음에 꿈처럼 새겨졌다. 딱히 시작이나 끝은 없지만 결실이 풍부한 날이었다. 지상에서 맛본 영원, 선한 하나님의 선물이었다.

어머니와 몇몇 친구들에게 각기 산의 의미에 관한 글을 써 보냈다. 목소리가 들리거나 손길이 닿을 만큼 그들 가까이에 있는 듯했다. 고독이 깊으면 깊을수록, 외로움은 덜해지고 친구는 더 가까워지는 법이다. 빵과 차를 들고 나서 전나무 잠자리로 향하며 카를로에게 잘 자라는 인사를 하고는 하늘에 핀 나리꽃을 한 번 바라본 후, 시에라에서의 새로운 내일이 밝을 때까지 깊은 잠에 빠져 들었다.

7월 21일

돔에서 스케치를 했다. 비는 오지 않았지만, 정오경, 하늘의 4분의 1을 뒤덮은 구름은 시냇물의 수원지에 있는 하얀 산에 멋진 그림자를 드리우고 정원 위로 한낮의 더위를 식혀 주는 덮개가 되어 주었다.

흔한 집파리와 메뚜기, 불곰을 보았다. 기쁘게도 파리와 메뚜기가 돔의 정상까지 나를 찾아 주었다. 곰은 내가 캠프와 돔 사이에 있는 작고 아름다운 풀밭 한가운데로 가서 만나게 되었는데 그 녀석은 자신의 모습을 제대로 보여 주기로 한 듯 방심 않고 꽃밭에 서 있었다. 오늘 아침 캠프에서 반 마일도 채 못 가, 몇 야드 앞에서 총총걸음을 치던 카를로가 갑자기 조심스럽게 멈춰 섰다. 꼬리와 귀를 내린 채, 예민한 코를 앞으로 쭉 내밀더니만 "어머, 이게 뭐지? 곰 같은 걸."이라고 말하는 듯했다. 조심스럽게 몇 걸음 나아가더니, 사냥하는 고양이처럼 살며시 발을 디디고는 모든 의문이 사라질 때까지, 자신이 감지한 공기 중에 감돌고 있는 냄새가 뭘까 궁금해 했다. 그런 후 내게로 돌아와 내 얼굴을 쳐다보며, 말이라도 할 듯한 눈으로 곰이 가까이 있음을 알렸다. 아주 작은 소리도 나지 않도록 주의하면서 노련한 사냥꾼처럼 조심스럽게 계속 앞장서며 "맞아 곰이야, 이리 와 봐. 내가 보여 줄 테니."라고 속삭이는 듯, 자주 뒤를 돌아보았다. 이내 우리는 전나무의 자줏빛 가지 사이로 햇살이 흘러드는 곳에 이르렀다. 훤히 트인 공간이 가까이 있음을 알 수 있었다. 카를로는 내 뒤를 따르고 있었고 곰이 바로 근처에 있음이 분명했다. 좁지만 아름다운 풀밭 가장자리에 있는 둥근 빙퇴석의 낮은 능선으로 살금살금 걸어갔다. 이 풀밭에 녀석이 있다는 확신이 들었다. 산에 사는 이 건장한 동물을 놀라게 하지 않고, 제대로 한번 보고 싶은 마음이 간절했다. 그래서 제일 커다란 나무 뒤에 소리 없이 바싹 다가가 내 머리의 일부분만 드러낸 채, 불쑥 튀어나온 줄기 너머 저쪽을 응시했다. 바로 지척에 녀석이 서 있었는데 엉덩이는 기다란 풀과 꽃에 가려 있고 앞발은 풀밭으로 떨어진 전나무 줄기 위에 올리고 머리는 어찌나 높이 쳐들고 있는지 꼭 똑바로 서 있는 것처럼 보였다. 아직 나를 본 건 아니지만, 주의 깊게 보고 듣고 있는 것으로 보아 어떤 식으로든 우리의 접근을 알아챈 듯했다. 녀석이 나를 보고 달아날까 봐 곰을 알 수 있는 이 기회를 최대한 이용하려고 애를 쓰며 녀석의 몸짓을 지켜보았다. 이런 불곰은 녀석들의 나쁜 형제인 인간을 만나면 늘 달아날 뿐, 부상당하거나 새끼를 보호하기 위해서가 아니면 절대로 덤벼드는 법이 없다는 이야기를 들은 적이 있다. 녀석은 숲 속의 양지바른 풀밭에서 경계를 늦추지 않았는데, 인상적인 모습이었다. 그의 몸집이나 털 색깔, 텁수룩한 털이 나무줄기나 무성한 초목과 조화를 이루며, 자신의 역할을 훌륭하게 수행해 내고 있었다. 이 풍경 속의 여느 다른 것들만큼이나 자연스런 모습이었다. 호기심에 찬 듯 앞으로 쑥 내민 뾰족한 주둥이, 넓은 가슴에 난 길고 텁수룩한 털, 털 속에 파묻히다시피 한, 빳빳이 선

두 귀, 그리고 천천히 무겁게 머리를 움직이는 모습 등을 주시하며 녀석을 찬찬히 살피고 나니, 녀석이 달리는 모습이 보고 싶다는 생각이 들었다. 그래서 나는 녀석을 놀라게 하려고 모자를 흔들고 소리를 지르며 녀석에게 갑자기 돌진했다. 녀석이 황급히 도망가는 모습을 기대했었다. 하지만 당황스럽게도 녀석은 뛰지도 않고 뛸 기미도 보이질 않았다. 그와는 반대로, 자신을 지키기 위해 싸우려는 듯 한 발도 물러서지 않고 고개를 낮춘 채 앞으로 내밀고는 나를 날카롭고도 사납게 쳐다보았다. 이제 갑자기 달려 도망치는 것이 내 일이 된 것 같아 두려움이 들기 시작했다. 그러나 나는 달리는 게 두려워서 곰처럼 한 걸음도 물러서지 않았다. 우리는 대략 10여 야드 정도 떨어진 채, 근엄한 침묵 속에서 상대를 노려보고 있었다. 야수를 내려다보는 인간 시선의 힘이 대단하다는 소문이 사실임이 증명되길 간절히 바랐다. 이 끔찍할 정도로 격렬한 대면이 얼마나 오래 지속되었는지는 모르겠지만 마침내 때가 되자 녀석은 서서히 거대한 앞발을 통나무에서 끌어내리고는 대단히 신중하게 몸을 돌려 풀밭으로 느긋하게 걸어가며, 내가 뒤쫓고 있는지 보기 위해 몇 번씩이나 가던 길을 멈추고 뒤돌아보고, 다시 움직이기를 반복했다. 나를 믿지도 않거니와 그렇게 두려워하지도 않는 게 분명했다. 녀석의 몸무게는 대략 500파운드 정도 되어 보였다. 통제할 수 없는 야성이 한데 묶여 그대로 드러난 고집 센 녀석, 멋진 장소에 자신의 모습을 드러낸 행복한 친구이다. 녀석을 그토록 충분히 관찰

나의 첫 여름

할 수 있었던 꽃으로 뒤덮인 숲 속 공터는 한 폭의 그림처럼 마음에 남아 있다. 여태껏 내가 발견한 것 중에서 가장 멋진 것인데, 대자연의 소중한 동료 식물의 온실 같은 곳이다. 키 큰 나리꽃이 곰의 등 위로 종 모양의 꽃잎을 흔들어 대고, 제라늄과 참제비고깔, 매발톱꽃, 데이지는 곰의 옆구리를 가볍게 스친다. 곰보다는 천사를 위한 장소라고 해야 할 것 같다.

그 거대한 협곡에서 곰은 최고의 존재로 군림한다. 수많은 먹이 중 하나가 없다 해도, 굶어죽을 걱정을 할 필요가 없는 행복한 녀석이다. 녀석의 식량은 식료품실에 저장된 식량처럼 산속 시렁에 정렬되어 있어 사철 내내 보장된다. 마치 여러 나라의 갖가지 산물을 맛보기 위해 남으로 혹은 북으로 수천 마일 떨어진 외국으로 여행이라도 하듯, 이 산 저 산을 오르락내리락하며 각기 다른 지역에서 나는 것들을 하나씩 차례로 맛본다. 이 털보 형제들을 좀 더 잘 알고 싶다. 정말이지 나의 이웃인 그 요세미티 곰이 오늘 아침 멀리 가 버려 보이지 않자 마지못해 캠프로 돌아와 양을 지키기 위해 필요하다면 발사할 요량으로 돈키호테의 총을 꺼내 들긴 했지만 말이다. 다행히 나는 녀석을 찾지 못했다. 호프만 산(Mt. Hoffman)쪽으로 1~2마일 뒤를 쫓다가 녀석이 안전하게 떠나길 빌며 기쁜 마음으로 요세미티 마루터기로 돌아왔다.

이제 다 끝난 일이지만 곰과의 만남을 즐겁게 되새기며 스케치를 하고 있는 동안 편안해 보이는 집파리 녀석들이 내 주변을 돌며 윙윙거렸다. 추위에 민감하고 집안의 안락함을 좋아하며, 아무것이나 마구 먹어 대는 집파리가 무엇에 이끌려 이 산꼭대기까지 올라왔는지 궁금하다. 식물이건 동물이건 종의 영역을 결정하는 데에 그토록 큰 영향을 미치는 바다나 사막, 산맥을 넘어 이 대륙에서 저 대륙으로 집파리가 어떻게 퍼져 나갔을까? 딱정벌레와 나비의 영역은 때로는 좁은 범위에 국한되기도 한다. 같은 산맥이라도 각각의 산마다, 또한 같은 산이라도 서로 다른 구역마다 각자 고유의 종이 다를 수도 있다. 하지만 집파리는 어딜 가나 있는 것 같다. 대양 한가운데 떠 있는 섬이라도 파리가 없는 곳이 있는지 궁금하다. 이 요세미티 숲에는 청파리(bluebottle)가 많은데 모든 죽은 생물들을 다시 날게 만들 만큼 엄청난 양의 알을 항상 갖추고 있다. 이곳에는 뒤영벌도 사는데 넘치도록 많이 비축된 감로(甘露)와 꽃가루를 충분히 먹을 수 있다. 꿀벌은 산기슭에는 많지만 아직 이렇게 높은 곳까지 오르지는 못했다. 꿀벌이 떼를 지어 캘리포니아에 처음 온 지는 채 몇 년도 되지 않는다.

메뚜기는 괴상하면서도 재미있는 녀석이다. 메뚜기들은 산꼭대기까지 유람을 하는데 얼마나 높이 오르는지는 모르지만 적어도 요세미티의 관광객들만큼은 높이 그리고 멀리 오른다. 오늘 오후 돔에서 나를 위해 메뚜기 한 마리가 춤추며 노래하며 거리낌 없이 즐기는 모습을 보며 상당히 흥겨웠다. 20~30피트의 높이까지 공중으로 뛰어올랐다가 뛰어내리고는 다시 뛰어올랐

　　　　　　　　　　　　　　　나의 첫 여름

다 가장 낮은 하강 지점에 다다르는 순간 예리한 음악 소리를 내는 것에서 알 수 있듯, 기쁘고 명랑하며 활력이 넘쳐 보였다. 오르락내리락하며 한 열 번쯤 춤추고 노래를 부른 후, 내려앉아 쉬는가 했더니 또다시 일어나 하던 일에 몰두한다. 뛰어내리고 시끄러운 소리를 내며 공중에 그리는 곡선은 높이가 모두 같은 기둥들에 헐렁하게 걸어 묶어 두는 끈과 닮았으며, 고리들은 거의 서로를 덮고 묶어 두는 듯했다. 크든 작든, 어떤 동물도 메뚜기보다 더 멋지고 격렬하게, 마음껏, 그리고 더 태평하게 삶을 즐기는 것을 본 적도 들은 적도 없다. 산에서 가장 명랑하며 발이 빨간 이 우스운 곤충의 삶은 순수한 즐거움의 응축물로 채워져 있는 듯하다. 신이 나서 까불어 대며 억제할 수 없을 만큼, 넘치도록 명랑하다는 면에서, 살아 있는 동물 중 메뚜기와 견줄 만한 동물은 더글러스다람쥐뿐이다. 그토록 기묘한 동물이 이 장엄한 산들을 그렇게 소란스럽게 즐겁게 하고 기쁘게 하다니 정말 불가사의하다. 이 메뚜기들의 내면의 본성은 살아가면서, 낙담하거나 우울해지는 여하한 일이 있다 해도 어린애처럼 힙, 힙, 후라 (응원 등의 선창하는 소리, 갈채소리—옮긴이)를 외치며 그러한 것들을 경멸해 버리는 듯하다. 어떻게 그런 소리를 내는지는 모르겠다. 메뚜기는 땅에 앉아 있거나 이리저리 그저 날아다니는 동안은 전혀 소리를 내지 않는다. 다만 곡선을 그리며 뛰어내릴 때만 소리를 내는데, 그로 보아 이 소리를 내기 위해서는 그런 동작이 필요한 것처럼 보인다. 더 세차게 뛰어내리면 내릴수록 갑작스럽게 터져 나오는 유쾌한 소리도 더 강력해진다. 메뚜기가 곡예를 보이는 사이사이 쉬는 동안, 녀석을 자세히 관찰하려 했으나 언제나 뒷다리는 금방이라도 날 준비를 한 채, 나에게서 눈을 떼지 않고 좀처럼 나의 접근을 허락하지 않았다. 돌에 새겨진 설교를 찾기에는 적당하지만 메뚜기의 설교를 듣기엔 적당치 않은 그 돔에서 그 조그만 녀석은 나를 위해 멋진 설교를 춤으로 보여 주었다. 이 돔은 그렇게 작은 설교자에게는 너무 크고 위압적인 강단이다. 자연이 이런 스르륵거리는 소리를 낼 수 있는 한, 세상의 무릎이 약해질 위험은 없다. 곰조차 산의 야성적 건강과 힘, 행복을 이 익살스럽고 귀여운 메뚜기만큼 분명하게 보여 주지는 않았다. 그 녀석의 삶에는 근심의 구름도, 불만의 겨울도 찾아볼 수 없다. 녀석에겐 하루하루가 휴일이다. 마침내 녀석의 날이 저물면, 녀석은 숲 바닥에 웅크리고 누워 잎사귀나 꽃잎처럼 죽어 갈 것이다. 그리하여 잎사귀나 꽃잎과 마찬가지로 꼴사나운 유해를 남기지 않으니 장례도 필요 없다.

해가 지자 캠프로 돌아와야 했다. 에덴동산만큼 아름다운 숲과 꽃밭에 사는 억센 활력 덩어리인 불곰과, 얇고 가벼운 날개로 온 세상의 대기를 휘젓고 다니며 끊임없이 법석대는 파리, 거대하고 장엄한 산에 아이의 웃음처럼 활기를 불어넣는 상쾌하고 자극적이며 번득이는 기쁨인 메뚜기, 세 친구여 잘 자거라. 고맙다. 사람들에게 생기를 불어넣어 주는 너희 셋 모두 고맙다. 하늘은 모든 날개와 다리가 나아갈 길을 인도하길. 안녕, 세 친구

　　　　　　　　　　　　　　　나의 첫 여름

들 모두 안녕.

7월 22일

오늘 아침 검은 꼬리를 단 멋진 사슴이 우리의 캠프를 뛰어 지나 갔다. 감탄할 만큼 활력 있고 우아하며 넓게 뻗은 뿔이 달린 수 사슴이었다. 가축을 길러 본 경험으로 볼 때, 소위 버려진 야생 의 짐승들이 모두 퇴화하지는 않을까 걱정스럽지만, 자연 이외 에 돌보는 이 하나 없어도 야생지에 사는 동물들의 아름다움과 힘, 우아한 동작은 정말 놀랄 만하다. 자연이 동물들을 기르고 가르치는 방법은 모든 것을 최선으로 만드는 듯하다. 모든 야생 동물과 마찬가지로 사슴도 식물 못지않게 단정하다. 경계 상태 에 있든 쉬고 있든, 사슴의 아름다운 몸짓과 거동은 활기차게 뛰 어다니는 사슴의 힘보다 훨씬 더 인상적이다. 움직임과 자태 하 나하나가 모두 우아하니, 거동과 태도가 시(詩)라 할 만하다. 자 연은 지나칠 정도로 자주 어머니 같은 자연이라 불리지만 조금 도 어머니 같지가 않다. 하지만 어떤 날씨와 환경에서도 자연은 자신의 자식들을 지극히 현명하고, 엄하면서도 다정하게 사랑하 고 돌본다. 사슴을 보면 볼수록 산을 타는 동물로서 사슴에게 감 탄하게 된다. 비축된 유연한 힘으로 쓰러진 나무와 돌 더미가 가 로막고 있는 빽빽한 숲 지대, 협곡과 포효하는 시냇물, 눈밭을 건너 더할 나위 없이 험한 벽지 한가운데로 나아가면서도 늘 아 름답고 용기가 있다. 사슴은 거의 모든 대륙에 살고 있다. 플로리다의 대초원과 작은 언덕, 북쪽 끝에 위치한 캐나다의 숲에서는 이끼 낀 동토(凍土) 지대를 배회하거나, 파도에 씻긴 이 섬에서 저 섬으로 호수와 강, 바다의 내포(內浦)로 헤엄쳐 다니거나 바위 투성이 산을 올라 다닌다. 어디에 있든 건장한 모습으로 가는 곳마다 아름다움을 더해 주는 진실로 감탄할 만한 동물이며 자연의 큰 자랑거리이다.

우리 캠프에서 동쪽으로 몇 백 야드 떨어진 화강암 산마루에서 있는 은전나무를 그렸다. 눈보라에 관해 특별히 할 얘기가 있는 멋진 나무다. 풀 한 포기 없는 바위에서 자라며, 비바람에 갈라진 1인치도 안 되는 틈 사이로 뿌리를 밀어 넣고는 자신의 무게를 지탱할 기반을 마련하기 위해 몸집을 부풀린, 키가 100피트가량 되는 나무다. 그 나무는 북쪽에서 불어오는 눈보라에 부러진 가지가 거의 땅에 닿을 지경이다. 그 부러진 자리 아래 새로 난 가지에서 자라난 줄기로부터 비스듬히 뻗은, 오랫동안 비바람에 시달린 생기 없는 우듬지가 그러한 사실을 말해 준다. 그 죽은 묘목에서 덧자란 줄기의 나이테가 언제 눈보라가 있었는지를 얘기한다. 이 종의 줄기를 에워싸는 평평한 경령(頸領)의 한 부분을 형성하는 곁가지가 위로 구부러진 채 곧게 자라, 잃어버린 경축(莖軸) 자리를 차지해 새로운 나무를 이루다니 참으로 놀랍기만 하다.

전나무와 소나무 같은, 주위의 다른 많은 나무들을 보면 그 눈보라가 모든 것을 박살낼 만큼 격렬했음을 알 수 있다. 나무

나의 첫 여름

중엔 키가 50~65피트에 이르는 나무도 있었는데, 그런 나무들이 완전히 구부러져 풀처럼 흙에 파묻혀 있다. 마치 숲 전체가 벌목된 것처럼 사라져 버려서 눈이 녹아내리는 봄이 올 때까지 가지 하나, 풀잎 하나도 눈에 띄지 않았다. 그렇게 되자 좀 더 유연해서 다치지 않은 어린 묘목들은 바람의 도움을 받아 다시 일어났다. 그중 몇몇은 거의 똑바로 자라게 되었고 어떤 것들은 다소간 구부정했다. 한편 등이 부러진 나무들은 부러진 자리 아래에 곁가지를 키워 성장의 새로운 경축이 될 어린 가지를 틔우려고 애를 썼다. 등뼈가 부러졌거나 거의 그런 지경에 놓인 사람이 등이 구부러진 채 살 수밖에 없는 상황에 놓이자, 그 부러진 부위 아래로 척추의 한 가지가 곧게 자라, 팔다리와 머리가 새로 만들어졌지만, 옛 상처 부위는 죽어 버린 사람의 모습처럼 보였다.

여느 때와 마찬가지로 오늘 낮에도 거대한 흰 구름 산과 둥근 돔, 산등성이와 산맥이 끝없이 다양한 모습을 보였다. 자연은 이런 일을 대단히 좋아해서 부지런히 거의 매일같이 반복하며 결코 질리지 않을 아름다움을 만들어 내는 듯하다. 몇 차례 번개가 갈지자로 번쩍이더니, 소나기가 내렸고, 5분 정도 지나자 점차 빗발이 약해지다가 맑게 개었다.

7월 23일

한낮엔 또 다른 구름 경치가 아무리 봐도 질리지 않을 힘과 아름다움을 펼쳤지만, 어떻게 그림으로도 말로도 표현할 도리가 없었다. 무능한 인간이 구름에 대해 무슨 할 말이 있겠는가? 빨갛게 타오르는 거대한 마루터기와 산등성이, 그림자에 싸인 만과 협곡, 깃털로 가장자리를 두른 계곡을 그려 보려고 했지만, 그것들은 이렇다 할 흔적도 없이 사라져 버리고 만다. 그러나 하늘에 떠 있는 이 덧없는 산들도 그 아래의 좀 더 지속적인 화강암 융기 못지않게 구체적이며 의미심장하다. 세워졌다가 사라진다는 면에서 둘은 서로 같다. 신의 달력에서 지속 시간의 차이가 아무런 의미가 없으니 말이다. 가장 먼 곳까지 내다볼 수 있는 친구에게 말할 수 있는 그 이상으로 행복해 하며, 경탄하고 숭배하는 마음으로 그 구름들을 찬미하며 꿈속에서나 그려 볼 수 있을 뿐이다. 구름의 결정이나 증기 입자 하나도 사라져 버리지 않는다는 것을 알고서, 그리고 그 구름들이 내려오거나 자취를 감추는 것은 갈수록 아름다운 모습으로 다시 떠오르기 위해서라는 것을 기뻐하며 말이다. 너무나 시끌벅적한 소동을 피우곤 하는 우리 자신의 일이나 의무, 영향력 등에 관한 한 우리가 돌멩이에 핀 이끼처럼 침묵을 지킨다 해도 그것들이 정해진 결과에 이르지 못하는 일은 없을 것이다.

7월 24일

한낮엔 하늘의 반을 차지하고 있던 구름이 30분가량 폭우를 내려 세상에서 가장 깨끗한 풍경 하나를 씻어 냈다. 어찌나 깨끗해지던지! 거품이 이는 파도처럼 눈으로 절벅절벅 소리를 내는 산꼭대기나 얼음이 반질반질하게 만든 돌바닥과 산등성이, 둥근 마루터기와 협곡에 비하면 결코 바다에 먼지가 적다고 할 수 없다. 남아 있는 가느다란 구름마저 하늘에서 씻겨 나간 뒤, 숲은 얼마나 생기가 넘치며 고요한가! 몇 분 전만해도 모든 나무가 흥분해서 포효하는 폭풍우에 굴복해, 예배하듯 영광에 넘쳐 열렬히 가지를 뒤흔들거나 소용돌이치기도 하고 쳐들기도 했다. 외이(外耳)엔 이 나무들이 이젠 조용한 듯해도 나무들의 노래는 결코 끝난 것이 아니다. 모든 숨어 있는 세포가 음악과 생명으로 두근거리고, 섬유 조직이 하프의 현처럼 떨리는 동안, 발삼의 총상화관과 이파리에서는 향이 끊임없이 흘러나온다. 언덕과 숲이 하나님의 제일 신전임은 결코 놀랄 일이 아니다. 더 많은 나무를 자르고 베어 내 성당과 교회를 지을수록 신은 더 멀어지고 더 희미해진다. 돌로 만든 신전도 마찬가지다. 저쪽 우리의 캠프가 있는 숲에서 동쪽으로, 살아 있는 돌이 만들어 낸 자연의 성당 한 채가 서 있다. 약 2,000피트 높이인데 전형적인 성당의 모습을 하고 있다. 첨탑과 작은 뾰족탑들로 고상하게 장식되어 있으며, 쏟아지는 햇빛 아래서 전율하고 있는 것이 마치 숲 속의 신전처럼 살아 있는 듯한데 커시드럴 봉우리(Cathedral Peak, 성당 봉우리)라고 제대로 이름 붙어 있었다. 어떤 돌의 설교도 들으려 하지 않는 양치기 빌리조차 때로는 산속의 이 훌륭한 건물로 발길을 돌리곤 했다. 불 속에서도 녹기를 거절하던 눈도 신의 아름다움을 간직한 빛 속에서 변하지 않고 완고하게 서 있는 이 건물보다 더

경이롭지는 않을 것이다. 세계 곳곳에서 관광객들이 보러 오는 것을 빌리도 보고 즐기게 하려고 내가 하루 동안 양을 돌봐 주겠다는 제의까지 하며 요세미티의 정상을 한번 둘러보라고 했었다. 그러나 그 유명한 계곡에서 1마일도 안 되는 거리에 있는데도, 빌리는 그저 호기심에서라도 그곳에 가려고 하질 않았다. 빌리는 이렇게 말했다. "요세미티에 있는 거라곤 협곡과 수많은 바위와 땅속에 난 구멍뿐이지. 추락할 위험이 있는 곳이야. 뒈지게 좋지만 피해야 할 곳이지." "하지만 그 폭포를 한 번 생각해 보라고, 빌리. 며칠 전 우리가 건넜던 큰 개울 말이야. 왜 공중으로 반 마일은 떨어지던 폭포 있잖나. 생각해 봐, 그 소리는 또 어떻고. 지금도 노호하는 바다 같은 소리가 들리지 않나?" 이렇게 복음을 권하는 선교사처럼 빌리에게 요세미티를 강권했지만 그는 들은 체도 안 하고 이렇게 말했다. "그렇게 높은 담 위에서 내려다보면 무서울 거야. 머리도 어찔어찔할 거야. 어쨌든 바위 말고는 볼 만한 것도 없을 텐데, 그런 거라면 여기서도 충분히 볼 수 있지. 바위와 폭포 따위를 보려고 돈을 쓰는 관광객들은 바보야. 그것 말고는 아무것도 없다구. 나를 속일 수는 없지. 이 지역에서 오래 살아온 나는 속아 넘어가진 않는다구." 이런 사람들은 영혼이 잠들었거나, 하찮은 기쁨과 걱정에 휩싸여 혼미해졌다는 생각이 든다.

나의 첫 여름

7월 25일

또 다른 구름 나라. 어떤 구름은 너무 여물어 쇠미한 모습을 보이며, 축축하고 구정물에 더럽혀진 채 길게 늘어나고 바람에 시달려 조각조각 나는 때도 있기는 하지만, 이 시에라의 여름날 한낮의 구름들은 그렇지가 않다. 모두가 빙하에 다듬어진 마루터기처럼 매끈하고 윤곽과 곡선이 명확하며 아름답다. 11시경이면 커지기 시작하는데 이런 높은 캠프에선 너무나 놀랄 만큼 가깝고 선명하기 때문에, 그 구름에 한 번 올라가 그 그늘진 샘에서 폭포처럼 쏟아지는 시내를 따라가고픈 마음이 든다. 그 구름이 만드는 비는 폭우가 되는 경우도 종종 있는데, 꼭 바위산에서 퍼붓는 듯한 위압적인 폭포 같다. 아름다운 색조와 장엄하며 눈에 띄게 커 가는 모습, 변화무쌍한 풍경과 그 전반적인 효과 등 그동안 다녀 본 곳 중에서 그 어디도 한낮에 이 하늘에 생긴 산보다 더 진기하고 흥미로운 것을 본 적이 없다. 그것들의 묘사는 그냥 내버려 두는 것이 차라리 더 낫다. 가끔씩 "나는 저 아래 산에서 눈을 체질한다."는 셸리의 구름에 관한 시(퍼시 비시 셸리의 「구름」—옮긴이)가 생각난다.

호프만 산과 테나야 호수

7월 26일

1만 1000피트 높이의 호프만 산 정상까지 걸었다. 평생 내 발길이 닿았던 높이 중에서 최고였다. 내 주위의 풍경은 너무나 아름다워 영광스러울 정도였다. 새로운 식물과 동물, 새로운 얼음들, 그리고 호프만 산보다 훨씬 더 높은 수많은 산들이 산맥의 축을 따라 곱게 단장한 모습으로 우뚝 솟아 있다. 그 아래에는 평온하면서도 웅장하게 눈을 짊어진 채, 강렬한 햇빛을 받고 있는 광대한 마루터기와 산등성이가 빛난다. 분지엔 숲과 호수와 풀밭이 펼쳐진 가운데 초롱꽃 같은 맑고 파란 하늘이 이 모든 것을 품고 있었다. 자연이 "더 높이 오라."고 구애하며 속삭이기라도 한 것처럼, 새로운 경이의 세계로 들어가게 된 영광의 날이었다. 이모든 웅대한 광경에 대해 나는 얼마나 무지했고 무슨 질문을 했던가! 언젠가는 이 경이로운 책장에 몰려 있는 신성한 상징의 의미를 배우고, 더 많이 알게 되기를 떨리는 마음으로 얼마나 간절히 바랐던가!

호프만 산은 아마 군데군데 일어난 삭박(削剝)으로 격리되고 두드러져 생긴 산으로 축이 되는 주 산맥에서 약 14마일 떨어진 지맥의 최고봉이다. 남쪽 경사지는 테나야 호수와 돔 샛강(Dome Creek)을 통해 요세미티 계곡으로 강물을 흘려 보내고, 북쪽은 얼마간은 투올름 강으로, 하지만 대부분은 요세미티 샛강을 거쳐 머세드 강으로 흘러간다. 대부분의 바위는 화강암이지만 붉은 변성 점판암이 기둥이나 성곽 모양으로 그림같이 여기저기 솟아, 작은 더미를 이루고 있었다. 화강암이나 점판암은 둘 다 인공 석공술로 만들어 낸 돌덩이처럼 절리(節理)에 의해 덩어리로 쪼개지기 때문에 "그가 산을 만들었도다."는 성서의 한 구절을 생각나게 한다. 가파른 북쪽 면의 분지에는 눈과 얼음이 거대한 층을 이루고 있는데 여기가 가장 높은 곳에 위치한 요세미티 샛강의 영원한 수원지이다. 남쪽 경사지는 훨씬 더 완만해서 오르기가 쉽다. 가늘고 긴 구멍과도 같은 골짜기가 오른편에서 정상 건너편까지 뻗어 있어 골목길처럼 보이는데 아마도 이것은 침식에 잘 견디지 못하는 지층의 침식으로 형성된 것 같다. 이 길은 악마가 자주 드나드는 지역보다는 훨씬 위에 위치하지만 보통 데블즈슬라이드(devil's slide)라고 불린다. 악마가 예전엔 아주 높은 산까지 올라 다녔다는 말을 들은 적이 있지만 수목 한계선 위로는 악마의 발자국이 거의 보이지 않는 걸로 보아 그리 대단한 등산가는 아닌 것 같다.

드넓은 회색 정상은 오랜 세월 살을 에는 듯한 폭풍우에 의해 황폐화되어 전반적으로 메마르고 황량해 보이지만, 자세히 지표 면을 들여다보면 수천, 수백만 송이의 꽃과 잎사귀가 달린 아름 다운 식물로 뒤덮여 있다는 것을 알 수 있다. 그 식물들은 너무 작아서 몇 백 야드만 떨어진 곳에서도 눈에 띌 만한 색의 덩어리 를 형성하지 못한다. 하늘색 데이지 화단은 축축한 분지에서 은 밀히 미소 지으며, 작은 실개천 가를 따라 몇몇 종의 에리오고눔 과 비단 같은 잎을 가진 아이베스타(ivesta), 펜트스테몬(pentstemon), 오소카푸스(orthocarpus), 그리고 아름다운 관목 종인 프리물라 수 프루티코사(*Primula suffruticosa*)의 밭이 있다. 히더(heather)같이 짙푸른 잎과 자줏빛 꽃으로 뒤덮인 아름다운 히스인 브리얀더스 (bryanthus)와 처음 보는 나무를 셋이나 찾았다. 바로 솔송나무(hem- lock, *Tsuga Mertensiana*)와 소나무 두 종류였다. 솔송나무는 지금까지 보아 온 침엽수 중에서 가장 아름다운 나무였다. 가지와 주된 경 축이 유례없이 우아한 모습으로 축 늘어져 있고, 무성한 잎들이 주변의 흔들거리는 가냘프고 섬세한 잔가지들을 뒤덮고 있었다. 요즘 솔송나무엔 꽃이 만발했다. 그 꽃들은 지난 계절에 나온 수 많은 솔방울과 함께 늘어진 잔가지에 여전히 매달려 갈색과 자 주색, 푸른색 등 다양한 빛깔을 뿜내고 있다. 그 안에서 놀고 싶 어서 처음 눈에 띈 나무 위로 좋아라 하며 올라갔다. 그 꽃의 감 촉이 사람의 육체를 어찌나 흥분시키던지! 짙은 자줏빛의 암술 은 거의 반투명이고 수술은 산속의 하늘처럼 맑고 선명한 푸른

색인데, 지금까지 시에라에서 본 모든 나무의 꽃 중에서 유례가 없을 정도로 가장 아름다웠다. 형태나 외관, 자태의 아름다움과 여성스런 섬세한 우아함을 간직해 온 이 사랑스러운 나무가 거칠기 이를 데 없는 돌풍에 노출된 채 이 자리에서 오랜 세월 동안 폭풍우를 견뎌 왔다니 놀랍기 이를 데 없다!

두 종류의 소나무는 모두 용감하게 폭풍을 견딘 나무들인데, 하나는 산소나무(mountain pine, *Pinus monticola*)이고, 또 하나는 난쟁이소나무(dwarf pine, *Pinus albicaulis*)이다. 산소나무는 사탕소나무와 밀접한 관련이 있지만, 솔방울은 길이가 4~6인치밖에 되지 않는다. 가장 크게 자라야 지름이 5~6피트 정도, 지면에서 잰 키가 4피트 정도 되며 껍질은 짙은 갈색이다. 산 정상에 이를 수 있는 나무는 폭풍우에 휩쓸려 온 몇몇 모험가뿐이다. 흰수피소나무(whitebark pine)라고도 불리는 난쟁이소나무는 수목 한계선을 형성하는 종이다. 여기서는 눈으로 뒤덮인 관목 덤불처럼 완전한 난쟁이가 되어 그 덤불 꼭대기 위를 걸어 다녀도 될 지경이다.

수많은 산들이 모여 우리를 바라보는 가운데 폭풍이 쓸고 지나간 하늘 정원을 한껏 즐기고 있는 동안 낮이 끝없이 이어지는 듯했다. 산이 폭풍우에 휩쓸려 황량하고 쓸쓸해지면 쓸쓸해질수록 그 산 얼굴의 광채는 더 빛나고 식물들은 더욱 아름다워지니 정말 묘하고 감탄이 절로 나온다. 산꼭대기를 물들이고 있는 무수한 꽃들은 풍화되어 마르고 험한 자갈밭에서 피어난 것 같지가 않다. 오히려 그 꽃들은 우리가 무지와 불신으로 인해 황량한 사막이라고 부르는 곳도 자연이 사랑한다는 것을 입증하기 위해 구름같이 몰려든 방문객들처럼 보인다. 언뜻 보기에는 활기 없고 황량한 지표면도 식물이 풍부할 뿐만 아니라 돌비늘이나 각섬석, 장석, 석영, 전기석 등의 결정들로 반짝거리고 있다. 어찌나 빛나는지, 눈이 부시기까지 한 곳도 있다. 번득이는 예리한 창처럼 갖가지 색깔로 빛을 발하거나, 영광에 넘치도록 번쩍이면서 아름답고 멋진 작품을 과시하고 있는 식물들과 합세한다. 모든 결정 하나하나, 꽃 한 송이가 다 하늘을 향해 열린 창문이며 창조주를 비추는 거울이다.

황홀해진 나는 동산에서 동산으로, 산마루에서 산마루로 정처 없이 떠돌아다니며, 때로는 무릎을 꿇고 데이지의 얼굴을 응시하기도 하고, 때로는 자주색, 하늘색의 솔송나무 꽃 사이로 몇 번이고 오르기도 하고, 눈의 보고(寶庫)로 내려가기도 하고, 저 멀리 둥근 마루터기와 봉우리, 호수와 숲, 상류 쪽 투올름 강의 빙하로 뒤덮인 큰 물결 같은 지대를 지그시 쳐다보기도 하면서 그것들을 스케치했다. 이런 아름다운 자연 속에서 그 빛에 찔리면 우리 몸은 하나의 흥분된 미각이 되고 만다. 산악인이 되고 싶지 않은 이가 누가 있을까! 이 꼭대기에서는 속세의 모든 보배가 다 무의미한 듯하다.

시야에 들어오는 수많은 빙하 호수 중에서 가장 크면서도 기슭의 경치가 가장 좋은 호수는 1마일 길이의 테나야 호수이다. 당당한 산이 호수의 남쪽에 발을 담그고 있고 몇 마일 위로는 커시드럴 봉우리가 있으며, 북으로는 잔잔하게 넘실대는 바위의 물결과 마루터기, 멀리 남쪽으로는 강물의 수원지인 눈 덮인 산봉우리들이 수없이 많다. 호프만 호수는 내 발밑에서 아른아른 빛나고, 호숫가 주변엔 산소나무가 자라고 있다. 북쪽으로는 작은 호수와 못을 지닌 그림 같은 요세미티 샛강 유역이 빛난다. 그러나 어느새 내 눈은 대단히 매혹적이긴 하지만 이 거울같이 빛나는 샘들에서 빠져나와 햇빛과 눈의 두루마기를 걸친 산맥의 축을 중심으로 영광스럽게 모여 있는 봉우리들을 즐긴다.

우드척은 산짐승 중에서 가장 배짱이 두둑한데 불쌍한 우드척 한 마리가 풀이 무성한 곳에서 돌더미 집으로 달려가다 카를로에게 잡히고 말았다. 내가 우드척을 구하려고 애를 썼으나 소용이 없었다. 카를로에게 어떤 동물도 죽이지 말라고 주의를 준 후, 진기한 우는토끼(pika, little chief hare)를 처음 보았다. 이 토끼는 루피네스와 다른 풀들을 잔뜩 잘라, 햇빛에 내다 말려 건초를 만들고는 눈 내리는 긴긴 겨울 동안 먹을 수 있도록 지하 곳간에 저장해 둔다. 갓 잘라 바위 위 여기저기에 한 움큼씩 늘어놓은 풀들을 보니 외로운 산꼭대기에도 이렇게 삶은 숨 가쁘구나 하는 생각이 강하게 들었다. 건초를 만드는 이 녀석은 우리와 비슷한 뇌를 부여받았는데 여기 높은 곳에 거하는 신의 보살핌을 받는다. 녀석들이 우리에게 어떤 교훈을 주며, 얼마나 우리의 공감대를 넓혀 주는지!

깎아지른 듯한 절벽——거기에 둥지가 있는 것 같은데—— 위

나의 첫 여름

로 날아오른 독수리가 또 다른 생명의 향연을 멋지게 보이며, 소위 말하는 외로운 곳에 사는 다른 동료 종들을 생각나게 한다. 제 새끼를 돌보는 숲 속의 사슴, 입고 먹는 데에 부족함이 없는 강한 곰, 활기 넘치는 다람쥐 떼, 작은 숲을 자극하여 감미롭게 하는 크고 작은 축복받은 새들, 내리 퍼붓는 햇빛의 중요한 일부로서 즐거운 콧노래로 하늘을 채우는 행복한 곤충 등을 떠올리게 했다. 기쁘게 노래를 부르며 바다로 향해 가는 시냇물과 식물 종족들뿐 아니라 이 모든 것이 마음속에 떠오른다. 하지만 그중에서 가장 인상적인 것은 장엄하고 한량없는 휴식을 취하고 있으면서도 발갛게 타오르는 광대한 야생지의 모습이다.

해질 무렵, 긴 남쪽 사면을 내려와, 산등성이와 계곡, 풀밭과 눈사태로 만들어진 계곡을 건너고, 관목 덤불과 전나무를 지나, 넘치는 힘과 열광적인 흥분에 사로잡혀 캠프로 향하는 멋진 여행을 즐기다 보니 결코 끝나지 않을 하루도 그렇게 끝나 가고 있다.

7월 27일

테나야 호수로 향했다. 오늘은 평생 기억에 남을 정도로 멋진 날이었다. 바위와 공기 등 만물은 귓가에 들릴 만한 소리로 속삭이거나 침묵했다. 기쁨에 넘칠 뿐 아니라 놀랍고, 황홀하여 피로와 시간 감각을 떨쳐 버릴 만했다. 산속 오지에 있는 집으로 향하는 우리에게 이 세상에서건 저 세상에서건 그리울 게 없었다. 정면으로 비치는 햇살은 전나무의 우듬지를 매만지고, 잎사귀 하나

하나가 이슬로 반짝였다. 동쪽으로 향하고 있었는데 오른편에는 테나야 샛강의 깊은 협곡이, 왼편에는 호프만 산이 있었다. 곧장 약 10마일 앞으로는 호수가, 내 위 약 3,000피트 위에는 호프만 산이, 약 4,000피트 아래로는 평탄하고 둥근 마루터기와 구불구불한 산등성이에 의해 얕고 울퉁불퉁한 계곡에서 떨어져 나온 테나야 샛강이 있었다. 대부분의 길은 그 계곡을 따라 나 있었다. 바위투성이의 분지에 있는 선녹색 이끼가 낀 수많은 습지와 초원 그리고 정원을 어슬렁어슬렁 걸어 지나갔다. 그것들이 얼마나 멋진 식물들을 내게 보여 주었으며, 나는 얼마나 기쁨에 넘치는 시내를 건넜으며, 호프만 산과 커시드럴 봉우리의 석조 건축은 얼마나 많은 광경을 펼쳐 보였던가! 또한 생전 처음 걷게 된 호숫가 주변의 빛나는 화강암 바닥은 얼마나 넓던지! 나는 완전한 자유 속에서 거닐었다. 무게가 전혀 느껴지지 않는 몸으로 때로는 별처럼 빛나는 물매화(parnassia)의 습지를 걸어 지나기도 하고, 때로는 소나기 같은 이슬을 떨어내며 참제비고깔, 나리, 골풀과 풀들이 어깨 높이로 자란 꽃밭을 지나기도 했다. 빛나는 거울 같은 포석과 투명하고 둥근 빙퇴석 더미와 요세미티로 흘러드는 시원하고 명랑한 개울을 넘기도 했으며, 양탄자처럼 깔린 브리얀더스와 눈사태가 쓸고 지나간 작은 길, 눈의 무게로 짓눌린 케아노투스 덤불을 가로질렀다. 그러고 나서 넓고 장엄한 계단을 내려와 눈이 조각해 낸 연못가의 분지로 들어갔다.

높은 산 위에 쌓인 눈은 빠른 속도로 녹아내리고, 개울은 강

나의 첫 여름

둑 끝까지도 들릴 만한 소리로 노래하고 흔들거리며 평탄한 풀밭과 습지를 살며시 지난다. 번쩍이는 태양빛을 받아 떨기도 하고, 둥근 웅덩이 속에서 소용돌이치기도 하며, 물이 깊은 못에서 휴식을 취하기도 하고, 거친 표석으로 된 둑을 넘으며 열광적으로 기뻐 날뛰며 소리치기도 한다. 어떤 모습을 취하든 즐겁고 아름다운 모습이다. 시에라에서 보았던 어떤 풍경도 전적으로 맥이 빠지거나 활기가 없었던 적은 없다. 또한 공장에서 폐물이나 쓰레기라고 불릴 만한 것의 흔적도 찾아볼 수 없었다. 만물이 완전히 깨끗하고 순수하며 신성한 교훈으로 가득했다. 만물을 향한 활발하면서도 피할 수 없는 이러한 관심은 신의 손이 우리 눈에 보일 때까지는 불가사의하다. 그러고 나면 신의 관심을 끄는 것이 우리의 관심 또한 불러일으키는 것은 당연하다고 생각된다. 우리가 어떤 것 하나만을 골라내려고 해도, 그것이 우주의 다른 모든 것들과 얽혀 있음을 깨닫게 된다. 우리 자신의 것과 같은 심장이 모든 결정체와 세포에서도 뛰고 있다는 생각이 들고 다정한 동료 산지기로서 식물과 동물에게 말을 걸기 위해 가던 길을 멈추고 싶어진다. 우리가 더 깊고 더 높이 가면 갈수록, 시인으로서 그리고 열광적인 노동자로서의 자연의 모습은 점점 더 두드러진다. 아무리 산이 인간이 이해할 수 없는 근원에 연관되어 있다 할지라도, 산이야말로 원천이요 시발점이기 때문이다.

세 종류의 풀밭을 찾았다. (1)분지에 둘러싸인 풀밭은 아직 지면을 마르게 할 만큼 흙으로 충분히 채워져 있지 않다. 이곳에

선 몇몇 종류의 사초가 자라며, 풀밭 가장자리는 베라트룸과 참제비고깔, 루피네스 등과 같이 꽃이 피는 억센 식물로 다채롭다. (2)예전에는 1번과 같은 호수였다가 분지로 변한 곳에 위치한 풀밭들로서 이것들은 거기를 지나 흐르는 개천들과 떠내려 온 모래와 자갈 바닥과의 상호 관계에 의해 생겨났다. 지금은 높고 건조하며 물이 잘 빠진다. 이 건조한 조건과 이에 따른 식물의 차이는 분지에 있는 개천을 메울 물질을 운반하는 힘이나 위치의 우월함 때문이 아니라 단지 웅덩이가 얕아 더 빨리 채워졌기 때문에 생긴 것이다. 그곳에서 자라는 식물은 주로 예쁘고 보드랍긴 하지만 잎이 짧은 산조풀(Calamagrostis)과 겨이삭(Agrostis)이 주종을 이룬다. 그것들이 기분 좋을 정도로 매끈하고 평탄한 뗏장을 이루고 있는데 두서너 종의 용담속(gentian) 식물 외에 두서너 종의 자줏빛과 노란빛 오소카푸스, 제비꽃, 산앵두나무(vaccinium), 칼미아, 브리얀더스, 인동(lonicera)을 볼 수 있다. (3)웅덩이 안에 있는 것이 아니라 산등성이와 산속 경사지에 붙어 있는 풀밭으로 표석이나 쓰러진 나무 더미에 의해 지탱되는 것들이다. 이런 더미들이 수로도 없이 여기저기로 뻗은 자그마한 시내들에 하나씩 차례로 촘촘히 쌓여 댐을 이루고, 풀이나 사초, 많은 꽃나무들이 자라기에 부족함이 없는 흙이 쌓이게 된다. 이 식물들을 쓸어 버릴 정도로 강력한 물살에 노출되지 않고서도 꾸준히 충분한 물을 얻을 수 있기 때문에 높은 곳에 매달려 있거나 경사진 풀밭이 만들어지는 것이다. 댐을 이루는 바위와 통나무의 돌출

한 머릿부분이 다소 울퉁불퉁하기 때문에 그 지표면이 다른 곳
처럼 매끈한 경우는 거의 없다. 그러나 좀 떨어진 곳에서 보면
이렇게 울퉁불퉁한 것은 눈에 띄지 않고, 잿빛 경사지 위에 밝은
녹색과 아래로 늘어지는 꽃 리본이 주는 느낌이 대단히 인상적
이다. 이 풀밭이 속한 넓고 야트막한 시내들은 대개 눈이 쌓인
언덕에서 흘러나온다. 흙 중엔 물 빠짐이 좋은 곳도 있지만, 어
떤 곳은 댐의 돌들이 촘촘하고 나뭇조각이나 잎사귀로 메워져
늪 같은 습지가 된다. 이에 따라 식물 또한 다양하다. 나는 버드
나무와 브리얀더스가 자라는 땅을 보았는데, 그 가운데에 나리
꽃이 멋지게 피어 있는 곳도 있었다. 그런데 그것들이 한구석에
몰려 있지 않고 사초와 풀밭 사이 여기저기에 흩어져 있었다. 이
풀밭들 대부분은 요즘이 절정이다. 그렇게 멋지고 완벽한 곡선
을 그리는 풀과 사초속 식물들의 유연한 잎사귀들이 지닌 천성
이 얼마나 경이로운지 모르겠다. 좀 더 성질이 모질면 그 잎사귀
들은 철 조각처럼 딱딱하고 뻣뻣하게 곧게 설 테고, 좀 더 부드
러우면 땅 위에 납작 엎드릴 것이다. 포영과 내영(pale), 수술과 깃
털로 뒤덮인 암술이 그려 내는 그림과 색조는 또 얼마나 아름다
운가. 꽃 색깔로 꾸민 나비들이 수없이 너울거리고, 이 밖에도
오직 신만이 알고 사랑하며 그 숫자를 가늠할 수 있는 날개 달린
다른 수많은 아름다운 동물들도 머리 위 저 높은 곳에서 함께 춤
추며, 생명의 작은 불꽃을 즐기며 노니는 듯하다. 얼마나 경이로
운 모습인가! 그들은 어떻게 생계를 꾸려 나가고 어떻게 험한 날

씨를 견뎌 내는가? 근육과 신경, 기관이 달린 저렇게 작은 몸들이 그토록 놀랄 만한 건강을 유지하며 따뜻하고 명랑한 비결은 무엇일까? 그저 기계적인 발명으로만 간주하더라도 그것들은 얼마나 멋진가! 이들에 비하면, 신과 같다는 인간이라는 더할 나위 없이 탁월한 기계도 보잘것없어 보인다.

빙퇴석 위에 있는 모래투성이의 꽃밭 대부분은 풀밭처럼 한창때의 아름다운 모습을 하고 있지만, 묘목 소나무 숲 아래와 북쪽에 있는 바위 위 꽃밭에는 아직 꽃이 피지 않았다. 호프만 산의 경사지를 따라 반짝이는 흙이 넓게 펼쳐진 양지바른 곳에는 푸른 잎사귀가 거의 달리지 않은 자줏빛 길리아와 아이베시아가 광범위하게 피어 멋지게 채색된 구름 떼 같았다. 요즘 한창인 까치밥나무 관목과 들쭉, 칼미아는 강둑을 따라 아름다운 양탄자를 만들어 내고 있었다. 누군가 그 위로 걷게 될지도 모를, 난쟁이전나무(*Quercus chrysolepis*, var. *vaccinifolia*) 덤불이 무성한 화단은 바위가 많은 빙퇴석 위에서는 흔히 보이는데, 그것은 브라운즈 평원 근처에 사는 커다란 참나무와 같은 종이다. 관목 중에서 가장 아름다운 나무는 자줏빛 꽃이 피는 브리얀더스인데, 이곳 9,000피트의 고지에서 융단을 깐 듯 화려한 꽃밭을 이루고 있다.

캠프에서 1~2마일 이내의 지역에서 주로 자라는 나무는 장대한 은전나무인데, 사이사이에 공터를 두고 작은 숲 속에서 무리를 이루고 있는 모습이나, 나무 하나하나의 크기와 생김새 모두 완벽하다. 이 은빛의 가늘고 뾰족한 숲들은 어찌나 손질이 잘

나의 첫 여름

되어 있고 우아한지, 조경의 대가가 배열해 두었음이 틀림없다는 생각이 들 정도이고, 그 조화로움은 가히 양식화되어 있다 할 만하다. 하지만 그렇게 멋진 작품을 만들어 낼 수 있는 정원사는 자연뿐이다. 200피트 고지에 사는 몇몇 고귀한 식물 표본들은 주변의 더 어린 나무들에 둘러싸인 채 무리를 이루고 있는 나무들 중 중심을 차지하고 있다. 이보다 훨씬 더 작은 나무들이 이룬 또 다른 원 바깥쪽에는 모든 것들이 우아하게 좌우 대칭을 이루는 꽃다발처럼 배열되어 있는데 특별히 그 자리를 위해 만들어지기라도 한 듯, 나무마다 자기에게 할당된 자리에 멋지게 어울린다. 꽃이 작은 장미들과 에리오고눔은 보통 작은 숲 주변의 공터에 아름다운 정원을 형성하고 있다. 더 높이 오르면 오를수록, 전나무들은 키가 점점 더 작아지고 완벽함이 덜하며, 많은 경우 우듬지가 둘인 것으로 보아 모진 폭풍에 시련을 당했음을 알 수 있다. 그럼에도 불구하고 거의 해발 9,000피트의 고지에서도 좋은 빙퇴석 흙이 있는 곳에서는, 그곳이 심지어 호수 유역의 가장자리라 해도 키가 150피트나 되고 지름이 5피트나 되는 녀석들이 눈에 띈다. 이만 한 높이에서라면 나무에 난 자국으로 보건대, 틀림없이 적어도 8~10피트는 쌓일 겨울눈의 무게로 인해 묘목들은 대개 휘어 있다. 이 정도의 깊이로 쌓인 눈은 키가 20~30피트 정도로 자란 어린 나무들을 구부러뜨려 파묻고 난 후 4~5개월간 꼼짝없이 그 상태로 있게 할 만큼 무겁다. 그중에는 부러지고 마는 나무가 있는가 하면, 눈이 녹으면 마침내 다시 일어나 눈의 압력을 버텨 낼 수 있을 만한 크기에 다다르는 나무도 있다. 하지만 지름이 5피트인 나무에서조차도 이 초기에 당한 고행의 자취는 나무의 굽은 발등(instep)뿐 아니라 흔히 줄기에서 불쑥 튀어나온 오래되어 말라비틀어진 묘목에서도 역력히 보이는데, 그 줄기는 부분적으로는 그 부러진 자리 아랫가지에서 뻗어 나온 새 경축에 무성하게 자란 것이다. 하지만 숲은 이 모진 시련들을 겪고서도 놀랍도록 아름답다.

은전나무 너머에는 이엽송(*Pinus contorta* var. *Murrayana*)이 고도 1만 피트 이상까지 숲의 대부분을 차지하고 있는데, 이곳이 시에라의 가장 높은 삼림 지대이다. 약 9,000피트 고지의 깊고 물기가 충분한 땅에서 자라는 표본을 본 적이 있는데 지름이 거의 5피트나 되었다. 이런 식물 종의 생김새는 위치와 노출, 흙 등에 따라 매우 다르다. 그 식물이 빽빽이 심겨 있는 강둑에서는 매우 가녀린 모습을 하고 있다. 키가 75피트에 달하는데도 지면에서는 지름이 5인치를 넘지 않는 것도 있었지만, 내가 보아 온 바로는 보통은 균형이 잘 잡혀 있다. 이만 한 고도에서 다 자란 나무의 평균 지름은 대략 12~14인치이고, 키는 40~50피트 정도인데 울창하게 퍼진 가지들은 끝이 휘어 올라가 있으며, 얇은 나무 껍질은 호박색 수지로 얼룩져 있다. 암꽃들은 작은 가지 끝에 지름이 4분의 1인치인 심홍색 로제트(rosette, 잎 등이 여러 겹 서로 겹쳐져 방사상으로 나 있는 모양—옮긴이)를 이루고 있는데, 대부분은 총상꽃차례로 난 잎에 숨어 있다. 유황빛을 띠는 노란 꽃이 화려하게

나의 첫 여름

떼를 지어 있는 수꽃의 지름은 대략 8분의 3인치이며 눈에 잘 띈다. 이 멋지고 강인한 산지 소나무는 비옥한 분지는 물론이고, 눈사태에 떠밀려 온 표석으로 거친 하천 바닥과 포석의 절리에서도 밝게 자라며, 수세기 동안 겨울마다 눈이 허리까지 차는 수없이 많은 폭풍을 견뎌 내며 매년 열대 지방의 햇빛을 잔뜩 머금은 나무 못지않은 밝은 색깔의 꽃을 피워 낸다.

산에 사는 나무 중에서 훨씬 더 강인한 것은 주로 둥근 마루터기나 산등성이, 빙하로 뒤덮인 바닥에서 자라는 시에라노간주나무(Sierra juniper)이다. 수십 세기 이상 햇빛과 눈을 먹고 살면서도 만족스러운 듯이 보이는 땅딸막하고 강인하며 그림같이 아름다운 고산 지대의 나무다. 참으로 경이로운 녀석으로 나무가 서 있는 화강암만큼이나 오랫동안 살아남는 그 끈질긴 인내력이 나무의 모든 생김새에 잘 드러나 있다. 나무의 너비가 키에 맞먹는 녀석들도 있다. 호숫가에서 지름이 거의 10피트나 되는 나무도 본 적이 있는데, 6~8피트 정도의 나무는 수두룩하다. 계피색 나무껍질은 새틴같이 빛나는 리본처럼 길게 조각조각 벗겨진다. 산에 사는 모든 나무 중에서 틀림없이 제일 오래 살 것이고, 절대로 자연사할 것 같지 않으며, 죽임을 당한 뒤에도 쓰러지지 않을 것 같다. 사고만 당하지 않으면 영원히 살 것 같다. 눈으로 뒤덮인 호프만 산의 눈사태를 견뎌 내고, 그립(Grip)처럼 "절대로 죽는다는 말은 하지마."라는 말을 되풀이하듯 기분 좋게 새 가지를 낸 나무를 본 적이 있다. 뿌리를 내릴 만한 틈이라고는 반 인치 이상의 균열도 찾기 힘든 바닥에 그저 서 있는 나무도 있었다. 이 바위에 사는 나무들의 키는 보통 10~20피트 정도다. 오래된 나무들 대부분은 우듬지가 꺾여 나가, 몇몇 술 모양의 가지가 달린 그루터기만 남아 아무것도 없는 바닥 위에 아름다운 갈색 기둥이 되어 서 있다. 그렇기 때문에 운신할 폭이 넓고 사방 어디를 보나 시야가 막힘이 없다. 좋은 빙퇴석 흙에서는 키가 약 40~60피트까지 자라며 회색빛 잎들이 빽빽이 자란다. 그 나무의 나이테는 아주 조밀해서 내가 조사한 표본 중에는 지름 1인치에 80개의 테가 있는 것도 있었다. 그러니 지름이 10피트인 표본들은 수천 살 정도로 꽤 나이가 들었음이 분명하다. 이 노간주나무들처럼 햇빛과 눈만 먹고 살면서 1,000년간 테나야 호숫가에서 그것들 옆에 서 있을 수 있다면 얼마나 좋을까! 얼마나 많은 것을 보며, 얼마나 즐거울까! 산에 사는 모든 것이 나를 알아보고 찾아올 것이고 하늘로부터 모든 것도 빛처럼 다가올 것이다.

그 호수는 요세미티 족의 추장 중 한 명의 이름을 따서 붙여졌다. 올드테나야(Old Tenaya, 테나야 노인—옮긴이)는 그의 종족에게는 착한 인디언이었다고 한다. 군인 한 중대가 가축 절도와 다른 죄목으로 그들을 벌하기 위해 인디언 무리를 따라 요세미티로 들어오자 아직도 눈이 높이 쌓인 이른 봄, 그들은 계곡의 위쪽 끝에서 이 호수로 통하는 오솔길을 따라 도망쳤다. 그러나 결국 추격당하자 용기를 잃고 항복하고 말았다. 이 맑은 호수에는 그

　　　　　　　　　　　나의 첫 여름

노인을 기념하는 멋진 비(碑)가 있다. 점점 거세지는 강물이 운반하는 돌 부스러기로 점차 가득 찰 뿐 아니라 어느 정도는 눈사태와 비바람에 의해, 인디언뿐만 아니라 호수도 죽어 갈 테지만 그것만은 오래도록 남아 있을 것 같다. 테나야 분지의 상당 부분 중 커시드럴 봉우리에서 주요 지류가 흘러들어오는 윗자락은 이미 사람들이 나무를 심은 평지나 풀밭으로 바뀌었다. 호프만 산맥(Hoffman Range)에서 그곳으로 다른 두 지류가 흘러든다. 하구(河口)는 테나야 협곡(Tenaya Canyon)을 지나 서쪽으로 흘러 요세미티에 있는 머세드 강에 합류한다. 북쪽 기슭에서는 푸석푸석한 흙은 거의 한 줌도 보이지 않는다. 아무것도 없이 빛나는 맨 화강암뿐이다. 빛나는 돌이라는 의미를 가진 그 호수의 인디언 이름인 피위악(Pywiack)이 여기에서 나왔을 것이다. 그 분지는 오래된 빙하에 의해 서서히 구멍이 뚫린 듯한데 이 일은 수천, 수만 년이 걸리는 엄청난 작업이다. 남쪽으로는 위압적인 산이 물가에서 솟아 3,000피트 이상 솟구쳐 있는데 솔송나무와 소나무로 뒤덮여 있다. 동쪽에 거대한 둥근 마루터기가 빛나고 있는데 오늘 부는 바람처럼, 마모하고 황폐하게 하여 새로운 형태를 만드는 빙하가 그 정상을 쓸고 갔음이 분명하다.

7월 28일

산에는 구름 한 점 없다. 둥글게 말린 새털구름만 간신히 눈에 뜨일 뿐이다. 정오를 알리는 천둥소리가 없으니, 시에라의 시계가 멈춰 버린 것 같아 이상하다. 붉은전나무를 연구하고 있는데 재어 보니 키가 거의 240피트로 지금까지 본 나무 중에서 제일 큰 나무였다. 침엽수 중에서 이 정도로 좌우가 대칭인 나무도 없다. 엄청나게 크기는 하지만 400~500년 이상 사는 나무는 드물다. 대부분 200~300살쯤에 균류의 공격을 받아 죽는다. 이 건식 (乾蝕) 병균은 손바닥 모양의 넓은 가지를 짓누르는 눈의 무게에 부러진 커다란 가지 밑둥을 통해 줄기로 들어온다. 좀 더 어린 나무들은 놀랍게 좌우 균형이 잡힌 채 추선(錘線)처럼 수직으로 곧추 서 있다. 대체로 같은 높이에 돌아가며 규칙적으로 다섯 개의 가지가 뻗는데 각 가지는 양치류의 잎 못지않게 정확히 나뉘어 있고 잎사귀로 빽빽이 덮여 있어 큰 가지들의 일부분과 줄기를 제외한 나무 전체가 호화로운 벨벳처럼 보인다. 특히 잔가지에 달린 잎사귀들은 위쪽을 향하고 있는데, 뻣뻣하고 날카롭기 때문에 나무의 윗부분은 모두 뾰족뾰족하다. 잎사귀들은 나무 위에서 8~10년 정도 자라는데, 그 성장이 빠르기 때문에 지름이 3~4인치 정도 되는 축의 윗부분에 드문드문 나선형으로 예쁘게 배열되어 있는 잎들이 드물지 않게 눈에 띈다. 잎이 달렸던 자국이 20년 이상 지나도 선명하게 남아 있기는 하지만, 잎들의 두께나 예리함에 따라 각각의 나무는 다양한 모습을 하고 있다.

호프만 산에 다녀와 시에라 숲의 단면 전체를 보고 나서야 나는 붉은전나무가 모든 장대한 침엽수 중에서 가장 균형이 잘 잡힌 나무라는 사실을 알게 되었다. 솔방울이 굉장했다. 생김새와 크기, 색이 뛰어나고 원통형이었는데 위쪽에 있는 가지에 통처럼 똑바로 서 있고, 길이가 5~8인치요, 지름이 3~4인치며, 푸르스름한 회색이다. 햇빛을 받으면 은빛으로 빛나는 고운 솜털로 덮여 있고 각 솔방울에 투명한 방향성 수지를 부어 놓은 듯 더욱 빛나, 보고 있으면 성유(聖油)를 바르는 옛 의식이 떠오른다. 굳이 비교를 하자면 그 솔방울의 내부가 외부보다 더 아름답다. 비늘과 포, 씨 날개는 밝게 빛나는 무지갯빛을 띤 사랑스러운 장밋빛 진홍색으로 물들어 있고, 길이가 4분의 3인치 정도 되는 씨는 짙은 갈색이다. 솔방울은 다 자라면 비늘과 포가 땅에 떨어져, 예정된 장소로 씨가 자유로이 날아가게 하지만, 그 솔방울이 아직 새파랄 때 더글러스다람쥐가 잘라 버린 것들을 제외하고는, 죽은 대못 같은 경축이 여러 해 동안 가지 위에 그대로 남아 그곳이 솔방울이 있다 없어진 자리임을 보여 준다. 더글러스다람쥐가 어떻게 꼭지도 없는 솔방울의 넓적한 기부 아래에 이빨을 갖다 대는지는 알 수 없다. 화창한 날 이 나무들 위에 올라 자라는 솔방울을 찾아보고 숲 꼭대기를 바라보는 것이 내가 누리는 최고의 즐거움이다.

7월 29일

시원하고 화창하여 상쾌한 하루였다. 구름의 양은 약 5퍼센트이다. 이리저리 거닐기도 하고 스케치도 하며 온갖 즐거움을 누린 영광스런 하루였다.

7월 30일

구름의 양이 20퍼센트인 데다, 정오가 되자 몇 마일 밖에서 천둥소리까지 들려왔지만 통상 내리는 소나기가 우리가 있는 곳까지이르지는 않았다. 그래도 개미와 날벌레, 모기는 이 화창한 날씨를 즐기고 있는 듯하다. 집파리 몇 마리가 우리 캠프에 찾아들었는데, 시에라에 사는 모기들은 대담할 뿐 아니라 커서, 그중에는침 끝에서부터 접힌 날개 끝까지의 길이가 1인치 가까이나 되는것도 있다. 대부분의 야생지에 비하면 많은 편은 아니지만, 시에라의 모기들은 시간과 장소에 관계없이 꽤 소란스럽게 법석을떠는 경우가 종종 있다. 그들 자신이 서리에 찔리기 전까지는 찌를 만한 곳이 어디든, 때와 장소를 막론하고 마구 찔러 댄다. 새까맣고 커다란 개미들은 그저 간지러운 정도인데 나무 아래 누워 있을 때는 골칫거리이다. 은전나무에 구멍을 뚫는 나무좀을눈여겨 본 적이 있는데, 산란관(産卵管)은 대략 1인치 반 정도의길이에 바늘처럼 윤이 나고 곧바르다. 사용하지 않을 때에는 접어서 딱지날개 안에 잘 넣어 두었다가, 날 땐 학의 다리처럼 뒤로 쭉 뻗는다. 이렇게 구멍을 뚫으면 집을 지을 필요도 없고 새끼를 먹여 살려야 한다는 걱정도 덜 수 있으리라는 생각이 들었다. 날벌레의 뇌 속에 그렇게 많은 지식이 들어 있으리라고 그누가 짐작이나 할 수 있겠는가? 날벌레들이 어떻게 자신들이 낳은 알들이 그와 같은 구멍에서 깨어나게 될지, 또 깨어난 후에는그 유약하고 무력한 유충들이 은전나무 수액에서 어떻게 적절한

나의 첫 여름

자양분을 찾게 될지를 알 수 있을까? 이런 식으로 새끼를 길러 내는 모습들을 보고 있으면, 어리상수리혹벌(gallfly)이라는 좀 유별난 과의 벌레들이 생각난다. 집으로도 쓸 만하고, 새끼에게 먹이를 공급해 줄 수도 있는 수목을 찾는 데 있어서 각각의 종은 자신들이 구멍을 뚫고 알을 낳으면서 가하게 될 자극에 어떤 수목들이 반응을 보일지를 알고 있는 듯하다. 다른 종들처럼 이 어리상수리혹벌도 가끔 실수를 저지르는 모양이다. 실수를 할 때도 있기는 하지만, 그 특정한 무리만의 실수로 끝날 뿐, 종족을 보존하기에 충분할 정도의 무리는 적합한 초목과 영양분을 찾아낸다. 우리가 알지 못하는 사이에, 이런 유의 실수가 수도 없이 저질러지고 있는지도 모른다. 한 번은 굴뚝새 한 쌍이 실수로 어느 노동자의 코트 소매에 둥지를 튼 적이 있었는데, 해가 지면 코트를 입어야 했으니 굴뚝새는 무척이나 놀라고 당황스러웠을 것이다. 그렇지만 각다귀나 모기 같은 작은 생물의 유충은 수많은 적과 변덕스러운 날씨는 물론이고, 자신이나 부모가 저지른 실수에도 불구하고 혈기왕성하게 성장하여 밝은 세상을 즐긴다는 것이 대단히 경이롭다. 우리 눈에 보이는 작은 생물들을 생각하다 보면, 이보다 더 작은 많은 생물들이 있다는 생각이 들고, 이런 식으로 생각이 이어지면서 영원한 신비로 이끌리곤 한다.

7월 31일

찬란한 새 아침이다. 오늘 아침 공기는 혀끝에 닿는 감로만큼이나 폐에 달콤하게 느껴진다. 실제로 몸이 하나의 입천장인 양, 몸 전체가 고루 흥분된다. 저 멀리 천둥소리만 들릴 뿐, 구름의 양은 약 5퍼센트이지만, 여느 때 같으면 내렸을 소나기가 아직 이곳엔 이르지 않았다.

쾌활한 줄무늬다람쥐(chipmunk)는 브라운즈 평원 주변에 그렇게 많더니, 이곳도 마찬가지다. 다른 종들도 많은 것 같다. 그 다람쥐들이 경쾌하고 민첩하게 움직이는 모습을 보고 있으면 동부에 널리 알려진 종들이 떠오른다. 위스콘신 주에 있는 떡갈나무 숲에 난 공터에서 꾸불꾸불한 가로장 울타리를 녀석들이 미끄러지듯 지나다니는 모습을 감탄스러운 눈으로 바라본 적이 있다. 시에라에 사는 이 줄무늬다람쥐들은 녀석들보다 나무에 살기를 더 좋아하며 더 다람쥐답다. 내가 처음으로 줄무늬다람쥐들을 눈여겨 본 건 사빈소나무와 노란소나무가 만나는 침엽수림대의 더 낮은 쪽 울타리에서였다. 이상야릇하면서도 익살맞은 행동들을 끊임없이 해 대는, 참으로 흥미로운 녀석들이다. 진짜 다람쥐도 아니고, 공격적인 싸움질도 하지 않지만 다람쥐가 할 만한 일 중에서 못하는 건 없다. 같은 크기를 가진 대부분의 다른 새들보다 더 부산스럽지 않으면서도, 가느다란 가지 위에서 우미한 자세를 취하는 멧종다리처럼, 씨와 열매를 줍느라 덤불 속에서 깡충깡충 뛰어다니는 모습은 아무리 봐도 질리지 않는다. 시에라에 사는 동물 중에서 이보다 더 흥미로운 녀석은 없을 것 같다. 재주가 많고 온순한 데에다, 남을 쉽게 믿고, 예쁘기까지 해 사

나의 첫 여름

람들의 귀여움을 독차지하곤 한다. 몸무게는 들쥐만 하지만 녀석들은 씨, 열매, 솔방울을 부지런히 모으기 때문에 잘 먹고 지낸다. 그러나 적어도 몸에 살이 붙거나 나태해질 정도로 배를 채우는 일은 없다. 그러기는커녕 쾌활하고 새처럼 활기차기가 이를 데 없는 녀석들이다. 몸짓에 따라 음색 또한 지극히 다양해서, 때로는 웅덩이로 떨어지는 물처럼 맑고 고운 소리를 내기도 한다. 개에게 집적대는 것을 좋아해서 거의 맞닿을 만큼 가까이 다가서기가 일쑤인데, 그러다가 참새처럼 격렬하게 찍찍거리며 달아나곤 한다. 찍찍거릴 때마다 반원을 그리듯 꼬리를 좌우로 흔들며 박자를 맞추면서 말이다. 더글러스다람쥐도 이 녀석들보다 더 대담하거나 듬직하지는 않다. 뭐가 위험하냐는 듯이, 파리만큼이나 힘들이지 않고 요세미티 암벽의 깎아지른 듯한 벼랑에 붙어 이리저리 뛰어다니는 녀석들을 본 적이 있는데, 조금이라도 발을 잘못 디뎠다가는 2,000 내지는 3,000피트 아래로 떨어질 것 같았다. 우리 같은 산사람이 이런 무시무시한 낭떠러지를 그처럼 확실하게 붙들고 오를 수만 있다면 얼마나 좋을까? 며칠 전에 나는 요세미티 폭포를 더 잘 보려고 모험을 했는데 그것은 정말이지 간담이 서늘할 정도로 내 담력을 시험하는 것이었다. 그러나 이 작은 다람쥐속 동물에게는 풀 이삭 하나를 따 먹기 위해 해 볼 만한 일이었다.

황량한 산꼭대기에 사는 우드척은 산을 타는 동물치고는 좀 유별나다. 설치류 중에서도 제일 동작이 둔하고, 무지막지하게 먹어 대며, 몸집으로 치면 뚱뚱한 시 의원 같은 모습이다. 토끼 풀 들판에 서 있는 소처럼 고지대 목초지에서 제법 우쭐대곤 한 다. 우드척 한 마리의 몸무게가 줄무늬다람쥐 100마리보다 더 무겁긴 하겠지만, 그렇다고 결코 둔한 동물은 아니다. 우리가 보 기엔 폭풍우에 휩쓸려 황폐해 보이는 땅 한가운데에 살아도, 녀 석은 활기차게 고함치고 휘파람을 불어 대며 천국 같은 집에서 장수를 누린다. 녀석들은 허물어진 바위 안이나 커다란 돌 밑에 굴을 판다. 흰 서리가 내리는 추운 아침에는 굴에서 나와 마음에 드는 평평한 바위 위에서 일광욕을 한다. 그러고는 아침 식사를 위해 우묵한 곳에 위치한 뜰로 가서 풀이며 꽃을 기분 좋게 배부 르다 싶을 만큼 따 먹는다. 한바탕 싸움질도 하고 놀기도 한다. 이런 상쾌한 공기를 마시며 사는 우드척이 얼마나 오래 사는지 는 잘 모르지만, 털빛이 바래 이끼로 뒤덮인 돌처럼 희끗희끗한 녀석들도 있다.

8월 1일

멋진 구름과 5분 정도 퍼부은 소나기가 그렇지 않아도 향기롭고 신선한 축복의 땅인 이 야생지를 말끔히 씻어 주어, 초원의 검은 옥토와 찻잎처럼 말라붙은 잎사귀들을 흠뻑 적셔 주었다.

중서부 주에 사는 소년이라면 모르는 사람이 없을 웨이컵(way-cup) 또는 플리커(flicker)는 근방의 딱따구리 중에서는 가장 흔한 새다. 이 녀석들을 보고 있노라면 꼭 고향에 와 있는 느낌이 든

다. 이곳과는 기온이 상당히 다른데도 깃털이나 습성 면에서 동
부의 종들과 비교해 봐도, 별 차이가 없어 보인다. 용감하고 사
람을 쉽게 믿는 예쁘고 멋진 새다. 공터나 고지대 풀밭에서 귀에
익은 음색과 몸짓으로, 우미하면서도 경쾌하게 걷는 울새 또한
이곳에 산다. 울새는 계절과 먹이를 따라, 평지에서 산지로, 북에
서 남으로, 앞뒤로, 위아래로 오르내리며 미 대륙 어디를 가든
제 집처럼 편안히 사는 듯하다. 그렇게 광대하고 다양한 지역을
넘나들면서도 건강을 유지할 수 있다니 이 멋진 명금(鳴禽)의 체
질과 기질이 감탄스러울 뿐이다. 가끔씩 이 엄숙한 숲을 지나며
경외심에 사로잡혀 말 없이 걷다 보면, 나와 마찬가지로 방랑자
인 이 새가 맑고 곱게 울려 퍼지는 목소리로 "두려워 마! 두려워
마!" 하고 안심시키는 소리가 들리곤 한다.

　가끔씩 산책길에 만나곤 하는 산메추라기(mountain quail, *Oreortyx
ricta*)는 갈색의 작은 자고새(Partridge)로 길고 가느다란 장식 같은
볏이 아이들 모자에 꽂힌 깃털인 양 멋스럽게 달려 있어 주의를
끌곤 한다. 이 녀석들은 골짜기메추라기(valley quail)에 비하면 상당
히 큰데 산기슭의 따뜻한 언덕에서 흔히 볼 수 있다. 나무에 내
려앉는 경우는 거의 없으며 대여섯 마리에서 많으면 스무 마리
까지 떼를 지어 흩어지지 않으려고 나지막한 울음소리를 내며,
나무가 듬성듬성 있거나 거의 없는 산등성이의 말라붙은 너른
풀밭이나 케아노투스나 만자니타 수풀을 헤매고 다니기를 좋아
한다. 마음이 불안해지면 세차게 날갯짓을 하며 일어나 폭발에

튀어 나가듯 4분의 1마일쯤 되는 거리까지 뿔뿔이 흩어진다. 위험이 지나고 나면, 크고 날카로운 소리로 서로를 부른다. 산속에 사는 아름다운 자연의 새들이다. 아직 녀석들의 둥지를 본 적은 없다. 이 계절에 난 새끼들은 이미 알에서 깨어나 어미 새의 반 정도로 자라, 방랑을 좋아하는 녀석들끼리 새로 무리를 지어 멀리 날아가 버렸다. 지표면에 눈이 10피트나 쌓이는 긴긴 겨울을 녀석들이 어찌 지내는지 궁금하다. 사슴처럼 녀석들이 숲의 아래쪽 경계선을 향해 내려간 게 분명하지만, 거기서도 녀석들의 울음소리는 듣지 못했다.

푸른뇌조(blue grouse) 혹은 더스키뇌조(dusky grouse)는 여기서도 흔히 볼 수 있다. 녀석들은 울창하고 깊은 전나무 숲 속을 좋아하는데, 불안할 땐 크고 강한 소리를 내는 날갯짓을 하며 나뭇가지에서 갑자기 튀어 나가 깃털 하나 꿈쩍도 않고, 망설이듯 소리 없이 미끄러지며 사라진다. 옛 서부(지금의 중서부를 말한다.—옮긴이)에 사는 프레리뇌조(prairie chicken)만 한 몸집이 통통하면서도 예쁜 새인데, 땅을 떠나지 않고 지내는 번식기를 제외하고는 대부분 나무에서 시간을 보낸다. 이제는 새끼들도 날 수 있을 만큼 자랐다. 사람이나 개 때문에 이들이 뿔뿔이 흩어지는 경우, 위험이 지나갔다는 생각이 들 때까지 움직이지 않고 있는데 그러면 어미 새가 소리를 내 모은다. 그 소리가 크지는 않지만 새끼들은 몇 백 야드나 떨어져 있어도 그 소리를 알아듣는다. 새끼들이 날 수 없는 경우라면, 어미 새는 사람이나 짐승을 속이기 위해 그들

나의 첫 여름

로부터 2, 3야드 안에 자기 몸을 던져 등을 바닥에 대고 뒹굴거나, 발길질을 해 대고 헐떡이는 등, 가망이 없을 정도로 다치거나 죽은 척이라도 해서 새끼들에게서 그들을 떼어 놓는다. 눈보라가 치는 동안엔 전나무와 노란소나무의 새싹을 먹으며 이 나무들의 나뭇가지가 빽빽한 덤불에 피신하면서, 1년 내내 근방의 숲에 머문다고 한다. 발가락에까지 나 있는 다리 털 덕분에, 날씨로 인해 녀석들이 고생한다는 얘기는 들은 적이 없다. 먹고사는 문제야말로 수많은 인간의 속을 썩이고 행동을 지배해 온 문제지만, 녀석들은 소나무와 전나무 싹을 먹고 살 수 있기 때문에 평생 음식 걱정만큼은 안 해도 된다. 내가 이들처럼 당당하게 자족(自足)할 수만 있다면, 소나무 싹이 아무리 송진으로 꽉 차 있다 해도 한평생 기꺼이 소나무 싹만 먹고 살 것이다. 지난달 방앗간에서 빻은 밀가루 문제로 고생한 걸 생각해도 그렇다. 하나님이 만드신 다른 어떤 피조물보다도 인간은 힘들게 음식물을 얻는 것 같다. 시내(市內)에 사는 많은 사람들의 경우, 먹고사는 일은 평생 싸워야 할 절실한 문제이다. 또 어떤 사람들의 경우엔, 곤궁해질 위험이 너무 크다 보니, 미래를 위해 끝없이 쌓아 놓기만 하는 치명적인 습성이 붙게 되었는데, 그런 습성은 진정한 삶을 질식시키고 필요한 모든 것이 과잉 공급된 후에도 오랫동안 지속된다.

호프만 산에서 비둘기 색깔의 이상한 새 한 마리를 본 적이 있는데, 반쯤은 딱따구리 같기도 하고 반쯤은 까치나 까마귀 같기도 했다. 소리를 질러 대는 모습을 보면 꼭 까마귀 같고, 나는 모습을 보면 딱따구리 같은데 길고 곧은 부리로 산소나무와 흰 수피소나무의 솔방울을 까는 모습을 본 적이 있다. 음식 때문은 아니라 하더라도 겨울 동안 피신할 곳을 찾아 내려오는 건 분명하지만, 고지를 벗어나진 않는 듯하다. 음식에 관한 한, 산에 사는 이 새들은 겨울이 와도 다른 침엽수에서 충분한 양의 열매를 따 모을 수 있으리라는 생각이 든다. 배고픈 겨울 이삭을 줍는 새들을 위해 솔방울에서 떨어져 나왔지만 날아가지 못해 남겨진 열매들이 늘 있기 마련이니까 말이다.

나의 첫 여름

묘한 경험

8월 2일

오늘도 어제처럼 흐리고 소나기가 내렸다. 너무도 멋진 요세미티 경치에 푹 빠져, 바위의 모든 선과 이런저런 면모, 나무 한 그루까지 놓치지 않으려고 애를 쓰며, 노스돔에서 오후 네다섯 시까지 종일 스케치를 하고 있었는데, 예고도 없이 갑자기 위스콘신 주립 대학교에 있는 친구인 J. D. 버틀러 교수가 저 아래 분지에 와 있을 것 같다는 생각이 문득 들었다. 친구 만날 생각에 사로잡혀, 위를 쳐다 보라며 그 친구가 나를 갑자기 툭 건드리기라도 한 듯 소스라치게 놀라 흥분해서 벌떡 일어났다. 조금도 주저하지 않고 하던 일을 내려놓고, 노스돔의 서쪽 경사면 아래로, 분지에 있는 제방 가장자리를 따라 산기슭으로 가는 길을 찾아 달려 내려오다 길 한쪽에 있는 협곡에 다다랐을 때였다. 나무와 덤불이 끝없이 자라고 있는 것으로 보아, 그 협곡을 따라가면 분지로 통하는 길이 나올 것 같았다. 시간이 늦었지만, 저항할 수 없을 정도로 끌려 곧장 내려가기 시작했다. 그러나 얼마 안 가 상식적으로 생각을 해 보니, 어둠이 깔리고 한참 후에야 방문객들이 묵는 호텔에 닿을 수 있을 테고, 투숙객들은 다 자고 있을 것이며, 그곳에 나를 아는 사람은 아무도 없을 뿐만 아니라, 주머니엔 한 푼도 없고 코트도 걸치지 않은 상태인지라 가던 길을 멈추는 수밖에 없었다. 그저 묘한 육감만으로 왔다고 느낀 친구를 어둠 속에서 찾아가는 일이 아무리 생각해도 적절치 않다고 스스로를 겨우 설득해 억지로 멈춰 섰다. 발을 질질 끌며 숲을 지나 캠프로 되돌아왔다. 하지만 내일 아침 꼭 친구한테로 내려가 보겠다는 마음만은 한순간도 흔들림이 없었다. 이 일이 내 마음속에 불쑥 떠오른 생각 중에서 말로 설명하기가 가장 어려운 일인 것 같다. 그렇게 여러 날을 보낸 노스돔에 앉아 있는데 누군가가 내 귀에 대고 계곡에 버틀러 교수가 와 있다고 속삭였다고 한들 이보다 더 놀라지는 않았을 것이다. 내가 대학을 떠나자, 그 친구는 이렇게 말했었다. "한데, 존, 자네를 지켜보며 장차 어떻게 되는지 보고 싶네. 적어도 1년에 한 번은 소식을 전하겠다고 약속하게." 7월에 할로(Hollow)에 친 첫 캠프에서 그 친구가 5월에 보낸 편지를 받았다. 이번 여름쯤 캘리포니아를 방문할지 모르니, 나를 만나 보고 싶다는 내용이었다. 그 친구가 만날 장소를 정하지도 않았고, 여정을 알려 온 것도 아닌데다, 나 또한 여름 내내 야생지에 있을 것이기에 그를 만나게 되리라고는 꿈도 꾸지 않았다. 그렇다 보니 그가 내 얼굴에 닿을 만큼 가까

　　　　　　　　　　　　　　나의 첫 여름

이 휙 날아왔다는 생각이 든 오늘 오후까지 그 문제에 관한 한 까맣게 잊고 있었다. 이제 내일이면 알게 되리라. 분별이 있든 없든 간에 꼭 가봐야겠다는 생각이 드니 말이다.

8월 3일

멋진 하루였다. 나침반의 바늘이 극지(極地)를 찾아내듯 버틀러 교수를 찾아냈다. 그리하여 지난밤의 텔레파시는, 초월적 계시 혹은 뭐라고 이름 붙이든, 사실이었다. 이상한 얘기지만 그가 여기 있을 것 같다는 생각이 들었을 때, 그 친구는 콜터빌 오솔길 (Coulterville Trail)을 경유하여 계곡으로 막 들어와, 엘캡틴(El Captain) 을 지나 계곡을 오르던 참이었다. 맨 처음에 노스돔이 보였을 때 그가 성능 좋은 망원경으로 노스돔 쪽을 바라보았더라면, 내가 일을 하다 말고 펄쩍뛰어 그 친구를 향해 달려가는 모습을 볼 수도 있었을 것이다. 이 일이야말로 내 삶에 있어 초자연적인 것이라 부를 만한 것 중에서 명확한 경이라 하겠다. 아름다운 자연에 푹 빠져 지내다 보니, 소년 시절 이후로는 강신술, 천리안, 유령 이야기 같은 것에 끌린 적이 없다. 그런 이야기는 자연의 탁 트이고, 조화로우면서도 노래가 넘치며, 밝고 일상적인 아름다움에 비하면 비교적 쓸모없거나 훨씬 재미없다는 생각이 들었다.

오늘 아침, 호텔의 관광객들 사이에 모습을 드러내야 한다는 생각이 들자, 적당한 옷이 없어 걱정스러웠다. 게다가 아무리 잘 보아 주어도 나는 몹시 수줍고 부끄러움을 탔다. 그러나 2년 동안 낯선 사람들하고만 지낸 터라, 옛 친구를 보러 가기로 마음먹었다. 깨끗한 작업바지와 캐시미어 셔츠로 갈아입고, 겉옷을 걸쳤다. 캠프에 있는 내 옷 중에서 제일 나은 옷들이었다. 공책을 허리띠에 묶고는, 카를로를 데리고 큰 걸음으로 낯선 길을 떠났다. 지난밤에 발견한 계곡을 지나갔는데, 그곳이 바로 인디언 협곡이었다. 그곳엔 오솔길 하나 없고, 바위나 숲도 어찌나 험한지 번번이 카를로는 가파른 곳에서 내려 달라고 나를 불렀다. 협곡의 그림자에서 벗어났을 때, 풀밭에서 건초를 만들고 있는 사람을 보고, 계곡에 버틀러 교수가 있는지를 물었다. 그는 "모르겠는데요."라고 대답했다. "하지만 호텔에 가면 쉽게 찾을 수 있을 거예요. 지금은 계곡에 방문객이 몇 안 됩니다. 어제 오후에 소규모 일행이 왔는데, 누군가가 버틀러 교수라든가, 버터필드라든가, 무슨 그런 이름을 부르는 걸 들었어요."

그 어둑어둑한 호텔 앞에서는 관광객 일행이 자신들의 낚시도구를 매만지고 있었다. 내가 나무 사이 구름에서 떨어지기라도 한 것처럼, 그들은 모두 말 없이 놀란 눈초리로 날 쳐다보았다. 아마도 내 옷매무새가 이상해서 그런 것 같았다. 내가 사무실이 어디냐고 묻자, 그들은 문이 잠겼다며, 주인은 나갔지만 여주인인 허칭스 부인이 휴게실에 있을 거라고 일러 주었다. 당황한 나는 슬픔에 잠겨 안으로 들어갔다. 비어 있는 큰 방에서 기다리다가 문을 몇 번 두드리자 마침내 여주인이 나타났다. 내 질문에 부인은 버틀러 교수가 계곡에 있을 것 같다고 대답했다. 하

나의 첫 여름

지만 확인하기 위해 사무실에서 기록부를 가져오겠다고 했다. 마지막으로 도착한 사람들의 이름 가운데서 이내 눈에 익은 버틀러 교수의 필체를 발견하자 수줍음은 사라졌다. 그의 일행이 계곡 위로, 아마도 버널 폭포(Vernal Falls)와 네바다 폭포(Nevada Falls) 쪽으로 올라갔다는 것을 알았다. 이제 원하는 것을 얻게 되리라 확신에 차서 나는 서둘러 뒤쫓아 갔다. 채 한 시간도 안 되어, 네바다 협곡이 물을 내뿜는 버널 폭포에 다다랐다. 물안개가 끝나는 바로 그곳에 외모가 출중한 신사가 한 명 있었다. 오늘 내가 만난 다른 모든 사람들처럼, 내가 다가가자 그 또한 나를 호기심 어린 눈으로 바라보았다. 혹시 버틀러 교수가 어디에 있는지 아느냐고 용기를 내어 묻자, 그는 버틀러 교수에게 심부름꾼이 필요할 만한 무슨 일이라도 생긴 건지 한층 더 알고 싶어 하는 눈치였다. 내 질문에 답하는 대신 군인처럼 딱딱하게 물었다. "교수를 찾는 사람이 누굽니까?" "전데요." 나도 그 못지않게 딱딱하게 답변을 했다. "왜죠? 당신이 그를 압니까?" "예." 내가 말했다, "당신도 그를 안다고요?" 이 산중에서 버틀러 교수를 아는 사람이 있고 또 그가 계곡에 도착하자마자 버틀러 교수를 찾는 것에 놀라며, 그 사람은 기이한 산사람을 대등하게 대하기 위해 내려왔다. 그러고는 정중히 물었다. "예, 버틀러 교수를 잘 알지요. 저는 앨보드 장군이라고 합니다. 오래전 어릴 적에 버몬트 주의 러틀랜드에서 같이 학교를 다녔습니다." "그런데 지금 어디에 있지요?" 그의 이야기를 가로막으며 계속해서 물었다. "이리로 오는 길에 꼭대기가 보이는 저 커다란 바위를 오르려고 동료와 함께 폭포를 넘어갔어요." 버틀러 교수와 그의 동료가 오른 곳이 바로 리버티캡(Liberty Cap)이며, 그 폭포 정상에서 기다리면, 그들이 내려오는 길에 분명히 만날 수 있을 거라며 이제 그 안내인은 묻지도 않은 정보까지 일러 주었다. 그리하여 나는 버널 폭포 옆에 달려 있는 사다리를 올라갔다. 더 빨리 친구를 만날 수 없다면, 여기서 기다리느니 차라리 리버티캡 바위 정상으로 가야겠다고 마음먹고 서둘러 길을 떠났다. 아무리 삶이 행복으로 충만하고 근심이 없다 해도, 직접 눈으로 친구를 보고픈 마음이 간절할 때가 종종 있는 법이다. 버널 폭포의 벼랑 가 위로 얼마 가지 않아, 바위들과 숲 사이에서 그 친구를 찾아냈다. 소매를 둘둘 말아 올리고, 조끼는 열어젖히고, 모자는 손에 쥔 채 반쯤 일어선 자세로 길을 더듬고 있었다. 몹시 덥고 지쳐 보였다. 내가 다가오는 것을 보자, 그 친구는 바위에 앉아 이마와 목에서 땀을 닦았다. 나를 계곡 안내원 중 하나로 여기고는 폭포를 내려가는 사다리가 있는 곳으로 가는 길이 어디냐고 물었다. 나는 나지막한 돌 더미로 표시된 길을 가리켰다. 이를 본 그 친구는 자기 동료를 부르며 길을 찾았다고 말했다. 하지만 아직 나를 알아보진 못한 상태였다. 이때 내가 그 친구 바로 앞에 서서 얼굴을 똑바로 쳐다보며 손을 내밀었다. 일어서는 것을 도와주려는 것으로 여기고는 "괜찮습니다."라고 말했다. 그때 내가 말했다. "버틀러 교수, 나를 모르겠소?" 그는 대답했다. "모르겠습니다만."

나의 첫 여름

하지만 나와 시선이 마주치자, 갑자기 생각이 났는지, 자기가 숲에서 길을 잃었던 바로 그때에 내가 그를 찾아왔고, 내가 자기와 몇 백 마일 내에 있었음을 알지 못했다며 놀라워했다. "존 뮤어, 존 뮤어, 어디서 오는 길인가?" 그래서 노스돔에 앉아 스케치를 하던 중 어젯밤 4~5마일 떨어진 거리에 있던 그 친구가 계곡으로 들어서자, 그의 존재를 느꼈다는 이야기를 했다. 물론 이 이야기에 그 친구는 더욱 놀랐다. 버널 폭포의 발치 아래에서 안내원이 승마용 말을 데리고 와서 그 친구를 기다리고 있었다. 호텔로 돌아가는 길에 오솔길을 따라 걷는 동안 내내 학창 시절이며, 매디슨에 있는 친구들과 학생들이 모두 잘 지내는지 등 얘기를 주고받았다. 땅거미가 지자 점점 희미해지는 주변의 거대한 바위들을 가끔씩 둘러보고 시인들의 시구(詩句)를 인용했다. 이렇게 한담(閑談)을 나누는 것도 흔치 않은 일이다.

우리는 느지막이 호텔에 도착했는데 앨보드 장군이 함께 저녁을 먹으려고 버틀러 교수가 돌아오기를 기다리고 있었다. 나를 소개받은 장군은 교수보다 훨씬 더 놀라는 눈치였다. 내가 선경(仙境)에서 내려온 데다, 보통의 방법으로는 캘리포니아에 있는지조차 알 수 없는 친구를 무턱대고 찾아왔으니 말이다. 그들 일행은 동부에서 곧장 왔고 아직 그 주에 사는 친구를 아무도 만나지 않았기 때문에 자신들을 알아볼 수 없다고 여겼던 것이다. 저녁을 먹으며 장군은 의자에 등을 기대고 앉아 식탁을 내려다보며, 놀란 눈을 말똥말똥 뜨고 있는데 위에서 언급한 어부를 포함

하여 10명 남짓한 하숙인들에게 나를 소개했다. "아, 글쎄, 이 분이 바로 길도 없는 이 거대한 산에서 내려와, 친구 분인 버틀러 교수가 도착한 당일에 그를 찾아오신 분입니다. 친구가 여기 있다는 걸 어떻게 알았을까요? 그저 느낌이 들었다는군요. 이것이야말로 지금까지 들어 본 스코틀랜드식 선견지명 중에서도 가장 묘한 경험입니다." 등등. 그러자 내 친구는 셰익스피어를 인용했다. "호레이쇼, 이 세상에는 그대의 철학으로는 상상조차 할 수 없는 사물이 많다네."(『햄릿』 1막 5장 166~167행에 나오는 구절—옮긴이) "떠오르기 전부터 태양이 자신의 상(像)을 하늘에 그려놓을 때가 있는 것과 마찬가지로, 사건의 그림자가 그 사건보다 앞서 가기도 하고, 오늘 벌써 내일이 걸어 들어오기도 하지."

저녁을 먹고 나서, 매디슨 시절에 관해 오랫동안 이야기를 나누었다. 교수는 하와이 섬으로 조만간 캠핑을 떠날 계획인데, 나도 같이 가겠다고 약속하라고 했다. 하지만 나는 시에라 고지로 그를 데려가 같이 캠핑을 하고 싶었다. 그러자 교수는 말했다. "지금은 안 돼네." 그가 장군을 남겨 두고 갈 수는 없었다. 그들 일행이 내일이나 그 다음 날 계곡을 떠나야 한다는 사실을 알고는 놀랐다. 내가 이 바쁜 세상에 없어서는 안 될 만큼 위대한 사람이 아니라는 사실이 기뻤다.

8월 4일

별이 빛나는 하늘과 은전나무 숲의 드넓게 펼쳐진 장엄함과 호

화로움을 즐긴 후에 하찮은 호텔 방에서 잠을 자니 이상한 느낌
이 들었다. 내 친구 및 장군과 작별 인사를 나누었다. 그 나이 든
군인은 매우 친절했고, 재미있는 이야기꾼이었다. 장군은 자신이
참전한 플로리다에서 있었던 세미놀(Seminole) 인디언과의 전쟁
이야기를 한참 들려주고, 오마하로 자기를 찾아오라고 나를 초
대했다. 카를로를 불러 즐거운 마음으로 인디언 협곡 산길을 지
나 집으로 향했다. 가난하고 하찮은 방랑자가 신의 야생지에서
자유와 영광을 누리는 동안, 시계와 달력, 명령과 의무 등에 묶
여, 항상 자연을 뒤덮고 자연의 소리도 막아 버리는 저지대의 근
심과 먼지, 소음을 끼고 살 수밖에 없는 가엾은 교수와 장군이
불쌍했다.

　오늘 나의 방문과 관련된 인간적인 이해관계와는 별도로 요
세미티에서는 대단히 즐거운 시간을 보냈는데, 이곳은 지난 봄
에 바위와 물 사이사이를 거닐면서 8일간을 보내며, 딱 한 번 방
문한 적이 있는 곳이다. 산속이나, 심지어 신의 야생의 들판 어
디를 가든, 우리가 찾는 것 이상을 발견한다. 채 몇 시간도 안 되
어 4,000피트를 내려온 우리는 새로운 세상 속으로 들어온 것이
다. 기후, 식물, 소리, 서식 동물들, 경치는 모두 새롭게 바뀌어
있었다. 캠프 근처에 있는 골드컵참나무의 덤불은 평평해서 그
꼭대기에 잠자리를 만들 수도 있을 것 같다. 인디언 협곡을 내려
가면서 보니, 이 작은 관목이 점차 변화하여 큰 관목으로, 작은
나무로, 그리고 큰 나무로 바뀌어 갔다. 그리하여 골짜기 바닥

근처의 암석이 많은 흙이나 돌 부스러기 위에서는 그 관목이 지름이 4~8인치 정도, 키가 40~50피트 정도 되며 넓게 퍼지고 마디가 많은 그림 같은 나무가 되어 있었다. 물의 형태 또한 헤아릴 수 없을 만큼 다양했다. 물이 고요하게 흐르는 유역(流域)과 크고 작은 폭포 하나하나가 모두 다 나름의 특색을 지니고 있었다. 그 골짜기의 주요 폭포인 버널 폭포와 네바다 폭포 둘 다 훤히 내려다보였다. 두 폭포는 채 1마일도 떨어져 있지 않지만, 그 소리나 생김새, 색상 등에서 현저한 차이를 보였다. 400피트 높이에 폭이 75~80피트 가까이 되는 버널 폭포는 둥근 입술 모양의 절벽 위로 살며시 떨어져 내리며, 군데군데 접히기도 하면서 홈이 파인, 푸른 색, 흰 색 색실로 수를 놓은 듯한 화려한 앞치마 모양을 하고 있다. 그런 모습을 바닥까지 유지하다 바닥에 이르면 갑자기 확 솟아오르는 물보라와 안개의 파도에 휩싸이는데 그 속에서 오후의 햇살은 황홀하도록 아름다운 무지갯빛을 띠고 노닌다. 네바다 폭포는 허공 속으로 뛰어들기 때문에 처음 떨어질 때부터 하얗다. 맨 처음 경계를 넘어 도약을 시작하기 전, 수로의 가장자리에 맞부딪침으로써 물결이 포개지기 때문에, 폭포 머리에서는 뒤틀린 모습을 드러낸다. 물길의 3분의 2를 내려오면, 떼를 지어 서둘러 바삐 움직이는 혜성처럼 생긴 물 덩어리가 절벽 표면의 경사진 부분을 스치고 지난 후엔, 크게 부풀고 바깥쪽을 향해 너울거리며, 훨씬 더 흰 거품으로 변한다. 특히 오후의 햇살이 그 위로 쏟아질 때, 이 모습은 형언할 수 없을 만큼 눈부시게 아름다운 광경을 연출한다. 세상에서 가장 멋진 폭포 중의 하나인 이 폭포를 흐르는 물은 일상적인 법의 지배를 받는 것 같지가 않고, 오히려 산의 활력과 그 야성적인 크나큰 기쁨으로 충만한 살아 있는 생물처럼 보인다.

거세게 고동치며 돌풍을 일으키는 물보라 아래로는 물살이 끊긴 강물이 울퉁불퉁해진 바위에 휩쓸려 여러 조각으로 모습을 드러낸다. 이 강물은 빠르게 모여 포효하는 급류가 되는데 시작된 지 얼마 되지 않은 강이 여전히 멋지게 살아 있음을 보여 준다. 그 강물은 소리치고, 포효하고, 자신의 힘에 의기양양하며 계속 흘러간다. 득의만만하게 힘을 과시하며 골짜기를 지나다, 완만하게 비탈진 바닥 위로 느닷없이 펼쳐지고, 그 도로 아래로 레이스 같은 얇은 종이처럼 펴지거나 접혀 고요한 물웅덩이로 돌진한다. "에메랄드 웅덩이(Emerald Pool)"라고 불리는 이곳은 정지점인데 주요한 두 물 흐름을 구분 짓는 마침표라 하겠다. 여기에서 충분히 오래 머물며 종 모양의 거품과 대기의 회색 혼합물을 지니게 된 다음 여기를 떠나 넓게 펼쳐진 판 모양으로 버널 절벽의 가장자리로 조용히 미끄러져 버널 폭포에서 새로운 모습을 드러낸다. 거기에선 더 많은 급류와 돌들이 라이브참나무와 더글러스전나무, 전나무, 단풍나무, 말채나무가 그늘을 드리우는 협곡 아래로 내던져진다. 일리루엣(Illilouette) 지류를 받아들인 그 강물은 평탄하고 햇살 가득한 계곡으로 휩쓸려 내려가고, 마찬가지로 눈 덮인 언덕에서 춤추고 노래하며 흘러온 다른 지류와 합류하여 머세드 강 본류를 형성하는데, 이것이 바로 자비의 강이다. 하지만 끝도 없는 이 강에 대해 곰곰이 생각하기에는, 인생은 너무도 짧다. 개의치 마라, 이 하늘이 내린 장관 한가운데서 보낸 하루는 애쓰고 갈망하며 살 만한 가치가 충분히 있으니.

버틀러 교수와 헤어지기 전에 그는 나에게 책 한 권을 주었고, 나는 그에게 내가 가장 예뻐하는 그의 아들 헨리에게 주라며 연필로 그린 스케치 한 장을 주었다. 내가 학생이던 시절, 그 애가 자주 내 방을 찾아오곤 했다. 고작 여섯 살이던 헨리가 높은 의자에 올라서서 행한 북부 연방을 옹호하는 애국적인 연설은 결코 잊을 수가 없다.

요세미티를 방문하는 사람들은 그토록 진기한 장관을 보고도 눈에 안대라도 하고 귀를 막기라도 했는지 거의 영향을 받지 않으니 참으로 이상하다. 내가 어제 만난 사람들 대부분은 주위에서 벌어지고 있는 것을 아무것도 알지 못하는 것처럼 아래를 내려다보고 있었다. 빙 둘러 싸고 있는 모든 산에서 흘러든 강물들이 모여 부르는 장엄한 노래의 울림으로 웅대한 바위들이 떨리고, 그것은 하늘에서 천사들을 끌어내릴 만한 음악인데도 말이다. 하지만 존경할 만하고 현명해 보이는 사람들마저도 송어를 잡기 위해 구부러진 철사에 벌레를 몇 마리씩 끼우고 있었다. 그들은 그것을 오락이라 불렀다. 교회에 다니는 사람들이 따분한 설교를 듣는 동안, 세례반(洗禮盤)에서 낚시를 하며 시간을 보내고자 한다면, 소위 그 오락은 그렇게 나쁘지 않을 수도 있다. 그러

　　　　　　　　　　　　　　나의 첫 여름

나 하나님 자신이 더할 나위 없이 장엄한 물과 돌의 설교를 행하는 동안, 살려고 발버둥치는 물고기들의 고통 속에서 즐거움을 찾으며 요세미티 신전에서 그런 오락을 하다니!

캠프의 불가로 돌아온 지금, 그 친구가 수천 마일 떨어진 곳에 있는지 아닌지 전혀 알 방도가 없는 상황에서, 그리고 그가 4~5마일밖에 떨어지지 않은 계곡에 와 있을 때 그 친구의 존재를 내가 알아챈 사실을 생각해 보지 않을 수 없었다. 그것이 불가사의하게 느껴지는 것은 단지 그것을 이해할 수 없기 때문일 것이다. 자연스럽고 일반적인 사실이 초자연적이라고 불리는 것들보다 더 놀랍고 신비한데 어쨌든 그것에 지나치게 신경을 쓰는 것은 어리석은 것 같다. 똑바로 본다면, 우리가 알고 있는 대부분의 기적은 흔하디흔한 자연 현상보다 조금도 더 놀라운 것이 아니다. 돔에 앉아 일을 하는 동안 눈에 보이지는 않지만 나를 비춘 그 빛이야말로 첫눈에 사람을 매료하거나 혐오감을 주는 그런 것이다. 그것에 관해 사람들은 터무니없는 글들을 너무나 많이 써 왔다. 이러한 신비하고 기이한 것들이 미치는 분명한 영향 중에서 가장 나쁜 것은 그런 것들이 우리를 평범하지만 성스러운 것들에 눈멀게 만든다는 것이다. 아마도 호손(Nathaniel Hawthorne, 『주홍 글씨』 등을 쓴 미국의 소설가—옮긴이)이라면 나의 착하고 나이 든 교수를 매력이 넘치는 여인으로 대치해 이 대수롭지 않은 텔레파시 사건을 가지고 이상한 로맨스를 꾸며 낼 수 있을 거라는 생각이 든다.

8월 5일

오늘 아침 동이 트기 전부터 양들이 우르르 도망치는 소리, 잭과 카를로가 사납게 짖는 소리에 잠에서 깨었다. 썩은 나무로 만든 침대에서 불 가로 도망간 빌리는 흩어진 양 떼를 한데 모으려고 어둠 속에서 돌아다니며 이 소동이 왜 일어났는지 알아보려 하지도 않았다. 나중에 알고 보니, 원인은 곰의 공격이었는데 동이 트기 전에 우리가 무슨 일을 했어도 별 소용이 없었을 것이라는 생각이 들었다. 그런데도 무슨 일이 생긴 건지 궁금해 카를로와 나는 양 몇 마리가 부스럭대는 소리를 따라 숲 속을 더듬어 갔다. 도망간 녀석들은 자신들의 적인 곰으로부터 될 수 있는 한 멀리 도망칠 테고, 카를로의 코 또한 믿을 만했기에 전혀 두렵지는 않았다. 양 우리에서 약 반 마일 동쪽으로 간 곳에서 2, 30여 마리의 양을 잡아 우리로 몰고 오는 데 성공했다. 그러고는 서쪽으로 돌아 또 다른 양 떼를 추적해서 데리고 왔다. 동이 튼 후, 아직도 온기가 남아 있는 양의 시체를 발견했다. 내가 도망간 녀석들을 찾아다니는 동안 곰은 이른 아침부터 양고기 식사를 즐겼음이 틀림없다. 곰이 반은 먹어 치운 상태였다. 우리 안에 죽어 있는 여섯 마리는, 곰이 우리로 들어왔을 때 벽면 한쪽으로 몰려 여러 마리가 깔리면서 질식사했음이 분명하다. 카를로와 나는 캠프를 크게 한 바퀴 돌며, 도망간 녀석 중 세 번째 무리를 찾아내어 캠프로 몰고 왔다. 이미 반은 뜯어 먹힌 또 다른 양 한 마리를 발견했는데, 이는 이렇게 이른 아침 식사를 한 털북숭이

해적이 두 마리라는 것을 말해 준다. 어렴잖게 그들의 자취를 따라가 볼 수 있었다. 녀석들은 각자 한 마리씩 양을 잡아, 고양이가 쥐를 물듯 입에 물고는 양 우리의 담을 펄쩍 뛰어넘어 우리 뒤쪽에서 100야드 남짓 떨어진 전나무 아래로 가지고 가서 배부르게 먹은 것이다. 아침 식사 후, 나는 잃어버린 양을 더 찾으러 나갔다가 캠프에서 상당히 떨어진 곳에서 75마리를 찾아냈다. 오후에는 카를로의 도움으로 그 녀석들을 무리로 합류시키는 데 성공했다. 모든 양들을 다시 다 모았는지 모르겠다. 오늘 저녁엔 커다란 모닥불을 만들어서 양을 지켜야겠다.

잘 곳이 수두룩한데도 빌리가 양 우리 가까이의 썩은 나무에 잠자리를 만드는 것을 보고, 내가 그 이유를 물은 적이 있는데, 그는 "곰이 양을 공격해 올 수도 있으니 가능한 한 가까이에서 자고 싶다."고 대답했었다. 그런데 실제로 곰이 오고 나니까, 이제는 캠프에서 먼 쪽으로 잠자리를 옮겨 갔다. 자신이 양으로 오해받을까 봐 걱정스러운 것 같았다.

오늘은 거의 종일 양하고 씨름하는 날이었고 그래서 당연히 연구를 중단할 수밖에 없었다. 그렇지만 동이 트기 전 어둑어둑한 숲 속은 그런대로 걸을 만했다. 이 당당한 곰들에 대해 새로운 사실을 알게 되었다. 그 곰들이 지나간 자국은 상당히 또렷한데, 아침을 먹은 흔적도 그렇다. 오늘은 구름 한 점 없다. 따라서 한낮이면 늘 울리던 천둥도 없었다.

8월 6일

곰을 놀라게 해 쫓으려고 피워 둔 불 덕분에 지난밤엔 캠프가 있는 숲이 휘황찬란하게 빛났다. 참 보기 좋았다. 양과 잠을 빼앗긴 것에 대한 일종의 보상이라고나 할까. 벌겋게 달아오른 초목의 멋진 기둥들이 불꽃처럼 하늘로 솟아오르는 듯했다. 그런데도 불에 쫓긴 것이 아니라 오히려 이끌리기라도 한 듯, 곰 한 마리가 다시 찾아와 양 우리를 넘어 양 한 마리를 죽여 물고 달아났는데 아무도 본 사람이 없었다. 다른 양 한 마리는 벽에 짓눌려 질식했다. 양고기를 맛본 이상, 이 약탈자들의 파괴 행위에 종지부를 찍는 것이 어렵겠다는 생각이 들었다.

오늘 저지대에서 돈키호테가 양식과 편지를 가지고 왔다. 자신이 입은 손실을 알게 되자 그는 우리가 이 캠프에 머무는 한, 매일 밤 곰이 찾아올 것이 분명한데 아무리 불을 피우고 시끄럽게 인기척을 내도 곰을 놀라게 해 쫓아낼 수는 없을 것이라며, 투올름 강 상류 지역으로 즉시 양 떼를 옮기기로 결정했다. 동쪽 지평선의 가늘고 빛나는 구름 기운을 제외하곤 구름은 보이지 않았다. 멀리서 천둥소리가 들렸다.

나의 첫 여름

모노 오솔길

8월 7일

오늘 아침 일찍 곰과 축복받은 은전나무 숲 속의 캠프와 작별하고 모노 오솔길을 따라 동쪽으로 서서히 길을 떠났다. 해질 녘엔 내가 테나야 호수를 유람할 때 아주 좋아했던 꽃들이 만발한 수많은 작은 풀밭들 중 한 곳에서 하룻밤을 보냈다. 이 자연의 정원에서 먼지투성이의 소란스러운 양 떼는 양 떼 속에 들어온 곰보다도 더 이질적이고, 전혀 어울리질 않았다. 양 떼가 저지른 피해에 마음이 아프긴 하지만, 눈부시도록 아름다운 희망이 그 모든 먼지와 소음 위로 떠오르며, 앞으로 다가올 좋은 시간을 고대하게 했다. 그때가 되면 내가 질 수 있을 만큼 등에 지고는, 순전한 야생지에서 걸어다니고 싶은 대로 걸어 다닐 수 있을 만큼 넉넉한 돈을 벌게 될 것이다. 빵 자루가 비면 무료 배급소로 달려가 더 많은 빵을 받을 수도 있을 것이다. 위로 오르든 내려가든, 이 축복의 산에서는 발걸음마다 그리고 달음질마다 멋진 교훈이 넘칠 테니, 이렇게 달려가는 일도 헛되지는 않을 것이다.

8월 8일

테나야 호수 서쪽 끝에 캠프를 쳤다. 일찍 도착하여 북쪽 호숫가를 따라 빙하에 닳아 반질반질해진 포석 위를 걸은 후, 오후의 불빛을 받아 반짝거리는 호수의 동쪽 끝에 있는 장대한 바위에 올랐다. 그 바위가 호수보다는 2,000피트, 해발 1만 피트 위에 위치하고 있기는 하지만, 표면에는 그 바위를 감싸며 꼭대기 위를 휩쓸고 지나간 거대한 빙하가 긁거나 문지른 자취가 곳곳에 남아 있었다. 표면의 긁히고 부서진 모습이 보여 주듯이 그 옛날 거대한 얼음 홍수가 동쪽에서 밀려들었다. 호수 속에서조차 어떤 곳의 바위에는 여전히 홈이 파여 있거나 반질반질 윤이 나 있다. 아무리 파도가 철썩철썩 밀려들며 바위를 허물어도, 아직 표면에 남아 있는 빙하 작용의 자국을 지우지는 못했다. 그중에서 가장 가파르게 마모된 곳을 오를 땐, 신발과 양말을 벗어야 했다. 이 멋진 지역은 산의 형성 과정에서 빙하가 미친 작용을 연구하기에 알맞은 곳이다. 북극데이지(arctic daisy), 플록스(phlox), 흰조팝나무(white spiraea), 브리얀더스, 혹은 펠라이아, 부싯고사리, 알로소루스(allosorus) 같은 바위고사리(rock fern) 등 수많은 아름다운 식물들이 산 정상까지 올라가는 길 내내 풍화 작용으로 갈라진 틈에 테를 두르고 있다. 오래되어 잿빛과 갈색이 감도는 거대한 기념비, 억센 노간주나무가 수백 년간 지속된 산사태와 폭풍 이야기를 하며, 갈라진 틈 곳곳에 꿋꿋이 서 있다. 그 꼭대기에서 내려다본 호수는 더할 나위 없는 광경이었다. 그 호수의 윗부분에는 이보다 더 눈에 띄게 생긴 바위가 외로이 서 있었지만 높이는 이 바위의 절반도 되지 않았다. 그 바위는 약 1,000피트 높이의 빛나는 원통형의 화강암 덩어리였는데 외관상으로는 파도에 닳은 자갈만큼이나 구조가 완전하고 강해 보였다. 여기 이렇게 남아 있는 것은 밀려든 빙하 작용보다 바위의 저항이 우위에 있었기 때문일 것이다.

호수를 스케치하고 걸어서 캠프로 돌아왔다. 쇠붙이로 굽을 댄 신발이 포석에 닿을 때마다 요란한 소리를 내, 줄무늬다람쥐와 새들을 불안하게 했다. 해가 진 후 호숫가로 나갔다. 바람 한 점 없어, 호수는 별과 나무, 멋진 조각과 함께 하늘과 산을 비추는 완벽한 거울이었고, 그것들의 웅장한 모습은 두 배로 정교해졌다. 지상보다는 하늘에 속할 듯한 놀랍도록 인상적인 풍경이었다.

8월 9일

양 떼를 이끌고 머세드 강과 투올름 강 분지 사이의 분수령을 넘었다. 호프만 산의 돌출부와 커시드럴 봉우리 주변에 있는 많은 바위들 사이의 협곡은 산마루나 요동치는 골짜기 때문에 울퉁불퉁하긴 해도, 산맥 꼭대기에 있는 산에서 흘러온 넓적하고 오래된 빙하가 지나간 통로 중의 하나인 듯했다. 이 분수령을 넘으면서 빙하의 강은 투올름 강의 풀밭으로부터 약 500피트를 더 상 승한다. 이 지역 전체가 얼음에 휩쓸린 적이 있음이 분명하다.

그 분수령 정상은 물론이고, 투올름 강의 커다란 풀밭에서도 커시드럴 봉우리라고 불리는 멋진 산봉우리가 한눈에 들어온다. 사방 어디에서나 그 봉우리의 두드러진 개성이 드러난다. 그것 은 살아 있는 암석을 깎아 만든 하나의 돌로 된 웅대한 신전으로 서, 일반 성당과 비슷한 양식의 크고 작은 첨탑으로 장식되어 있 었다. 그 지붕 위에 난 왜소한 소나무들이 이끼처럼 보인다. 언 젠가는 그 지붕 위에 올라가 기도도 드리고, 그 돌의 설교도 들 으면 좋겠다. 꽃으로 뒤덮인 드넓은 투올름의 풀밭들은 해발 8,500~9,000피트의 높이에 있는 투올름 강의 남쪽 지류를 끼고 펼쳐져 있는데, 이따금 빙하에 휩쓸린 화강암 덩어리의 열(列)이 나 숲 때문에 끊어진 곳이 군데군데 있었다. 이 지역의 산들은 모조리 쓸려 나가거나 뒤로 밀린 듯하다. 그리하여 사방 어느 방 향으로나 전망이 탁 트여 있다. 그렇게 계속 이어진 풀밭의 위쪽 끝은 리엘 산(Mt. Lyell) 기슭에, 아래쪽 끝은 호프만 산맥의 동쪽 끝에 있으니 그 길이가 틀림없이 대략 10~12마일은 되는 것 같 다. 그 폭은 4분의 1마일에서 4분의 3마일까지 다양하고, 지류의 강둑을 따라 갈라져 나온 작은 풀밭이 상당히 많았다. 이곳이야 말로 지금까지 본 고산 지대 유원지 중에서 가장 드넓고 쾌적했 다. 바람은 상쾌하고 살을 에는 듯하지만, 낮 동안은 따뜻했다. 하늘 위로 높이 솟아 있었지만, 워낙 주변의 산들이 높기 때문에 그 안에 있으면 마치 거대한 홀에 들어와 있는 것 같고 보호받고 있다는 느낌이 든다. 약 1만 3000피트 이상의 거대한 붉은 다나 산(Mt. Dana)과 깁스 산(Mt. Gibbs)은 동쪽, 이름 없는 수많은 봉우리와 더불어 커시드럴 봉우리와 유니콘 봉우리(Unicorn Peak)는 남쪽, 호프만 산맥은 서쪽, 그리고 내가 아는 한 이름이 없는 수많은 봉우리들이 북쪽 경계선을 이루고 있었다. 이 마지막 봉우리 중의 하나는 커시드럴 봉우리와 무척 유사하다. 그 풀밭의 풀들은 잎이 무척이나 가늘었는데 곱고 보드라우며 뗏장이 아주 촘촘했다. 그 위로는 아주 작은 자줏빛 꽃의 원추꽃차례들이 공기나 안개처럼 가볍게 떠 있는 듯했다. 용담속 식물 중 적어도 세 종류의 꽃들과 더불어 셋 이상의 잿빛이나 자줏빛, 푸르고 붉은색을 띤 오소카푸스, 양지꽃(potentilla), 아이베시아, 미역취(solidago), 펜트스테몬이 그 뗏장을 비옥하게 해 주고 있었다. 머지않아 이 모든 식물에 대해 더 잘 알게 될 것이다. 아마도 주 캠프를 이 지역에 치게 될 것인데 그러면 나는 여기를 기점으로 주변 산으로 긴 소풍을 다니고 싶다.

돌아오는 길에 테나야 호수에서 약 3마일 떨어진 곳에서 양 떼를 만났다. 이엽송 숲의 분수령 정상에 있는 자그마한 호수 근처에 캠프를 치고 하룻밤을 보냈다. 이제 우리는 해발 9,000피트 위에 위치해 있다. 산등성이건, 산 중턱이건 빙퇴석 더미에서건 간에 어떤 환경에서도 자그마한 호수는 수없이 많았지만, 대부분은 웅덩이에 불과했다. 상당한 크기나 깊이의 호수를 볼 수 있는 곳은 빙하의 공격이 가장 컸던 내리막의 기슭에 위치한, 더 큰 강물의 협곡뿐이다. 이 호수를 모두 따라가며 연구하면 정말 기분 좋은 일일 텐데! 매끈한 돌 웅덩이에 담긴, 저 수정 같은 호수의 물은 얼마나 깨끗할까! 내가 아는 한, 그곳 호수 어디에도 물고기는 없다. 아마도 폭포 때문에 그리로 가는 길이 막혔을 것이다. 하지만 그 물고기의 알들이 이런저런 우연한 기회에 이 호수들로 흘러들 수도 있다고 생각하는 사람도 있으리라. 예를 들어 오리의 발이나 입에 붙거나, 그 모이주머니에 붙어서──이런 식으로 퍼져 나가는 식물의 씨도 있다.── 흘러 들어갈 수도 있다. 자연이 이런 일을 하는 방식은 한두 가지가 아니다. 아무리 높더라도 모든 습지나 웅덩이, 호수에서 볼 수 있는 개구리들은 어떻게 이런 산들을 오를 수 있었을까? 분명코 펄쩍 뛰어넘지는 않았을 텐데. 몇 마일에 걸쳐 마른 숲과 표석을 거치는 여행을 한다는 것이 개구리에게는 무척 어려운 일일 것이다. 끈적끈적한 아교질의 알이 물새들의 발에 엉키거나 달라붙을 때가 있다. 어쨌든 이곳에서 그들은 건강하고 힘찬 목소리를 낸다. 나는 그 기운찬 개골개골 소리를 좋아한다. 한순간에 그들이 명금(鳴禽)을 대신한다.

8월 10일

오늘도 피를 춤추게 하고 신경의 흐름을 자극해 사람을 지칠 줄 모르게 할 뿐 아니라 거의 불멸하게 만드는 아름답고 상쾌한 하루웠다. 얼음이 파 놓은 넓은 분수령을 다시 한 번 바라보고, 시에라 신전이며 초원의 동쪽에 있는 거대한 붉은 산들을 몇 번이고 돌아보았다.

우리는 강의 북쪽에 있는 소다 샘(Soda Springs) 근처에 캠프를 쳤다. 양을 이끌고 건너기가 여간 힘들지 않았다. 양들을 편자 모양의 굴곡부로 몰자, 그 녀석들은 강둑에 가까이 가지 않으려고 몰려들었다. 양들은 불가피한 상황일 때엔 수영을 꽤 잘 하지만, 몸을 적시는 위험을 감수하느니 차라리 죽겠다는 자세였다. 양이 그토록 비이성적으로 물을 두려워하는 이유를 잘 모르겠지만, 양은 태어나자마자, 아니 아마 그 이전부터 물을 두려워하는 것 같다. 태어난 지 채 몇 시간이 안 된 어린 양이 약 2피트 너비에 깊이가 1인치 정도 되는 야트막한 개울에 다가가는 모습을 딱 한 번 본 적이 있다. 태어나서 걸은 거리가 전부 합쳐야 겨우 100야드 정도였다. 나머지 양들은 모두 이 1인치 깊이의 개울을 건너갔고 어미 양과 어린 양이 마지막으로 건넜기 때문에, 그 둘을 자세히 관찰할 좋은 기회였다. 양 떼가 다 건너자마자, 걱정스러운 어미 양이 강을 건너고는 새끼를 불렀다. 새끼 양은 물가까지는 조심스럽게 갔으나, 물을 쳐다보고는 불쌍하게 매-매 하고 울 뿐, 모험을 하려 들지 않았다. 참을성 많은 어미가 용기를 북돋으려고 몇 번이고 돌아왔으나, 시간이 아무리 흘러도 소용이 없었다. 폭풍이 이는 요단 강의 둑에 선 순례자처럼 어린 양은 첫발을 내딛기를 두려워했다. 마침내 엄청난 시도를 하기 위해 서툴고 떨리는 다리를 한데 모으고는, 익사에 관한 한 모든 것을 다 아는 양, 머리를 위로 쳐들고 물 위로 코를 내밀려고 애를 썼다. 그러고서는 펄쩍 뛰어 1인치 깊이의 개울 한가운데로 떨어졌다. 물속으로 머리와 귀가 깊이 빠지기는커녕 발가락 정도 겨우 젖은 것을 보고는 놀라는 눈치였다. 몇 초 동안 반짝이는 물을 바라보더니 이 무서운 모험을 마치고 젖지도 않고 안전하게 강기슭으로 뛰어올랐다. 야생 양은 어느 종이든 간에 모두 산에 사는데 그들 후손이 왜 물을 두려워하는지는 쉽사리 설명되지 않는다.

8월 11일

한낮에 10분 정도 천둥을 동반한 폭풍우가 지나갔을 뿐 화창하게 빛나는 하루였다. 온종일 강의 북쪽 지역 길을 익히느라 이리저리 돌아다녔다. 광대한 이엽송 숲으로 둘러싸인, 수많은 빙하가 만든 아름다운 초원과 자그마한 호수를 찾아냈다. 숲은 어디하나 끊긴 데 없이 드넓게 빙퇴석이 퇴적된 곳에서 자라고 있었다. 나무들의 크기는 일정했고 산맥 저 아래쪽의 전나무나 소나무에 비해 훨씬 더 빽빽했다. 나무들이 다 고만고만한 것으로 보아 모두 다 같은 나이거나 비슷한 나이인 것 같았다. 이렇게 된 가장 큰 이유는 산불 때문인 듯하다. 이미 죽어서 허옇게 된 둥근 목재의 크고 작은 조각을 여럿 보았는데 그 밑의 땅은 어린 초목들로 고르게 덮여 있었다. 이런 숲에 불이 잘 번지는 이유는

나의 첫 여름

얇은 껍질이 나무진으로 흠뻑 젖어 있어서가 아니라 초목이 빽빽하기 때문이다. 또한 땅이 비교적 기름지고 여기에서 쑥쑥 자라는 넓적한 잎사귀의 기다란 풀이 바람이 없는 날에도 불을 옮길 수 있기 때문이다. 군데군데 불에 탄 땅 외에도, 상당히 많은 나무들이 뿌리째 뽑혀 여기저기 쓰러져 있었는데, 최근에 천둥을 동반한 심한 폭풍우에 쓰러졌는지 나무껍질과 잎이 그대로 달려 있는 나무들도 있었다. 덩치가 큰 검은꼬리사슴(black-tailed deer)을 보았는데, 쓰러진 소나무의 뿌리가 뒤집힌 것 같은 모양의 뿔이 달린 수사슴이었다.

나무가 빽빽한 숲을 쏘다닌 지 한참 만에, 빛의 호수같이 햇살이 가득한 평탄한 풀밭이 나타났다. 약 1마일 반 정도의 길이에 폭이 약 4분의 1에서 반 마일 정도이며 화살처럼 곧게 뻗은 커다란 소나무로 둘러싸여 있었다. 이 부근의 모든 빙하가 만든 풀밭의 잔디와 마찬가지로, 이 잔디는 주로 비단 같은 겨이삭과 산조풀(calamagrostis)로 구성되어 있었다. 그 자주색 꽃과 자주색 줄기의 원추꽃차례는 어찌나 가벼운지 엷은 안개구름처럼 녹색 벨벳 같아 보이는 잎사귀 위에 둥둥 떠 있는 듯하다. 잔디는 몇몇 종의 용담속 식물과 양지꽃, 아이베시아, 오소카푸스 외에도 이 식물들을 왔다갔다하는 벌과 나비 덕분에 환하다. 빙하의 풀밭치고 아름답지 않은 곳이 없지만, 이만큼 완벽한 곳은 거의 없다. 그에 비하면 지극 정성을 들여 다듬고 자르며 손질한 공원의 인공 잔디는 조잡하기까지 하다. 나는 언제까지나 이곳에서 살고 싶다. 너무 고요하고 인적이 드물긴 하지만, 여기는 모든 선한 것들과 완전한 영적 교감을 나누며 세상을 향해 열린 곳이다. 영광에 넘치는 이 풀밭의 북쪽에서 나는 몇몇 인디언 사냥꾼들의 캠프를 찾아냈다. 그들이 지펴 놓은 불은 여전히 타오르고 있는데, 인디언들은 아직 사냥에서 돌아오지 않았다.

모두 하나같이 이루 말할 수 없을 정도로 아름다운 이 풀밭에서 저 풀밭으로, 또 곧게 뻗은 나무가 숲이나 띠를 이루고 있는 곳을 지나 이 호수에서 저 호수로, 내가 코네스 산(Mt. Conness)을 향해 북쪽으로 나아가는 동안, 사방 어딜 보나 눈부시게 아름다웠다. 주위의 산들은 "이리 오라."고 소리치고 있었다. 그 모든 곳에 다 올라가 보고 싶다.

8월 12일

고도가 변해도 지금까지 하늘 풍경은 거의 변함이 없다. 하늘에는 5퍼센트의 구름이 끼어 있다. 형언할 수 없이 아름다운 자줏빛이 감도는 눈부시게 아름다운 진주빛 뭉게구름이었다. 어제 들른 빙하 풀밭 쪽으로 캠프를 옮겼다. 그토록 신성하리만치 아름다운 곳을 양 떼가 짓밟도록 내버려 두는 것은 야만적인 처사 같았다. 다행히 양 떼는 초원의 보드라운 종보다는 즙이 많은 밀(triticum)의 넓적한 잎과 삼림 지대의 다른 풀들을 더 좋아해서 거기에 발을 들여놓는 일이 거의 없었다.

양치기와 돈키호테는 양을 돌보는 방식에 관한 한 의견이 달

랐다. 빌리가 자신의 개, 잭을 시켜 너무 자주 양 떼를 공격한다
고 돈키호테는 생각한다. 오늘 양치기는 자기가 원하면 언제든
개가 양 떼를 몰 권리가 있다고 큰소리를 치면서 돈키호테와 티
격태격하더니 평원으로 내려가 버렸다. 이제는 양을 돌보는 일
이 내게 떨어지겠구나 생각했는데 딜레이니 씨는 내가 원하는
대로 자유롭게 돌아다닐 수 있도록, 당분간 자신이 양을 몰다가
저지대로 돌아가 다른 양치기를 데려오겠다고 약속했다.

오늘도 꽤 많이 돌아다녔다. 숲을 지나 북쪽 멀리까지 퍼진
분지의 끝까지 나아갔는데 거기는 빙하가 움직인 흔적들이 눈에
띄게 분명하고 흥미로웠다. 봉우리 사이의 후미진 곳은 마치 채
석장처럼 보였다. 자연의 빙하 작업장의 바닥을 뒤덮고 있는 빙
퇴석 조각과 바위들이 가공되지 않은 자연 그대로 남아 있었다.

내가 캠프로 돌아오자마자, 한 인디언이 찾아왔다. 아마도 내
가 발견했던 그 캠프에 사는 사냥꾼 중의 하나인 듯했다. 그 인
디언은 사슴을 잡기 위해 자기 종족 사람들과 함께 모노(Mono)에
서 왔다고 말했다. 이곳에서 멀지 않은 곳에서 잡은 사슴 한 마
리를 등에 지고 있었는데, 네 발은 이마 위를 장식하듯 한데 묶
여 있었다. 사슴을 땅에 던져 놓고는 잠시 인디언 특유의 침묵
속에서 멍하니 바라보더니, 사냥한 사슴에서 8~10파운드의 고
기를 떼어 우리에게 주고는 눈에 보이거나 생각이 난 듯한 것을
모조리 "쫌(조금)"씩 달라고 청했다. 밀가루, 빵, 설탕, 담배, 위스
키, 바늘 같은 물건들이었다. 우리는 후하게 고기 값을 쳐서 밀

가루와 설탕, 그리고 바늘 몇 개를 주었다. 검은 눈에 검은 머리를 하고 꽤 운이 좋은 이 야만인들은 이렇게 깨끗한 야생지에서도 이상하리만치 지저분하고 불규칙한 삶을 이어 간다. 굶주림과 풍족함, 죽음과도 같은 고요와 나태함, 감탄사가 절로 나올 만큼 지칠 줄 모르는 행동이 겨울과 여름이 돌듯 맹렬한 리듬으로 꼬리에 꼬리를 물고 이어진다. 그들에게는 문명권에서 고된 삶을 이어 가는 사람들이 부러워할 만한 것이 두 가지 있다. 맑은 공기와 맑은 물이 바로 그것이다. 이 두 가지가 그들 삶의 상스러움을 가리고 치유하고도 남는다. 그들은 주로 신선한 딸기류와 소나무 열매, 토끼풀, 나리꽃의 알뿌리, 야생 양과 영양, 사슴, 뇌조, 개미의 애벌레, 말벌, 꿀벌, 그리고 다른 곤충들을 먹고 산다.

8월 13일

하루 종일 맑았다. 새벽과 저녁엔 자줏빛, 한낮엔 금빛 하늘에 구름 한 점 없고 미풍도 불지 않았다. 딜레이니 씨가 양치기를 두 사람 데려왔는데, 한 사람은 인디언이었다. 그가 평지에서 이리로 올라오는 길에 요세미티의 옛 캠프 근처의 포큐파인 샛강에 있는 포르투갈 인들의 캠프에 양식을 조금 두고 왔기 때문에, 오늘 아침 나는 짐 말을 끌고 그 양식을 가지러 길을 나섰다. 한낮에 포큐파인 캠프에 도착한 나는 저녁 늦게 투올름 강에 돌아가야 했지만, 그들이 강권하는 바람에 포르투갈 인 양치기들과 함께 밤을 보내기로 했다. 그들은 요세미티의 곰들한테 입은 손실에 관한 이야기를 슬프게 들려주었다. 너무도 낙심한 나머지 이제는 산을 떠나려는 듯했다. 곰의 접근을 막으려는 갖은 노력에도 불구하고, 곰은 매일 밤 찾아와 양을 한 마리 또는 여러 마리씩 먹어 치워 버린 것이다.

오후엔 요세미티 암벽을 따라 한참동안 거닐었다. 세 형제 (Three Brothers)란 이름을 가진 바위 중에서 제일 높은 바위에 올라 계곡 바닥의 위쪽 절반 전체와 계곡 양쪽 벽과 눈 덮인 봉우리를 배경으로 하고 있는 계곡 정상의 거의 모든 바위를 포함하는 근사한 경관을 만끽했다. 버널 폭포와 네바다 폭포도 보였는데, 참으로 아름다운 한 폭의 그림이었다. 바위의 힘과 영원성이 약하고 섬세하여 언제 사라질지 모를 아름다운 식물과 뒤섞여 있었다. 천둥과 함께 물이 쏟아지고, 바로 그 물이 온화하기 이를 데 없이 아름답게 초원과 숲 사이를 미끄러지듯 지나간다. 내가 지금 서 있는 지점은 해발 약 8,000피트 혹은 계곡 바닥에서 4,000피트쯤 되는데 모든 나무는 조그마하고 깃털처럼 보이지만 놀랍도록 뚜렷하고, 초원과 숲이 드리우는 그림자도 몇 야드 거리에 있는 듯, 윤곽이 분명했다. 그것들의 그림자가 훨씬 더 그러했다. 이 산속 공원의 절묘한 아름다움과 매력은 어떤 말로도 다 표현할 수 없을 것이다. 자연의 정원은 한편으로는 여리고, 한편으로는 절정에 이른 아름다움을 겸비하고 있다. 전 세계의 자연 애호가들을 이리로 끌어들인다는 사실이 전혀 놀랍지 않다.

이렇게 높이 솟은 산 정상에서도 빙하의 작용은 명확하게 드러난다. 지금 햇살을 받으며 웃고 있는 모든 사랑스러운 골짜기들은 가장자리까지 얼음으로 꽉 찼었을 뿐 아니라, 철철 넘쳐흘렀다.

내가 인디언 샛강의 수원지에 위치한, 우리가 전에 쳤던 요세미티 캠프를 찾아갔을 때, 그곳은 곰이 훑고 지나가 완전히 초토화된 상태였다. 곰들은 양 우리 안에서 질식해 죽은 양을 모조리 잡아먹었는데, 양보다 더 큰 동물들 중 일부는 딜레이니 씨가 캠프를 떠나기 전에 양의 사체에 놓은 다량의 독약을 먹고 죽었을 것이 분명했다. 산 중턱 위로는 코요테나 표범이 많이 사는 것은 아니지만 양치기들은 누구든 코요테나 곰, 표범을 죽이기 위해 스트리크닌(strychnine, 스트리크노스 눅스보미카(*Strychnos nuxvornica*)의 씨에서 채취하는 맹독성 물질로 흥분제로 쓰인다.—옮긴이)을 가지고 다닌다. 구릉지대와 평원에는 이곳에서 더 좋은 먹이를 찾곤 하는 개처럼 생긴 어린 늑대들이 훨씬 더 많다. 8,000피트 이상의 산지에서는 표범 발자국을 딱 한 번 보았을 뿐이다.

해가 진 후 포르투갈 인들의 캠프로 돌아와 보니, 양고기에 입맛을 붙인 곰들의 행태에 양치기들이 대단히 흥분해 있었다. 양치기들은 불평을 터뜨렸다. "놈들이 점점 더 난리를 치고 있어요." 곰들은 날이 어두워질 때까지 점잖게 기다렸다가 저녁을 먹는 게 아니라, 백주 대낮에도 들이닥쳐 양들을 죽이고는 배가 부르도록 먹어 치운다. 내가 이곳에 도착하기 전날 저녁에 해가 지기 약 30분 전, 양치기 둘이 느긋하게 양 떼를 몰며 캠프로 돌아오는 길이었다. 그들이 있던 곳에서 채 몇 야드 떨어지지 않은 덤불에서 굶주린 곰이 튀어나와 양 떼를 향해 유유히 걸어갔다. 늘 굵은 산탄을 장전해 둔 총을 가지고 다니던 "포르투갈 인 조"가 흥분해서 총알을 발사하고는 총을 내던진 채, 어떻게 되었는지 볼 여유도 없이, 가장 가까이에 있던 적당한 나무로 달려가 안전한 높이까지 기어 올라갔다. 다른 양치기 또한 내달렸는데, 곰이 뒷발로 일어선 채 누군가를 더듬어 찾기라도 하듯 앞발을 휘젓더니, 다쳤는지 숲 속으로 사라져 버리는 것을 보았다고 말했다.

근처에 있는 그들의 또 다른 캠프에서는 해가 지기 전, 양들이 우리로 거의 다 돌아왔을 즈음 새끼 둘을 데리고 나온 곰이 양 떼를 공격했다. 조는 재빠르게 나무에 올라가 위험을 피했고 안톤은 그에게 자기 책임을 저버리니 참 비겁하다고 비난을 퍼부으며, 곰이 "양 떼를 다 먹어 치우게" 놔 둘 수는 없다며 큰소리로 사냥개를 불러 곰을 공격하게 하면서 곰을 향해 돌진했다. 겁에 질린 새끼들은 나무 위로 기어 올라갔지만, 어미 곰은 양치기에게 달려들어 싸울 태세였다. 다가오는 곰을 본 안톤은 순간 경악하여 가만히 서 있다 돌아서 도망쳤고 곰은 가까이 추격해 왔다. 오를 만한 나무까지 가지 못하자, 안톤은 캠프로 달려가 조그만 오두막 지붕으로 기어 올라갔다. 뒤따라온 곰은 지붕까지 오르지는 못하고 몇 분간 그를 위협하고 노려보며 지독한 공포에 떨게 했다. 그러고서는 새끼들에게로 가서 내려오라고 부른 뒤 양 떼가 있는 곳으로 가더니만 양 한 마리를 저녁 식사로 먹어 치우고 덤불 속으로 사라졌다. 곰이 오두막을 떠나기가 무섭게 벌벌 떨고 있는 안톤은 조한테 아주 안전한 나무가 있는 곳을 알려 달라고 애원했다. 뱃사람이 돛대를 기어오르듯, 나무에 올라간 안톤은 매달릴 수 있는 한 오랫동안 거기서 내려오지 않았는데 그 나무에는 가지가 거의 없었다. 이런 참사를 겪은 후, 두 양치기는 마른 나무를 베어 와 높이 쌓아 놓고는 밤마다 양 우리 주변에 둥글게 불을 지피고, 양 우리가 잘 내려다보이는 인근의 소나무 위에 세워 둔 안락한 망대 위에서 한 사람씩 총을 들고 망을 보았다. 이날 저녁 둥글게 피운 불은 멋진 볼거리를 제공했다. 주변의 나무를 가장 인상적인 입체화법으로 두드러지게 하고, 수천 마리 양의 눈을 눈부시도록 아름답게 늘어선 다이아몬드처럼 타오르게 했다.

8월 14일

털북숭이 약탈자가 언젠가는 나타나리라 기대했지만 지난 밤 내가 잠자리에 들 때까지는 사방이 고요했다. 자정이 다 되도록 나타나지 않더니, 곰 두 마리가 대담하게도 거대한 두 개의 불 사이에 있는 양 우리로 걸어와 담장을 넘어 양 두 마리를 죽이고 열 마리를 질식해 죽게 했다. 나무에서 망을 보던 이는 겁에 질려 총을 단 한 발도 쏘지 못했는데 놈들을 또렷이 알아보기도 전에 우리로 들어갔기 때문에 양이 맞을까 봐 두려워서 그랬다고 말했다. 나는 양치기들에게 즉시 양 떼를 다른 캠프로 옮겨야 한다고 말했으나, 그들은 "아, 쓸모없는 일이에요. 쓸모없어요. 어디를 가든 곰이 올 거예요. 이 불쌍하게 죽은 양들을 보세요. 얼마 안 가 모두 죽을 거예요. 캠프를 옮겨 봐야 소용없어요. 평원으로 내려가야 해요."라며 슬퍼했다. 나중에 안 사실이지만, 그들은 평소보다 한 달 일찍 산에서 나왔다고 한다. 곰이 너무 많아지고 날뛰면, 완전히 양 떼를 그들에게서 떼어 놓아야 한다.

짐승의 고기라면 그렇게도 좋아하는 곰들이지만, 총이나 불, 독 같은 위험을 무릅쓰면서까지 자기 새끼들을 방어할 때를 제외하고는 인간을 공격하지 않는다니 참으로 이상하다. 우리가 누워 자고 있을 때 곰은 얼마나 손쉽고 확실하게 우리를 물어 끌어 올릴 수 있겠는가! 먹기 위해 인간을 사냥하는 것을 배운 동물은 늑대나 호랑이, 그 외에는 아마도 상어와 악어뿐인 듯하다. 이 세상의 어떤 지역에서는 모기와 벌레들이 어찌할 바 몰라 하는 인간을 먹어 치우리라 생각하는데, 굶주림에 못 이기면 사자나 표범, 늑대, 하이에나, 퓨마들도 똑같은 행동을 하리라 생각된다. 하지만 일반적인 상황에서는 땅에 사는 동물 중에서 사람을 잡아먹는 동물은 호랑이뿐인 듯하다. 식인종을 제외한다면 말이다.

구름은 여느 날과 다름없이 5퍼센트였다. 시에라에서 보낸 오늘도 따뜻하고 서늘하며, 상쾌하고, 맑게 갠 영광에 넘치는 하루였다. 개화 식물 중에서 이미 한창 씨를 떨어뜨린 것도 꽤 되지만, 날마다 꽃잎을 펼치고 있는 꽃도 많고, 전나무와 소나무는 그 어느 때보다도 더욱더 향기롭다. 그것들의 씨가 거의 다 여물었으니 날개 달린 무리와 떼를 지어 더할 나위 없이 즐겁게 날아다닐 날도 얼마 남지 않았다.

투올름 강의 캠프로 되돌아가면서 처음 보았을 때보다 경치를 더 즐겼다. 마치 이곳에서 늘 살아온 것처럼 모든 것이 다 친숙해 보였다. 멋진 커시드럴 봉우리는 아무리 바라보아도 싫증나지 않는다. 요세미티의 사우스돔을 제외하면, 내가 본 적이 있는 그 어떤 바위나 산보다도 개성적인 특성을 지니고 있다. 숲 또한 어느 정도 눈에 익고, 호수나 풀밭, 기쁘게 노래하는 강물 또한 친근하다. 언제까지나 그것들과 함께 살고 싶다. 이곳에서는 빵과 물만 있으면 만족할 수 있으리라. 산을 오르거나 산책도 못하고 어떤 풀밭이나 숲에서 말뚝이나 나무에 매여 지내야만 한다고 해도, 나는 영원히 만족하리라. 이렇게 아름다운 것들에 흠뻑 빠져, 산의 얼굴 표정이 가지각색으로 바뀌는 것을 보고, 저지대 사람들이 꿈에도 생각지 못할 만큼 아름다운 이곳의 별들을 바라보며, 돌고 도는 계절을 보고, 물과 바람, 새의 노랫소리를 듣는 것은 무한한 즐거움일 것이다. 폭풍이 불든 고요하든 간에 얼마나 멋진 구름 나라를 보게 될까! 날마다, 영원히 새 하늘과 새 땅, 새로운 주민들을 보게 되리라. 또한 얼마나 많은 방문객이 찾아들까! 일순간도 따분하지 않으리라 확신한다. 이것이 왜 터무니없어 보이는가? 그건 단지 상식이며, 건강하다는 표

나의 첫 여름

시다. 자연스럽고 진정한 건강, 모든 것에 완전히 깨어 있는 건강 말이다. 마치 하나님이 베푼 끝없는 연극을 보고 있는 듯한데, 해와 달, 별과 오로라가 만들어 내는 대사, 음악, 연기, 무대장치, 조명은 얼마나 멋진가! 이제 막 창조가 시작되었다. 아침 별들이 "다 함께 노래하고, 모든 하나님의 아들들이 기뻐 외친다."

블러디 협곡과 모노 호수

8월 21일

모노 협곡 또는 블러디 협곡 재(Bloody Cañon Pass)를 경유하여 산맥 너머의 모노 호수까지 떠도는 멋진 여행을 다녀왔다. 여름 내내 딜레이니 씨는 나를 잘 대해 주었다. 나의 엉뚱한 생각이나 산책, 연구가 모두 자기 것인 양, 기회가 있을 때마다 공감하며 도와주었다. 모든 것을 갈아 버린 빙하에 의해 시에라의 경관에 단단한 돌기와 산마루의 특성이 두드러진 것처럼, 그는 금광의 열풍에 휩쓸렸다가 모든 것을 잃고 변한 주목할 만한 캘리포니아 사람들 중의 한 사람이다. 키가 크고 마른 체격에 골격이 크고 가슴이 떡 벌어진 아일랜드 인으로서 메이누스 대학에서 사제 수업을 받았다. 딜레이니 씨에게는 훌륭한 면이 한두 가지가 아닌데 산에서 지내다 보면 특히 빛날 때가 가끔 있다. 내가 야생지를 좋아한다는 걸 알고는 어느 날 저녁 내게 블러디 협곡이야말로 인간의 손길이 닿지 않은 곳이라고 확신한다며, 그곳을 꼭

한 번 가 보라고 했다. 자신은 가 본 적이 없지만, 시에라의 산길 중에서 이곳보다 더 황량한 곳은 없다는 말을 광부 친구들에게서 여러 번 들었다고 했다. 물론 기꺼이 가 보고 싶었다. 우리 캠프에서 정확히 동쪽에 위치한 그곳은 산맥 정상에서 모노 사막의 가장자리까지 급경사였는데 약 4마일 정도 떨어진 거리지만 고도는 약 4,000피트 차이가 났다. 그 재는 정상으로 모여 드는 오래된 오솔길들에서 알 수 있듯이, 골드러시(gold rush, 새로 발견된 금 매장지로 사람들이 갑자기 몰려드는 것을 말한다.—옮긴이)가 있었던 1858년, 백인들이 발견하기 오래전부터 야생 동물과 인디언들이 알고 있었고 또 이용하던 길이었다. 그 지명은 예리하게 각이 진 바위 위에서 미끄러져 그 위로 발을 질질 끌 수밖에 없었던 불행한 동물들이 바위에 남긴 핏자국이나 그 협곡에 많은 변성 점판암의 붉은빛에서 비롯된 것 같다.

이른 아침, 나는 허리띠에 공책과 약간의 빵을 매단 채, 멋지게 한껏 즐길 수 있으리라는 기대감에 벅찬 가슴을 안고 길을 떠났다. 길가에 위치한 빙하가 만든 풀밭 때문에 아침에 걷는 속도가 더뎠다. 잔디에 만발한 푸른 용담속 식물, 데이지, 칼미아, 들쭉이 옛 친구를 알아보라고 요구해 대는 바람에, 나는 여러 차례 가던 길을 멈추고 옛 빙하가 엄청난 힘으로 비비고 지나가 빛나는 바위를 자세히 살펴보았다. 그 바위들은 어찌나 윤기가 나던지, 거울처럼 햇빛을 반사하는 곳도 있었다. 렌즈를 통해 분명히 보이는 찰흔(擦痕)은 얼음이 흘러간 방향을 가리키고 있었다. 몇

나의 첫 여름

몇 경사진 반들반들한 바닥에는 느닷없이 계단이 나타나기도 하는데, 이는 자잘한 조각뿐 아니라 커다란 바위 덩어리도 빙하의 압력에 때로는 무너졌음을 보여 주는 것이다. 얼마간은 흩어져 있었고, 얼마간은 길고 굽이진 제방이나 댐처럼 일정한 빙퇴석도 군데군데 눈에 띄어, 그 지역이 전체적으로 신생 지역 같다는 인상을 주었다. 올라갈수록 소나무들이 점점 작아졌고, 나머지 식물들도 비례해서 작아지고 있었다. 그 재의 남쪽에 위치한 매머드 산(Mammoth Mountain)의 경사지에서는 수목의 최고 생장 한계선에서부터 평평한 풀밭에 이르는 숲까지 골짜기가 많았다. 그 위로 눈사태가 덮쳐 나무가 뿌리를 내릴 흙은 물론이고 눈사태가 지나간 길의 모든 나무를 휩쓸어 가 버려 암반이 다 드러나 있었다. 뿌리째 뽑혀 나간 나무가 태반이었지만, 바위틈에 아주 깊숙이 뿌리를 내리고 있던 몇몇 나무는 땅바닥에 닿을 정도로 꺾여 있었다. 100년 이상을 아무 일 없이 자라 온 나무들이 다 늙어서 이처럼 단숨에 꺾여 버리다니 언뜻 이상해 보였다. 이런 정도의 눈사태를 일으킬 만한 날씨나 강설량은 흔치 않다. 물론 산속 경사지 중에는 지면이 경사지고 매끄럽기 때문에 매년, 혹은 강한 눈보라가 칠 때마다 눈사태가 나는 곳이 있으며, 이런 눈사태 지역에서는 어떤 나무도, 심지어 어떤 관목도 자라지 못한다는 것은 두말할 나위가 없다. 이렇게 완전히 휩쓸고 지나간 경사지가 여럿 눈에 띄었다. '세기의 눈사태'라 불릴 만한 눈사태가 지나간 경로에서 자라다가 뿌리째 뽑힌 나무들은 협곡에 담장처럼 자란 나무에 기댄 채 이랑에 수북이 쌓여 있었다. 눈사태의 선두 부분이 멈춘 풀밭의 탁 트인 땅으로 옮겨진 몇몇 나무를 제외하고는 다들 우듬지를 아래로 향하고 있었다. 이엽송과 흰수피소나무가 대다수인 어린 소나무들이 앞서 눈이 쓸어 버린 협곡에서 자라고 있다. 이 묘목들의 나이를 확인하는 일은 재미있을 것 같았다. 이렇게 하면 대대적인 눈사태가 일어났던 해를 꽤 정확하게 알아낼 수 있을 터이니 말이다. 아마도 눈사태의 대부분, 아니 모두가 같은 해에 일어난 듯하다. 이런 연구를 자유로이 할 수 있다면 얼마나 좋을까!

그 고개의 정상 가까이에서 나는 지면에 완전히 납작하게 누워 있는, 비단처럼 보드랍고 멋진 회색의 융단 같은 난쟁이버드나무(dwarf willow)를 발견했다. 줄기든 가지든 간에 3인치가 넘는 것은 하나도 없었지만, 이제 거의 다 자란 유제꽃차례는 꼿꼿하게 서서 질서정연하고 빽빽이 모여 있었는데 그 나무의 다른 부분들보다 더 컸다. 최대한 작아질 대로 작아진 이 흥미롭고 왜소한 버드나무 덤불에서 몇몇에는 꽃차례가 하나뿐이었다. 키가 작은 들쭉이 자라는 땅뙈기 또한 보드라운 융단을 이루고 있었는데 지면이나 바위의 옆면에 단단히 붙어 있었으며, 우박처럼 하늘에서 떨어지기라도 한 듯 분홍빛의 동그란 꽃으로 화사하게 뒤덮여 있었다. 좀 더 위쪽으로 올라가 재 꼭대기 가까이에는 산 속의 귀염둥이인 푸른 북극데이지와 자줏빛 꽃이 달린 브리얀더스가 피어 있었다. 이 산중의 꽃들은 하늘과 얼굴을 마주보며 수

나의 첫 여름

많은 기적 덕분에 안전하고 편안하게 자라고 있었는데 사는 곳이 황량하거나 비바람이 치면 칠수록 언제나 더 아름답고 더 순수해지는 것 같았다. 단단하고 수지가 많은 나무들은 한 발짝도 더 나아갈 수 없지만, 이 연약한 식물들은 저 위에 있는 수목 생장 한계선 훨씬 위까지 올라가 깊은 분지와 그늘에 가린 눈더미 끝까지 그 회색과 분홍빛 융단을 기분 좋게 펼쳐 놓는다. 낯익은 울새가 이곳에도 있다. 꽃이 만발한 잔디 위를 경쾌하게 뛰어다니며 소년 시절 내가 예전에 살던 스코틀랜드를 떠나 위스콘신 주에 도착했을 때 처음 들었던 것과 똑같은 명랑한 노래를 멋지게 불러 주기도 한다. 시간이 흐른 줄도 모른 채, 이렇게 멋진 벗과 함께 넋을 잃고 있다가 마침내 재에 들어섰다. 거대한 바위들이 신비하면서도 장엄한 모습으로 나를 에워싸기 시작했다. 바로 그때, 털로 온몸을 감싼 기이한 동물들이 뼈라고는 하나도 없는지 비틀비틀 발을 질질 끌고 허우적거리며 나를 향해 다가오는 모습을 보고 놀랐다. 멀리 떨어져 있을 때 그들을 보았다면 피하려고 했을 것이다. 내가 방금까지 경탄해 마지않던 다른 것들과 비교하면 얼마나 다른 광경인지! 다가가 보니, 그들은 도토리 한 짐을 따려고 모노에서 요세미티로 가는 인디언들이었다. 그 인디언 무리는 세이지토끼(sage rabbit)의 가죽으로 만든 덮개를 몸에 두르고 있었다. 그중 몇몇 인디언의 얼굴에 묻은 때는 어찌나 오래되고 덕지덕지 붙어 있는지 지질학적 의미가 있을 듯했다. 몇몇은 갈라진 틈새 이음매처럼 보이는 상처와 주름 때문에 얼굴이 얼룩지고 금이 가 있었는데 오랜 세월 동안 비바람에 노출되었는지 얼굴은 닳아 벗겨져 있었다. 그냥 멈추지 않고 지나치려 했으나, 그들은 내가 그냥 지나가도록 내버려 두질 않았다. 나를 뺑 둘러싸고 무섭게 원을 그리더니, 위스키와 담배를 좀 달라며 나를 에워싼 원을 좁혀 왔다. 그들에게 내가 아무것도 가진 것이 없다는 사실을 납득시키기가 어려웠다. 그 험악한 잿빛 무리에서 벗어나 그들이 길을 따라 사라져 가는 모습을 보았을 때, 어찌나 기쁘던지! 아무리 그들이 저급한 인간이라 해도 내가 동료 인간에게서 그토록 극단적인 혐오감을 느꼈다는 것이 슬펐다. 우리 인간 종보다 다람쥐나 우드척과 어울리는 게 더 좋다니 정말 부자연스러운 일임에 틀림없다. 이제 인디언들과 나 사이에 언덕이 놓여 있고 상쾌한 바람이 부니 나는 그들의 여행길이 안전하기를 빌며 번즈(Burns)를 따라 노래했다. "그 모든 것에도 불구하고 오고 있다. 그 모든 것에도 불구하고 사람과 사람이, 온 세상 위에, 그 모든 것에도 불구하고 형제로서."(로버트 번즈의 시 「A Man's A Man For A'That」의 한 구절──옮긴이)

하루가 어떻게 지나갔는지 도무지 알 수가 없다. 해는 벌써 서쪽으로 넘어갔는데, 지도를 보니 고작 10~12마일 왔을 뿐이다. 빙하로 뒤덮인 바위와 빙퇴석, 고산 지대 꽃밭에서 내가 아주 오랫동안 꾸물거리며 관찰하고 스케치하고 기록을 했나 보다.

해질 무렵, 그 음울한 낭떠러지와 봉우리들은 높은 산 정상의 형언하기 어려운 아름다움의 영감을 받아 장엄하고 숨 막히는 정적이 주변의 모든 사물을 침묵하게 했다. 그러자 나는 협곡 정상 가까이에 있는 어느 작은 호숫가의 움푹 파인 곳으로 기어 들어가, 잠잘 곳을 손질해 평평하게 하고 솔잎을 조금 모아 잠자리를 만들었다. 얼마 남지 않은 해가 희미해지기 시작하자, 환하게 불을 붙여 차를 한 잔 가득 끓이고는 자리에 누워 별을 바라다보았다. 이내 하늘 높이 눈 덮인 봉우리에서 밤바람이 불기 시작했다. 처음엔 그저 온화한 바람이었지만, 점점 강해지더니만 한 시간도 안 되어 바위가 가득한 수로를 지나는 물줄기처럼 엄청난 굉음을 냈다. 자신이 해야 할 일이 대단히 중요하고 운명적이기라도 하듯, 바람은 협곡을 내려오며 요란한 소리를 내기도 하고 신음 소리를 내기도 했다. 이 폭풍 같은 소리에 협곡 북쪽의 폭포 소리가 뒤섞여, 때로는 똑똑히 들리고 때로는 더 세찬 공기의 격류 소리에 완전히 파묻혀 버리기도 하면서, 야생의 황야에 대한 장엄한 성가를 만들어 내고 있었다. 내가 피워 놓은 불은 꿈틀꿈틀 안절부절 못했다. 비록 안전한 곳에 놓여 있기는 하지만, 얼어붙을 듯한 바람 조각이 불 위에 빙산처럼 떨어져 불꽃과 타다 남은 불을 종종 흩뿌렸기 때문이다. 그래서 나는 불에 타지 않도록 뒤로 멀리 물러나 있어야 했다. 하지만 수지가 많은 큰 뿌리와 난쟁이 소나무 마디는 완전히 두들겨 끌 수도 없고 불어서 끌 수도 없다. 긴 창처럼 갑자기 위로 달려들었다가 또 울퉁불퉁한 지면에서 반반해졌다가 꼬이기도 하는 불길은 폭풍에게 그 불꽃을 만들어 낸 나무의 이야기를 말해 주려는 듯 요란한 소리를 냈다. 마치 그 터져 나온 불빛이 그 나무들이 수백 년 여름 동안 모아 온 햇빛 이야기를 하고 있는 것처럼 말이다.

어둡고 거대한 절벽들 사이로 보이는 길고 가는 조각 같은 하늘에는 별이 반짝이고 있었다. 오늘 하루 있었던 일을 되새기며 누워 있었는데 갑자기 보름달이 골짜기의 벽면 위에서 나를 내려다보고 있었다. 누군가의 침실로 들어온 사람처럼 달의 얼굴은 뜨거운 열정으로 가득 차 있어서 아주 놀라웠는데 마치 하늘에 있는 자신의 거처를 떠나 나만을 바라보기 위해 지상으로 내려오기라도 한 것 같았다. 달이 하늘에 있는 자신의 자리에서 멀리 뭍과 바다, 산, 평원, 호수, 강, 대양, 배, 그리고 자고 깨며, 아프기도 하고 건강하기도 하는 수많은 사람들이 모여 사는 도시 등 지구의 절반을 내려다본다는 것이 실감 나질 않았다. 아니 달은 그저 블러디 협곡의 가장자리에서 나를 바라보고 있는 듯했다. 이 달은 진실로 자연에 가까이 다가가고 있었다. 위스콘신주의 떡갈나무 위로 채 반 마일도 안 되는 거리에서 마차 바퀴만 한 중추명월이 떠오르는 것을 본 기억이 났다. 이 두 경우를 제외하면 나는 달을 본 적이 없다고 말해도 될 것 같다. 오늘밤 달은 어찌나 생기로 가득하고, 가까이 보이고 감동을 주던지 인디언들이며, 내 머리 위의 거대한 검은 바위들, 거칠게 포효하던 바람, 삐죽삐죽하고 거대한 협곡으로 향하는 물을 다 잊게 만들었다. 물론 거의 잠을 자지 못했지만 모노 사막(Mono Desert) 위로

나의 첫 여름

새벽이 오자 반가웠다. 차를 한 잔 가득 끓이고 나니 협곡으로 햇빛이 쏟아지고 있었다. 마구잡이로 잘리고 훼손된 붉은 점판암으로 된 거대한 벽을 열심히 바라보며 길을 떠났는데 이 암벽들은 금방이라도 떨어져 산길을 막고 일련의 작은 호수를 가득 채울 정도의 엄청난 눈사태를 일으킬 것 같았다. 그렇지만 이내 그 아름다움이 눈에 들어왔고, 눈부시게 아름답게 비스듬히 내리쬐는 햇빛을 받아 전체적으로 거친 빙퇴석과 눈사태가 만든 애추(崖錐) 위로 빛나고 반들반들한 바위 기둥을 경탄하며, 이 바위에서 저 바위로 살며시 뛰어다니며 가장 높은 곳에 위치한 얼음의 원천지 가까이에 있는 협곡 정상까지 나아갔다. 이곳에도 어제 내가 분수령의 반대쪽에서 본 키가 작은 식물들 대부분이 다 있었는데 그것들은 이제야 그 아름다운 눈을 뜨고 있었다. 이처럼 황량한 곳에서 자신들에 대한 자연의 세심한 배려를 자랑으로 여기지 않는 사람은 아무도 없을 것이다. 작은 검은지빠귀가 급하게 소용돌이치는 협곡 샛강을 이 바위에서 저 바위로 날아다니고 있다. 아침 식사를 하기 위해 얼음같이 차가운 웅덩이에 뛰어들기도 하고, 눈사태에 휩쓸린 험하고 거대한 협곡이야말로 산속에 있는 모든 둥지 가운데 가장 멋진 곳이라는 듯이 즐겁게 노래하기도 한다. 하늘에서 곧장 내려온 듯한 그 협곡의 북쪽 벽에 있는 높은 폭포 외에도, 붉은 벼랑을 따라 꾸불꾸불 떨어져 내리는 은빛 리본 같은 폭이 좁은 폭포가 많다. 이 폭포들은 변성 점판암의 대각선으로 갈라진 이음새를 따라가며 때로는 줄어들어 보이지 않다가도, 때로는 햇살이 새어 드는 얇은 막이 되어 이 암붕에서 저 암붕으로 뛰어오르기도 한다. 이 모든 것들이 지류가 되어 흘러드는 넓은 협곡 샛강은 협곡의 발치까지 뻗어 있는 일련의 작은 폭포들과 급류로 구성되어 있다. 치솟고 물결치는 강물이 쉬어 가는 호수에서만 그 흐름이 잠시 끊길 뿐이다. 그 가운데 가장 멋진 폭포 중 하나가 벼랑 전면에 펼쳐져 있는데 그 물줄기는 리본 같은 조각으로 분리되어, 갈라진 바위틈을 따라가며 다이아몬드 같은 무늬를 빚어 내고 있다. 잔디와 사초, 바위떡풀, 브리얀더스 덤불이 그 주변을 아름답게 장식하고 있다. 그 누가 그토록 황량한 곳에서 이렇게 우아한 아름다움을 볼 수 있으리라고 상상이나 하겠는가? 구석구석 온 천지에 꽃이 만발해 있다. 정상엔 고산 지대의 에리오고눔, 바위떡풀, 용담, 망초(erigeron), 코와니아(cowaria), 앵초(primula)가, 중간 지대엔 참제비고깔과 매발톱꽃, 실잔대(harebell), 카스틸레이아, 오소카푸스, 바늘꽃(epilobium), 제비꽃, 박하, 서양톱풀(yarrow)이, 그리고 기슭 가까이에는 해바라기와 나리, 유럽들장미(brier rose), 붓꽃, 인동(lonicera), 으아리속(clematis) 풀 등이 피어 있었다.

나는 제일 작은 폭포 중의 하나를 정자 폭포(Bower Cascade)라고 이름 지었는데, 그 산길의 저지대에 있었다. 그곳의 초목은 눈처럼 맑고 무성하다. 들장미와 층층나무가 빽빽이 자라 그 개천을 아치 모양으로 덮고 있다. 밀려드는 지류가 많아 속도가 더욱 빨라진 샛강은 이 정자에서 빛 속으로 뛰어들고, 가볍게 번득이는 물보라로 깊이 패며 몸을 틀어 곡선을 그리며 내려간다. 협곡의 기슭에는 여기까지 흘러온 빙퇴석이 강의 일부를 막아 만들어진 호수가 있다. 그 협곡에 있는 다른 세 호수는 단단한 바위의 침식으로 생겨난 물웅덩이 안에 있는데, 빙하의 압력이 거기에서 최대였기 때문에 물웅덩이 가장자리의 가장 침식하기 어려웠던 부분은 눈에 띄게 아름답고 매끄럽다. 그 협곡 기슭에 있는 모레인 호수(Moraine Lake, 빙퇴석 호수) 아래에는 옆으로 늘어선 커다란 빙퇴석들 사이에 위치한 오래된 물웅덩이가 몇 개 있는데 이 빙퇴석 암벽은 사막에까지 뻗쳐 있다. 이 웅덩이들은 지금은 강물에 실려 온 물질들로 꽉 차서, 대부분 잔디와 쑥, 햇빛을 좋아하는 식물들로 뒤덮인, 평평하고 마른 모래땅으로 바뀌었다. 저지대의 이 모든 웅덩이들이 경계선에 빙퇴석이 쌓여 만들어진 둑으로 형성된 것이 분명하다. 점점 세력이 약해진 빙하가 훼손이 덜하거나 폭설이 내린 기간 혹은 둘 다 일어난 짧은 기간 동안 이곳에 머물렀다.

모노 평원의 햇빛이 잘 드는 따뜻한 가장자리에서 협곡을 올려다보며 한 아침 산책은 꿈만 같았다. 초목과 기후의 변화는 참으로 컸다. 빙퇴석 호숫가의 나리꽃은 내 키보다도 크고, 햇빛 또한 야자나무가 자라기에 부족함이 없었다. 하지만 4마일 정도밖에 떨어지지 않은 산길 정상의 추운 꽃밭 주변에는 눈이 선명했는데 여기와 그곳 사이에 지구상의 모든 대표적인 기후들의 표본 지대가 놓여 있었다. 한 시간 남짓이면 겨울에서 여름으로,

극한에서 혹서로 기후가 급격하게 바뀌는 것을 경험할 수 있는데 이는 라브라도에서 플로리다로 여행할 때나 경험할 수 있을 만큼 큰 기후 변화이다.

협곡의 정상 근처에서 만났던 인디언들은 그 협곡에 오르기 전날 밤 기슭에 캠프를 쳤기 때문에, 그들이 피운 불이 모레인 호수 근처의 작은 지류 옆에서 여전히 타오르고 있는 것이 보였다. 그 호수에서 4, 5마일 떨어진 모레인 사막이라 불리는 곳의 끝에는, 엘리무스(elymus)라고도 하고 갯보리(wild rye)라고도 하는 6~8피트 높이의 식물에 달린 길이가 6~8인치 정도 되는 꽃머리가 거대한 수풀을 이뤄 파도치고 있었다. 곡물은 다 익어 인디언 여자들이 허리를 구부리고 한 움큼씩 잡아 바구니 안에 낟알을 담고, 두드려서 낟알을 떨어내 바람에 까부르고 있었다. 길이가 8분의 5인치만 한 낟알로 색은 짙고 단맛이 났다. 이 곡물로 만든 빵도 밀빵 못지않게 맛있으리라는 생각이 들었다. 이런 야생 곡물을 거두는 것은 다람쥐가 하기에 좋은 일인 듯했다. 그 여자들은 웃고 떠들고 자연스러워 보일 정도로 그 일을 분명히 즐기고 있었지만, 내가 만난 대부분의 인디언들의 삶은 문명 세계의 우리 백인들에 비해 더 자연스럽다고 할 것이 전혀 없었다. 아마도 내가 인디언들을 더 잘 안다면, 그들을 좀 더 좋아할 수 있을 텐데! 그들에 관해 가장 싫은 점은 불결하다는 것이다. 진정으로 야생인 것치고 더러운 것은 없다. 저 아래 모노 호숫가에는 죽은 바다로 돌진해 들어가는 개천 제방 위에 부서질 것만 같은 인디언들의 오두막이 많이 보였다. 그저 잔 나뭇가지로 만든 임시 거처인데 그 안에서 인디언들은 편히 먹고 자곤 했다. 그중에서 몇몇은 이제 열매가 달려 빨갛고 키가 큰 덤불 아래 누워서 버펄로 딸기(buffalo berry)를 먹고 있었다. 맛은 좀 없는 열매지만, 며칠이고 몇 주고 간에 인디언들이 그것만을 먹고 사는 것을 보면 건강에는 좋은 것 같다. 그 계절에 인디언들은 같은 방식으로 호수의 짠물에 알을 까는 파리의 통통한 애벌레나, 노란소나무의 이파리를 먹고 사는 누에의 크고 통통하고 주름진 애벌레를 주로 먹고 산다. 때로는 대규모의 토끼 몰이를 하기도 하는데, 수백 마리의 토끼가 곤봉에 맞아 호숫가에서 죽임을 당하거나, 개나 아이들, 혹은 사람들, 세이지브러시(Sage brush)로 둥글게 피워 놓은 불에 쫓기다가 무서워 한군데 똘똘 뭉치기도 한다. 이렇게 되면 녀석들이 순식간에 죽고 마는 것은 두말할 나위도 없다. 그 토끼들의 가죽으로 담요를 만든다. 가을에 모험심이 더 강한 사냥꾼들은 사슴을 꽤 많이 잡아 오기도 하지만, 높은 봉우리에서 야생양을 잡아 오는 일은 거의 없다. 예전에는 내륙 산맥 지대의 기슭에 있는 사막에 영양들이 많았다. 뇌조와 다람쥐는 벌레를 잡아먹고 사는 야생의 식생활을 다양하게 해 준다. 작고 흥미로운 일엽송(Pine monophylla)에서 얻는 잣, 맛 좋은 빵과 도토리와 야생호밀로 만든 옥수수 죽도 같은 역할을 한다. 조금 이상한 얘기지만, 그들은 무엇보다도 호숫가 애벌레를 가장 좋아하는 듯하다. 겨울까지 두고 먹기 위해 긴 꼴풀 단을 호숫가에서 썻고 곡물처럼 거둬들이고 말린다. 다양한 부족과 가족 사이에서 상대방의 벌레가 사는 땅을 침입해서 생긴 전쟁이 흔하다고 한다. 각자 호숫가에 표시해 둔 일정 부분이 자기네 몫이라고 주장한다. 잣은 맛이 좋아 매년 가을에 많이 거둬들인다. 산맥 서편에 사는 부족들은 도토리를 주고 대신 벌레와 잣을 교환해 간다. 인디언 여자들은 등에 큰 짐을 진 채 거친 재를 넘고 산맥을 내려오기도 하면서 그것들을 운반하는데, 편도 거리만도 약 40~50마일은 된다.

호수 주변의 사막은 놀랄 만큼 많은 꽃으로 뒤덮여 있다. 세이지브러시 사이로 멘첼리아(mentzelia), 아브로니아(abronia), 과꽃(aster), 비겔로비아(bigelovia), 길리아가 많이 보였는데, 모두 다 뜨거운 햇빛을 만끽하는 듯했다. 특히 아브로니아는 우아하고 향기로우며 아주 매혹적인 식물이다.

협곡 입구의 건너편에는 사막에서 불쑥 솟은 화산 봉우리들이 일련의 산처럼 연이어 호수의 남쪽으로 뻗어 있다. 화산 봉우리 중에서 가장 큰 것은 호수면 위로 높이가 약 2,500피트나 되며 보기 좋은 분화구를 가지고 있다. 그곳의 분화구는 모두 다 비교적 최근에 생긴 것이 분명하다. 몇 마일 떨어진 곳에서 보면 그 원뿔은 비나 눈의 축복을 받은 적이 한 번도 없이 흐트러진 재가 쌓인 잿더미처럼 보였다. 그런데도 노란소나무들은 잿빛 경사면을 뒤덮고 잿더미를 예쁘게 만들려고 그 경사면을 오르고 있었다. 눈으로 뒤덮인 산으로 둘러싸인 뜨거운 사막, 빙하가 매끄럽게 해 둔 바닥 위에 흩어져 있는 재, 미(美)를 만들어 가는 데

힘을 합치는 서리와 불 등이 멋지게 대비되는 지방이다. 호수에 있는 몇몇 화산섬들은 그 물이 예전엔 불과 뒤섞인 적이 있음을 보여 준다.

동쪽의 잿빛 지역에서도 대단히 즐거웠으며 그곳에서 더 많은 것을 보고 싶긴 했지만, 푸른 산이 있는 곳으로 돌아오니 기뻤다. 추위와 더위, 고요와 폭풍, 융기하는 화산과 깎아 대는 빙하가 교대로 나타나면서 펼쳐지는 거대한 산이라는 원고를 읽으면 파괴라고 불리는 자연의 모든 활동이 미에서 또 다른 미로 바뀌는 창조임이 틀림없다는 것을 알게 된다.

소다 샘의 북쪽에 위치한 빙하 풀밭은 나날이 아름다워지는 것 같다. 잔디의 풀잎이 바늘처럼 가늘어도 온 땅을 뒤덮고 있어, 잔디 위를 걸으면 마치 놀랍도록 화려하고 보드라운 벨벳 융단 위를 걷는 듯한 느낌이 들고 발바닥에 스치는 자줏빛 원추꽃차례가 느껴지지 않는다. 이 초원은 사라진 호수의 웅덩이를 차지한 전형적인 빙하 풀밭으로, 열병 중인 군인들처럼 보기 좋게 가지런히 늘어선 곧은 이엽송들의 벽이 분명하게 경계를 짓고 있다. 이 부근의 숲 속에 같은 종류의 풀밭이 많이 자리하고 있다. 강을 따라 크고 주된 초지들은 일반적으로 10~12마일이 되어도 거의 끊긴 데 없이 뻗어 있지만, 이 풀밭만큼 마무리가 잘되어 있고 완벽한 초지는 본 적이 없다. 위스콘신 주와 일리노이 주의 대평원이 한창 아름다울 때보다 더 화려한 꽃들을 피워 낸다. 그 화려한 꽃들이란 대체로 용담속 식물 세 종과 자줏빛과 노란빛의 오소카푸스, 메역취속 식물 한두 종, 용담속 식물 비슷한 작고 푸른 펜트스테몬, 양지꽃, 아이베시아, 송이풀(pedicularis), 하얀제비꽃(white violet), 칼미아, 그리고 브리얀더스 등이다. 잡초와 같은 거친 식물은 하나도 없다. 아주 작은 소음이라도 내지 않으려고 조심하는 듯 시냇물은 꽃이 만발한 이 잔디를 지나, 소리 없이 미끄러지고 소용돌이치며 흘러간다. 대부분 폭은 3피트 정도밖에 되지 않지만, 군데군데 넓어지더니 물살이 거의 흐르지 않는, 지름이 약 6~8피트에 이르는 웅덩이가 되기도 한다. 둑은 아래로 휘어진 이끼 낀 잔디와 작은 모형 소나무처럼 위로 몸을 구부린 원추꽃차례의 풀, 움푹 들어간 돌 위로 이리저리 뻗어나간 융단 같은 브리얀더스 때문에 울퉁불퉁하며 둥그스름하다. 그 풀밭 아래쪽의 시냇물은 그 시냇물을 마시고 생기를 찾은 식물들의 수액으로 물이 불어 암붕 너머 투올름 강으로 가는 동안 흥겨운 노래를 부른다. 장대하고 당당한 다나 산과 울긋불긋하거나 흰 그 친구들이 동쪽 지평선을 따라 늘어선 소나무들 위로 멋지게 모습을 드러내고 있다. 북쪽으로는 크고 작은 험준한 잿빛 화강암 산맥들, 서쪽으로는 꼭대기가 기이하고 총안(銃眼)을 낸 흉벽(胸壁)이 있는 호프만 산, 그리고 남쪽으로는 거대한 커시드럴 봉우리와 커시드럴 첨탑(Cathedral Spires), 유니콘 봉우리와 잿빛의 뾰족한 몇몇 다른 봉우리들에 둘러싸인 커시드럴 산맥(Cathedral Range)이 있다.

투올름 캠프

8월 22일

하늘엔 구름 한 점 없고, 시원한 서풍이 불고 풀밭에 서리가 조금 내렸다. 카를로가 없어져서 온종일 녀석을 찾아다녔다. 캠프와 강 사이에 있는 울창한 숲 속에 높이 자란 풀과 쓰러진 소나무 사이에서 새끼 사슴 한 마리를 발견했다. 처음에는 내 쪽으로 오려는 듯했으나, 내가 잡으려고 1~2로드 안으로 접근하자, 사슴은 뒤돌아 침착하게 걸어가 버렸다. 마치 주의를 기울여 살금살금 사냥 중인 고양이 같은 발걸음으로 말이다. 그러자 갑자기 누가 부르거나 놀랐는지, 쓰러진 나무줄기 위로 높이 뛰며 다 자란 사슴처럼 달리기 시작하더니 이내 시야에서 사라졌다. 아마 어미가 새끼를 불렀을 것이다. 그러나 내 귀엔 그 소리가 들리지 않았다. 새끼 사슴들은 어미가 부르거나 놀라지 않는다면, 자기가 사는 덤불을 떠나거나 어미를 따라가지 않는 것 같다. 카를로 녀석 때문에 걱정이다. 여기서 멀리 떨어지지 않은 곳에 다른 캠프도 몇 개 있고 개들도 있으니, 아직도 녀석을 찾을 수 있을 것이라는 희망을 버리지는 않는다. 녀석은 한 번도 나를 떠난 적이 없다. 이곳에 표범은 거의 없고, 또 그중에서 감히 카를로를 해칠 놈들은 없을 것이다. 곰에 대해 무척 잘 아는 카를로가 놈들에게 잡히는 일은 없을 것이며, 인디언에 관한 한 그들 쪽에서 카를로를 원치 않을 것이다.

8월 23일

인디언 섬머를 연상시키는 시원하고 맑은 하루였다. 딜레이니 씨는 여기서 35~40마일 정도 떨어진 헤치헤치 계곡(Hetch-Hetchy Valley) 아래쪽에 있는 투올름 강에 위치한 스미스 목장으로 갔으니, 일주일 이상 나 홀로 지내게 될 것이다. 그러나 카를로가 돌아왔으니 정말로 혼자 있는 건 아니다. 녀석은 북서쪽으로 몇 마일 떨어진 어떤 캠프에 있었다. 내가 녀석에게 어디 있었는지, 왜 허락도 없이 가 버렸는지 묻자, 겸연쩍은 듯 부끄러워했다. 이제 녀석은 내가 자신을 쓰다듬으며 용서한다는 신호를 보이게 하려고 애를 쓰고 있다. 놀랄 만큼 영리한 녀석이다. 이제 마음의 큰 짐을 벗었다. 녀석을 버려 두고 산을 떠날 수는 없었을 것이다. 녀석은 내게 돌아온 것이 매우 기쁜 듯하다.

저녁놀이 장밋빛 심홍색으로 물들고 별이 뜨자마자, 다나 산 정상 위로 더할 나위 없이 장엄한 모습으로 달이 떠올랐다. 하얀 달빛을 받으며 풀밭까지 거닐었다. 새까만 나무 그림자들이 너

무나 놀랄 만큼 또렷하고, 실물처럼 보여서, 그림자를 까맣게 탄
장작으로 잘못 알고는 그 그림자들을 건너가려고 다리를 높이
들어 올린 적이 한두 번이 아니었다.

8월 24일

해가 뜬 후로는 따스하고 고요하며, 여느 때와 다름없는 기분 좋
은 하루였다. 엷은 빛깔의 명주실 다발 같은 새털구름이 있었는
데, 양도 1퍼센트밖에 되지 않아 거의 보이질 않았다. 서리가 약
간 낀 화창한 날씨였다. 산의 윤곽이 점점 희미해지며 어렴풋이
보이는가 싶더니 언뜻 보니 각진 모퉁이들이 사라져 버렸다. 부
드러우면서도 아름답고 짙은 자줏빛을 띤 저녁 하늘은, 마치 샌
호아킨 평원(San Joaquin plains)에서 맑은 날이 계속되었을 때 보았던
자줏빛 저녁 하늘 같았다. 다나 산 정상 너머로 달이 내려다보고
있다. 활기를 가져다 주는 공기가 영광에 넘친다. 이만 한 높이
의 산맥 중에서 그토록 내놓고 다정하고, 쾌적하며 가까이 다가
가기 쉽고, 이토록 맑은 날씨의 축복을 받은 산맥이 이 세상에
또 있을까?

8월 25일

아침엔 평상시와 다름없이 시원하더니, 날씨가 급변하여 여느
때처럼 고요하고 아주 따뜻하며 밝게 빛났다. 저녁때는 선선한
서풍이 불어와 우리를 모닥불 가로 모여들게 했다. 자연이 심어

놓은 꽃들로 온통 뒤덮인 모든 산 중에서 빙하가 만든 이 풀밭보다 더 아름다운 곳은 없을 것이다. 어느 때보다도 벌과 나비가 넘치도록 많았다. 서리를 보면 떠날 생각이 나기야 하겠지만 새들은 여전히 이곳에 머무르며 겨울 동안 지낼 곳을 향해 갈 징조를 좀처럼 보이지 않는다. 나로서는 겨울 내내, 평생 동안, 아니 영원토록 이곳에 머무르고 싶다.

8월 26일

아침엔 서리가 내렸다. 풀밭의 모든 초목과 몇몇 소나무 잎들은 무지갯빛 수정처럼 반짝였다. 그야말로 빛의 화려한 장식품이다. 그림같이 멋지고, 바위처럼 울퉁불퉁한 커다란 구름들이 다나 산 위에 쌓여 있는데 그 산처럼 불그스름한 빛깔을 하고 있다. 지평선 주변의 하늘은 연자줏빛인데 그 속으로 소나무들이 뾰족한 잎들을 멋지게 담그고 있다. 오늘은 평상시처럼 주변을 돌아보며 하루를 보냈다. 빛의 변화, 그리고 풀과 씨들, 뒤늦게 피어난 용담, 과꽃, 메역취가 가을 색으로 무르익어 가는 모습을 바라보기도 하고, 여기저기 풀밭의 풀을 헤집고 이끼와 우산이끼의 땅속 세계를 들여다보기도 했다. 바삐 움직이는 개미나 딱정벌레 등 다른 작은 벌레들이 숲 속의 다람쥐와 곰처럼 일을 하거나 노는 모습을 보기도 했으며, 빙퇴석, 산의 지형 변화, 호수와 풀밭의 생성과 구조를 연구해 보았다. 만물의 평화로운 아름다움에 이끌려 이런 방향을 향해 작으나마 첫발을 내디뎠다.

오늘은 무척 구름이 많이 낀 날씨였는데도 평상시에 비하면 구름이 더 환히 빛났기 때문에 대체로 화창한 편이었다. 약 15퍼센트의 구름이었으니 스위스에서라면 상당히 맑은 날씨라고 했을 것이다. 이 세상에서 내가 보았거나 들은 적이 있는 그 어느 곳보다도 이 장대한 산맥에는 햇볕이 자유롭게 내리쬐는 듯하다. 이곳의 날씨는 더할 나위 없이 맑고, 빙하에 연마된 바위는 눈부시게 빛나고, 영광이 넘치는 폭포에는 무지갯빛 물보라가 넘쳐흐르고 은전나무와 은소나무의 숲은 그 어느 산맥보다도 눈부시도록 밝다. 어떤 산맥보다도 더 많은 별빛, 달빛, 그리고 수정 같은 빛이 빛나고, 많은 빛이 쏟아지는 이곳에서 수많은 호수들이 반짝반짝 빛난다. 짧은 여름날의 소나기도 지나고 얼어붙는 듯한 밤이 지난 후, 잔디와 소나무 잎 위에 맺힌 물방울을 뚫고 쏟아지는 아침 햇살은 참으로 아름답게 빛나며, 산 정상에서 맞이하는 아침 노을과 저녁노을은 형언할 수 없을 만큼 영적으로 아름답다. 시에라 산맥을 눈 덮인 산맥이 아니라 빛의 산맥이라 부르는 것이 더 마땅할 것이다.

8월 27일

고작 5퍼센트 정도의 양이긴 하지만 저녁 무렵에는 호프만 산의 낭떠러지 위로 대체로 희거나 분홍빛인 뭉게구름이 떠 있었다. 아침엔 서리가 내렸다. 이렇게 고요한 밤에 놀랍도록 아름답고 완전한 형태를 갖춘 수정 같은 물방울들이 자란다. 그 결정 하나

하나는 마치 영원히 지속되도록 계획된 듯 거대하고 신성한 신전처럼 정성스럽게 만들어진다.

산 위로 펼쳐진 레이스같이 짜인 물살을 응시하노라니 만물은 어딘가로 흘러가고 있다는 생각이 든다. 물은 물론이고 소위 생명이 없는 바위, 동물까지도 말이다. 이처럼 장엄한 아름다움을 만들어 내는 빙하와 눈사태 속에서 눈은 때로는 빠르게, 때로는 느리게 흐른다. 대기는 음악과 향기의 흐름을 타고 도도한 홍수로 광물과 식물의 이파리, 씨, 포자를 나르고, 물결은 용해 상태로 혹은 진흙 입자나 모래, 자갈, 바위의 형태로 돌을 나른다. 물이 샘에서 흘러나오듯 돌은 화산에서 흘러나오고, 동물은 떼를 지어 걷거나 뛰거나 미끄러지거나, 때로는 날거나 헤엄을 치며 그때그때 흐름을 바꾸며 흘러간다. 반면에 별들은 자연의 따뜻한 심장 속에서 혈구(血球)처럼 영원히 고동치며 우주를 시냇물처럼 가르고 지나간다.

8월 28일

오늘 새벽엔 눈부시도록 아름다운 갖가지 색의 노래가 펼쳐진다. 하늘엔 구름 한 점 없다. 흰 서리가 잔뜩 내렸지만, 10시를 넘어서자 따뜻해졌다. 용담속 식물의 꽃잎은 아주 가냘프지만 첫서리가 내려도 끄떡도 하지 않는다. 매일 밤, 잠이라도 자는지 꽃잎을 닫았다가는 아침 햇살의 영광 속에서 다시 새롭게 깨어난다. 지난주 이래로 풀들이 조금 더 누레지기는 했지만, 내가

나의 첫 여름

보아 온 바로는 어느 식물 하나 얼어 상하거나 시들지 않았다. 매일 밤 나비와 큰 무리의 더 작은 날벌레들이 추위에 마비되지만, 한낮이 되기 전 풀밭 위로 내리쬐는 햇살을 받으며 이리저리 돌며 춤을 추는데, 즐겁고 쾌활한 생기가 부족해 보이지 않는다. 그것들은 얼마 안 있으면 그 거대한 무리 중에서 대기를 설레게 할 날개 하나도 남기지 않고 모두 과수원의 꽃잎들처럼 마르고 쭈글쭈글해져 땅에 떨어지고 말 것이다. 그럼에도 봄이 되면 차가운 죽음을 비웃기라도 하듯 기뻐 날뛰며 수많은 무리가 새롭게 태어날 것이다.

8월 29일

5퍼센트의 구름이 끼고 서리가 조금 내렸다. 온화하고 평화로운 가을 날씨다. 온종일 산을 응시하며 빛의 변화를 지켜보았다. 산들은 점점 더 분명하게 연자줏빛이 감도는 흰 옷 같은 빛에 둘러싸여 있는데 이 빛은 한낮에 가장 희미하고 아침과 저녁에 가장 선명하다. 만물이 평화롭고 사려 깊게 깨어 있으며 신실하게 신의 뜻을 기다리고 있는 듯하다.

8월 30일

어제와 별반 다름없는 날이다. 몇몇 구름은 미동도 않은 채 그저 예쁘게 보이는 일 말고는 따로 할 일이 없는 듯했다. 결정을 만들기에 충분한 서리가 내렸다. 얼음 다이아몬드의 멋진 들판을 만들었지만 이들은 하룻밤 동안만 지속될 운명을 타고났다. 늘 변화무쌍하며 언제나 아름다운 모습으로 온갖 재료의 조각조각들을 찾아내어 세우고 부수고, 창조하고 파괴하는 자연은 얼마나 풍요로운가!

오늘 아침에 딜레이니 씨가 도착했다. 그가 떠나 있는 동안 조금도 외롭지가 않았다. 외롭기는커녕, 이보다 더 훌륭한 교제를 할 수는 없었을 것이다. 야생지 전체가 살아 있으며 친근하고 사람들로 가득 차 있는 듯했다. 돌조차도 말이 많은, 다정한 형제 같았다. 우리 모두의 아버지, 어머니가 하나라는 사실을 생각하면 그리 놀랄 일도 아니다.

8월 31일

5퍼센트의 구름. 보드라운 새털구름 다발과 그 가장자리가 얼마나 가냘픈지 눈에 잘 띄지 않을 정도다. 풀밭에는 또 한 무리의 결정을 이룰 만큼 서리가 내렸지만 숲에는 전혀 내리지 않았다. 그래도 용담속 식물과 메역취속 식물, 과꽃 같은 식물은 서리의 타격을 받지 않은 것 같다. 그렇게 연약한 꽃잎, 잎사귀가 전혀 다치지 않았다. 하루하루가 꽃처럼 피었다 진다, 소리도 없이 자연스레. 때로는 고결한 인간의 얼굴을 바꾸어 놓기도 하는 수없이 타오르는 기쁨처럼 거룩한 평화가 모든 장대한 풍경 위에 빛난다.

나의 첫 여름

9월 1일

5퍼센트의 구름. 비나 눈이 내릴 것 같은 기색이 전혀 없는 구름
은 이렇다 할 색도 없고, 미동도 않는다. 온종일 고요하다. 자연
의 심장은 또다시 큰소리로 고동치며 내년 여름을 위해 느지막
이 핀 꽃과 씨를 무르익게 한다. 그것은 다가올 생명에 대한 계
획과 배려, 활기, 그리고 사는 것 못지않게 아름답고 원숙하며
준비된 죽음으로 가득 차 있어 신성한 지혜와 미덕, 불멸을 들려
주고 있다. 이제 떠나야 할 시간이 가까워 오기 때문에 가능한
한 많이 보려고 서둘러 다나 산에 다녀왔다. 산 정상에서는 두루
멀리까지 내려다보였다. 동쪽으로는 모노 호수와 사막 너머 이
상하게 잿빛으로 보이는 불모의 산이 겹겹이 보였다. 마치 하늘
에서 내다 버린 잿더미인 양 살풍경했다. 지름이 8~10마일 정도
되는 호수는 반들반들 닦아 놓은 은색 원반처럼 반짝이고, 그 잿
빛의 타다 남은 부스러기 같은 호반 주변에는 나무 한 그루 없었
다. 서쪽으로는 수많은 산등성이와 언덕 위로 눈부시게 아름다
운 숲이 둥근 언덕과 그 밑의 산들을 에워싸고, 길게 굽어지며
분수령의 테두리를 장식하고, 빙하가 흙을 펼쳐 놓은 곳에서는
그곳이 아무리 험하든 평탄하든, 모든 움푹한 곳을 다 채우고 있
었다. 산맥의 축을 따라 북쪽과 남쪽으로는, 멋지게 늘어선 높은
산들과 울퉁불퉁한 바위, 갑(岬)과 눈, 그리고 그 유명한 골든게
이트(Golden Gate, 샌프란시스코 만을 태평양과 잇는 해협—옮긴이)를 통해 서
쪽으로는 바다로, 동쪽으로는 더운 소금 호수와 사막으로 흘러

들어가서 증발하여 황급히 하늘로 되돌아가는 여러 강들의 수원지가 내려다보인다. 거대한 바위로 된 벼랑 끝 아래로는 그대로 드러나 있거나 나무들이 가장자리를 두르고 있거나 혹은 검은 숲 속에 자리하고 있는 수많은 호수가 눈빛처럼 반짝이고 있다. 숲 속에 있는 초원의 공터는 호수만큼 아니 그보다 더 많은 듯하다. 저 멀리 빙퇴석으로 뒤덮인 경사지 위쪽과 무너져 내리는 바위 사이에서 추위를 잘 견디는 가냘픈 식물들이 눈에 많이 띄었는데 그중에서 몇몇은 아직도 꽃을 피우고 있었다. 이 여행에서 얻은 최고의 것은 전반적으로 드러나는 광경의 모든 면모들이 전체적으로 서로 관련이 있고 조화를 이루고 있다는 교훈이다. 호수와 초원이 위치한 곳은 바로 고대의 빙하들이 수로의 가장 가파른 지점 기슭에 가장 격렬하게 구멍을 뚫은 곳이다. 물론 빙하들의 가장 긴 지름은 서로 엇비슷하며 측면과 중앙의 빙퇴석 위에 길게 굽어져 자라는 숲 지대의 폭과도 유사하다. 또한 빙하가 물러나기 시작하던 빙하 시대 말기 무렵 퇴적된 맨 마지막 지층에 넓게 펼쳐진 들판들과도 폭이 비슷하다. 돔과 산등성이, 낭떠러지 또한 그 생긴 형태에서 빙하가 어떤 영향을 미쳤는지를 보여 주는데, 그런 형태들은 위에서 짓누르고 쓸고 지나가고 아래로 갈아 뭉개는 얼음 하천의 압력에 가장 강력하게 저항할 수 있었던 형태인 듯하다. 가장 강력하게 저항한 덩어리 혹은 가장 유리한 곳에 자리한 것들이 살아남은 것이다. 만물은 얼마나 흥미로운가! 모든 바위와 산, 시내, 식물, 호수, 잔디, 숲, 정원, 새,

　　　　　　　　　　　　　나의 첫 여름

짐승, 곤충이 이리로 와서 그 역사와 관련성을 좀 배우라고 우리를 부르고 초청하는 듯하다. 하지만 무지하고 가엾은 학자에게 그들이 제공해 준 교훈을 음미해 보는 일이 허용될까? 믿기지 않을 정도로 너무나 좋다. 얼마 안 있으면 나는 저지대로 갈 것이다. 식료품 보관 캠프도 곧 철수해야 한다. 밀가루 몇 부대와 도끼, 그리고 성냥만 있다면 소나무로 통나무 오두막을 짓고, 주변에 땔나무를 잔뜩 쌓아 놓고, 겨울 내내 머무르며 수많은 눈보라를 당당히 바라볼 것이다. 또한 이렇게 높은 곳에서 겨울을 나는 새와 동물을 보며 그들이 어떻게 살아가는지, 눈 덮인 숲은 어떤 모습인지, 눈사태는 산을 따라 내려올 때 어떤 모습이며, 어떤 소리를 내는지 지켜볼 것이다. 하지만 지금은 가야 한다. 남은 양식이 하나도 없기 때문이다. 하지만 꼭 돌아오리라. 기필코 돌아오고 말리라. 그 어느 곳도 이 쾌적하고 신성한 야생지만큼 나를 압도하며 매료시킨 적이 없었다.

9월 2일

붉은 장밋빛 심홍색의 멋진 하루, 눈부시도록 아름다운 하루였다. 그 의미는 잘 모르겠다. 그것은 자줏빛 아침과 저녁, 고요한 백색의 정오들을 수반한 평온한 햇빛에서 첫 번째 두드러진 변화이다. 하지만 폭풍 같은 것은 전혀 없다. 평균적으로 구름은 대략 8퍼센트 정도다. 숲에는 날씨가 급변한다는 징조인 바람이 한숨짓는 듯한 소리도 없다. 아침저녁으로 하늘은 붉은빛을 띠고 있지만, 그 붉은빛은 자줏빛으로 작열하는 평상시 빛처럼 널리 퍼져 있지 않다. 그것들은 마치 뾰쪽뾰쪽한 산으로 울타리를 두른 지평선 주변에 딱 달라붙기라도 한 듯이 꼼짝 않고 있는, 윤곽이 명확하고 떨어져 있는 구름들 위에 얹혀 있었다. 그 주위는 절벽 같은데 진한 붉은빛을 띤 모자 같은 구름이 다나 산과 깁스 산 위에 오래 머물면서 대부분의 산기슭을 덮을 정도로 낮게 처져 있다. 그러나 다나 산의 둥근 정상은 그냥 내버려 둬서, 그 심홍색의 커다란 구름 위로 홀로 뚝 떨어진 채 떠다니는 듯했다. 블러디 협곡과 깁스 산의 남쪽에 위치하고 눈 더미와 작은 소나무 덤불이 군데군데 열을 지어 있는 매머드 산 또한 멋진 심홍색 모자 형태의 구름으로 멋있게 장식되어 있었다. 그 형성 과정에 경제 개념은 조금도 없었다. 멀리 내보내 별들 사이에서 장엄하게 홀로 타오르게 할 정도로 중요한, 완벽한 심홍색 열정으로 채색된 오톨도톨하고 거대한 덩어리를 보면 자연의 무한한 생산력과 풍요로움을 늘 되새기게 된다. 엄청난 낭비가 자행되는데도 풍요로움이 끝날 줄 모른다. 하지만 우리의 지각이 미치는 범위 내에서 자연의 작업 하나하나를 살펴보면, 자연의 재료 중 극히 작은 부분도 낭비되거나 닳아 헤지는 법이 없다. 영원히 흘러가며 여러 용도로 사용되고 본래의 아름다움에서 더욱더 고상한 아름다움으로 바뀐다. 이내 우리는 쇠약함과 죽음을 애도하는 일을 그치고, 오히려 다 쓸 수 없을 만큼 풍부한 불멸의 우주를 찬양하고 기뻐한다. 다음에 태어날 땐 지난번보다 더 낫고 더 아름다우리라 확신하며, 우리 주변에서 녹고 사라지고 죽어 가는 만물이 다시 살아나기를 믿음을 가지고 지켜보고 기다린다.

하늘에 붉은 땅이 늘어나는 모습을 마치 새로운 산맥이 만들어지기라도 하는 것처럼 바라보았다. 샌호아킨의 북쪽 분기와 투올름 강, 머세드 강의 가장 높은 샘물이 후미진 곳에 자리 잡고 있는 일련의 눈 덮인 산 봉우리들은 어느새 앞에서 언급한 당당한 빛깔의 구름들로 장식되어 있었는데, 이제는 더욱 복잡해져 그 봉우리들이 그림자를 드리운 강물들의 거대한 수원지와 조화를 이루고 있었다. 캠프의 남쪽에 있는 시에라 커시드럴은 시나이 산(Mt. Sinai, 모세가 십계명을 받은 곳이다.—옮긴이)처럼 구름에 덮여 있었다. 땅과 하늘을 하나로 이으면서 형태나 색, 물질에 있어서 그토록 멋진 돌과 구름의 조화를 본 적이 없었다. 또한 어찌나 인간적인지, 모든 면모, 색조 하나하나가 마음에 와 닿았다. 이 모든 신성한 경관이 마치 자신의 것인 양 열정적으로 기뻐 날뛰었다. 이런 장소에서는 점점 더 우리 자신이 만물과 하나이며, 야생 자연의 일부로 느껴진다. 하루의 대부분을 저 높은 곳에 있는 계곡의 북쪽 끄트머리에서 보냈다. 그곳에서는 온 분지 위로 멋진 빛을 퍼뜨리고 있는 붉고 아름다운 구름이 잘 내려다보였는데, 내 발치에 있는 자그마한 고산 식물과 나무, 바위들은 조용히 생각에 잠겨 있었다. 이것들 또한 깨어 이 새롭고 아름다운 구름 세상을 바라보고 있는 것 같았다.

내가 더 멀고 높은 곳으로 여기저기 터벅터벅 걸어 다니는 동안 당연히 식물이라고는 살 수 없을 것 같은 곳에서 작은 정원이 나 양치식물을 마주치곤 했다. 하지만 모노 재나 다나 산의 정상 주변 지역에서와 마찬가지로 가장 아름답고도 여리고 열정적인 식물을 보게 되는 곳은 가장 황량하면서도 가장 높은 곳이었다. 이 아름다운 식물 주변을 서성이며 몇 번이고 되묻는다. 어떻게 이곳에 왔니? 겨울을 어떻게 나니? 식물들은 이렇게 대답한다. 우리의 뿌리는 여름이 덥혀 놓은 바위의 절리(節理) 아래로 멀리 까지, 그리고 치명적인 서리가 미치지 못하도록 멋진 눈 덮개 아래로까지 뻗어 있고, 한 해의 암흑 같은 절반은 봄을 꿈꾸며 잠으로 보냅니다.

이 산에 들어오는 것이 허락된 후 줄곧, 히스 중에서 가장 아름답고 가장 사랑받는 식물로 알려진 카시오페(cassiope)를 찾아다 녔는데 이상하게도 아직껏 찾지 못했다. 나는 높은 산길을 걸으며 끊임없이 "카시오페, 카시오페."라고 중얼거린다. 내가 모습을 드러내자마자 수많은 아름다운 식물들이 청하지도 않았는데도 내 주변에 다가오지만 유독 이 이름만 칼뱅주의자들의 말처럼 내 머릿속에 주입된 것이다. 카시오페는 산에 사는 모든 히스 중에서 가장 고귀한 이름인 듯하다. 자신의 가치를 알고 있기라도 하는지 모습을 잘 드러내질 않는다. 기왕 금년에 찾을 바엔 조만간 찾아야 한다.

9월 4일

거대하고 둥근 천장 같은 하늘은 부드럽고 따뜻한 햇빛으로 가득 차 있고, 구름 한 점 없이 맑다. 거의 다 익은 소나무와 솔송나무, 전나무의 열매들이 아침부터 저녁까지 끊임없이 떨어져 다람쥐들은 그 열매들을 잘라 내고 주워 모으느라 바쁘다. 거의 모든 식물들의 여름 일이 끝나 씨가 다 익었다. 눈발이 날리기 시작하는 겨울이 오면 머지않아 금년 여름에 태어난 새와 사슴의 새끼들이 부모를 따라 산기슭과 평원으로 갈 수 있을 것이다.

9월 5일

구름 한 점 없다. 시원하고 고요하며 화창한 날씨지만 멋진 일이라고는 일어날 기미도 보이지 않는다. 노스투올름 교회(North Tuolumne Church)를 그렸다. 저녁노을의 빛깔이 눈부시도록 아름다웠다.

9월 6일

오늘도 구름 한 점 없는 하루였다. 자줏빛 저녁과 아침 사이에는 온종일 맑고 평화로운 햇살이 빛났다. 해가 뜨자 이내 공기는 따뜻해지고 바람도 불지 않았다. 사람들은 자연이 뜻하는 바가 무언지 궁금해서 하던 일을 자연히 멈춘다. 날씨는 고요하고 구름이 나지막이 깔리며 희미한 안개가 끼어 진짜 인디안 섬머 기미가 있다. 옅은 노란색 대기는 전반적으로 동부의 인디안 섬머의 특성을 분명히 가지고 있다. 그 특유의 나른함은 주로 하늘에 떠다니는 무수히 많은 성숙한 포자(胞子)들 때문인 것 같다.

요즈음 딜레이니 씨는 지금 우리가 누리고 있는 것과 같은 이런 청정하고 맑은 날씨에 갑자기 불어 닥친 폭풍으로 인해 사라진 양 떼에 관한 슬픈 이야기를 하면서, 이 고산 지대를 벗어나야 할 필요성에 관해 진지하게 이야기를 늘어놓고 있다. "이제 이번 달도 하순에 접어들었으니, 무슨 일이 있어도 이렇게 높고 깊은 산속에 머물러 있지는 않을 테야. 아무리 날씨가 좋고 따뜻해도 말이야."라고 얘기한다. 그는 요세미티 샛강 분지에 이르러 물을 건널 때까지는 하루에 몇 마일씩 양 떼를 서서히 이동시킬 것이다. 그러다가 날씨가 험해지면 울창한 소나무 숲에서 머무르면서 서둘러 산기슭으로 내려갈 수 있을 것이다. 그곳에서는 양을 질식시킬 만큼 눈이 많이 내리는 일이 결코 없으니 말이다. 물론 나는 여기에 머무르는 며칠만이라도 마음껏 이 황야를 보고 싶다. 그래서 나는 다시 이렇게 중얼거린다. 음식도 풍족하고, 모든 것을 짓밟고 다니는 양 떼와도 멀리 떨어져, 내가 좋아하는 만큼 오랫동안 머무를 수 있는 시기가 오면 좋겠다. 이번 여름에 이렇게 먹을 것도 넉넉하고 영감이 넘친 것도 감사하지만 말이다. 어쨌든 우리가 어디로 가야 할지도, 어떤 안내자를 맞게 될지도 모르겠다. 사람이 될지, 폭풍이 될지, 아니면 수호천사, 혹은 양이 될지 말이다. 거의 모든 사람들은 조금도 자연스럽지 않은 곳에서 자신이 의식하고 있는 것보다 더 많은 인도를 받는다.

나의 첫 여름

모든 야생지는 우리를 신의 빛으로 이끌고 안내할 계획과 계책
으로 꽉 차 있는 듯하다.

높은 봉우리들 사이로 멋진 여행을 적어도 한 번은 더 가기
위해 부지런히 계획도 짜고 빵도 구웠다. 명예나 부를 얻기를 바
라며 아무리 꿈을 꾼다 해도 경관에 이토록 행복에 겨워 흥분한
사람은 없었을 것이다.

9월 7일

동틀 녘에 캠프를 떠나 곧장 커시드럴 봉우리로 향했다. 투올름
강과 머세드 강, 샌호아킨 강의 수원지에 있는 봉우리와 산등성
이에 둘러싸인 그 지점으로부터 동쪽과 남쪽으로 가 볼 계획이
었다. 소나무 숲을 내려오고, 풀밭과 투올름 강을 건너, 커시드럴
봉우리의 동쪽 측면을 따라 투올롬 강 상류 분지의 남쪽 경계를
이루고 있는, 수목이 울창한 사면을 올라, 정오경에는 제일 높은
정상에 다다랐다. 가는 길에 이엽송과 산소나무, 흰수피소나무,
은전나무, 그리고 상록수 중에서 가장 매력적이고 가장 기품 있
는 나무인 산솔송나무(mountain hemlock)와 같은 멋진 나무를 유심
히 보느라 지체했다. 높은 곳에 위치해 시원하고 느지막이 꽃이
피는 풀밭이며 작은 호수, 빙하가 지나간 자취, 숲 위쪽에 있는
빙퇴석의 거대한 채석장들 또한 나를 못 가게 붙들었다.

빅 초원(Big Meadows)에서 커시드럴의 기부까지의 지면은 빙퇴
석으로 뒤덮여 있고, 왼쪽 측면도 투올름 강 상류의 분지를 완전

히 채웠을 거대한 빙하의 토사 더미로 뒤덮여 있다. 좀 더 올라가면 나머지 빙하가 멈춘 곳에 몇몇 작은 토사 더미가 있는데, 이것들은 투올름의 중심부 빙하에서 갈라지지 않고 거대한 측면과 충돌하여 직각으로 앞으로 밀려 나온 것이었다. 빙퇴석의 지형이 어떻게 바뀌고 흙이 어떻게 만들어지는지를 연구하기에 좋은 장소였다. 커시드럴 첨탑에서 내려다본 전망은 어느 방향에서 보든 훌륭하고 또렷하다. 셀 수 없을 만큼 많은 봉우리들과 산등성이, 언덕의 둥근 꼭대기, 풀밭과 호수, 나무들이 있었다. 식물이 자랄 수 있도록 빙하가 흙을 남겨 둔 곳이라면 어디든 길게 굽어지는 곳과 넓은 지역으로 숲들이 뻗어 나간 반면, 높디높은 산의 사면에는 흙이라곤 없어 식물들이 바위의 갈라진 틈새에 딱 달라붙은 채 볼품없이 왜소한 모습을 하고 있었다. 커시드럴 정상에서 자라는 짙은 색의 히스 같은 초목은 눈에 짓눌려 제대로 자라지 못한 흰수피소나무였다. 키는 약 3~4피트 정도지만 나이는 꽤 들어 보였다. 대부분 솔방울이 달려 있었고, 떠들썩한 클라크까마귀(Clarke crow)는 딱따구리처럼 긴 부리를 이용하여 솔방울에서 잣을 파먹고 있었다. 산봉우리의 기슭 주변과 작은 소나무들의 꼭대기 위에도 아직 상당히 많은 꽃이 피어 있었는데, 특히 노란 꽃이 피는 목질의 에리오고눔과 아름다운 과꽃이 많았다. 커시드럴의 본체는 거의 사각형이고 꼭대기의 경사면은 놀랍도록 조화롭고 균형을 이루며, 산등성이는 북동쪽과 남서쪽으로 기울어 있다. 이 방향은 분명히 화강암 구조의 절리에 의해

나의 첫 여름

결정되었을 것이다. 북동쪽 끝에 있는 박공은 크기나 간결함에 있어서 뛰어나다. 기부에는 그 건물의 그림자 덕분에 눈이 녹지 않고 쌓여 커다란 둑을 이루고 있었다. 정면은 진기한 솜씨로 만든 첨탑과 수많은 뾰족탑으로 장식되어 있다. 이곳 역시 바위의 절리가 그 형태나 크기, 전반적인 배열을 결정짓는 데에 중요한 역할을 한 것으로 보인다. 커시드럴은 해발 약 1만 1000피트라고 하는데 그 건물이 서 있는 산등성이의 바닥부터 잰 그 자체의 높이는 약 1,500피트다. 서쪽으로 1마일 정도 가면 멋진 호수가 나오는데, 그 주변에 빙하가 닦아 놓은 화강암이 어찌나 밝게 빛나는지, 바위와 물이 둘 다 반짝이는 통에 그 둘을 가르는 선을 찾아내기가 힘들 정도다. 그 첨탑에서 내려다보면 이 호수의 은빛 웅덩이와 조그마한 풀밭, 작은 숲들이 훤히 내려다보인다. 그 밖에도 테나야 호수, 클라우즈레스트(Cloud's Rest, 구름이 쉬어 가는 곳 —옮긴이) 요세미티의 사우스돔, 스타르킹 산(Mt. Starr King), 호프만 산, 머세드 봉우리, 그 산맥의 축을 따라 멀리 북쪽으로, 남쪽으로 뻗어 내려간 수많은 눈 덮인 수원지 봉우리들 또한 볼 수 있다. 하지만 이곳에서 보이는 웅장한 풍경 중 그 어느 것도 커시드럴 자체보다 더 훌륭하지는 않은 듯하다. 그것은 자연의 최상의 석공 기술과 돌에 새겨진 설교를 드러내는 신전이다. 언덕과 산등성이 꼭대기에서, 그리고 숲으로 찾아갈 때마다 트인 공간을 통해 얼마나 자주 그것을 열렬히 경탄하고 찬미하고 열망하며 바라보았던가! 이렇게 나는 가엾고 외로운 참배자를 위해 모든 문이 자비롭게 열려 있는 이 교회로 인도되어, 캘리포니아에서 첫 예배를 드렸다고 말할 수 있을 것 같다. 우리가 맞이하는 가장 좋은 시간에 모든 것은 종교가 되고, 온 세상은 교회로, 산은 제단으로 보인다. 보라, 여기에 바로 커시드럴 앞에서 축복받은 카시오페가 수많은 종으로 아름다운 가락을 연주하고 있는데, 나는 이보다 더 아름다운 교회 음악을 들어 본 적이 없다. 오후 늦게까지 경탄하며 음악을 듣던 나는 서둘러 동쪽으로 떠나지 않으면 안 되었다. 기복이 심하고 가파르며 뾰족하고 깔쭉깔쭉한 산등성이를 지나야 했는데, 모두 커시드럴처럼 화강암이었고, 장석, 석영, 각섬석, 운모, 전기석 같은 결정이 섞여 있어 반짝거렸다. 광대한 눈과 얼음 절벽을 아주 어렵게 걷기도 하고 기도도 했는데 갈수록 경사가 급해지더니 통행이 거의 불가능해지고 말았다. 위험한 곳에서 미끄러졌으나, 입을 크게 벌리고 있는 심연 언저리의 녹아내리는 표면에 발꿈치를 찔러 넣어 가까스로 멈췄다. 작은 물웅덩이와 오그라들어 왜소한 소나무들 옆에 캠프를 쳤다. 메모를 하려고 불가에 앉아 있자니 야트막한 웅덩이 안에 별이 총총한 광대한 하늘이 담겨 있어 그 깊이가 무궁무진해 보였다. 하지만 불빛에 도드라진 구경꾼 바위와 나무, 키 작은 관목과 데이지 그리고 사초는 생각에 잠긴 듯, 막 큰소리로 떠들며 자신들의 멋들어진 이야기를 하려는 것 같다. 모두들 각자 뭔가 말할 것이 있는, 대단히 인상적인 회합이다. 이 경건한 어둠 속에서 불빛 너머로, 눈에서 강으로 노래를 부르며 흘러가

나의 첫 여름

는 시냇물 합창단의 음악은 얼마나 감동적이던지! 환호성을 지르는 이 수많은 시냇물들이 각 본류의 한 물줄기에서 만난다는 사실을 떠올리면, 시에라 강들이 바다에 이르기까지 내내 노래를 부른다는 사실이 그렇게 놀라운 일이 아니라는 생각이 든다.

해질 녘 잿빛이 감도는 암갈색의 참새 떼가 보금자리로 가는 것을 보았는데, 그 보금자리는 커다란 눈밭 위쪽의 낭떠러지에 난 틈에 자리를 잡고 있었다. 귀엽고 매력적인 산새여! 눈이 쌓여 만들어진 8~10피트의 둑 안에 피어 있는 사초 한 종을 발견했다. 겉으로 드러난 지면을 보아하니, 그 사초는 땅위로 얼굴을 내밀고 햇빛을 본 지 일주일도 채 안 되며, 한 달도 되기 전에 또다시 새로 내린 눈에 파묻혀 버릴 것 같았다. 그렇게 되면 겨울의 길이는 약 10개월이 되는 반면에 봄, 여름, 가을은 두 달 안에 몰려 바삐 지나가게 된다. 이런 곳에 혼자 있을 수 있어 얼마나 기쁜지! 만물은 야생 상태 그대로, 하늘만큼 멀리 떨어져 있고 순수하다. 이 멋지고 성스러운 날을 어찌 잊으랴! 커시드럴 봉우리와 그곳의 수많은 카시오페 종들, 그 주변의 풍광, 숲 위의 잿빛 낭떠러지에 친 이 캠프, 그리고 별, 시내, 눈을.

9월 8일

투올름 강과 머세드 강의 가장 높은 지대에 위치한 수원지 주변의 봉우리를 오르고, 미끄러지고, 기어 다녔다. 이름은 모르지만 산들 중에서 가장 전망이 좋은 세 봉우리에 올랐다. 이루 다 셀 수도 없이 많은 시냇물과 거대한 얼음과 눈 바닥을 건넜다. 시내로 연결된 협곡에 연이어 있거나, 봉우리의 권곡(圈谷)과 대지(臺地)에 흩어져 있는 호수 또한 이루 다 셀 수가 없었다. 마구 잘리고 산산이 부서진 낭떠러지와 산등성이, 봉우리들이 지극히 황량한 잿빛 야생지를 이루고, 마치 일거리라도 찾는지, 봉우리 사이로 혹은 그 위로 몇몇 구름이 떠다니고 있었다. 전체적으로 둥글게 펼쳐진 광대한 풍경은 채석장처럼 황량하고 생기 없어 보였다. 하지만 사방의 구석구석에, 그리고 뜰 같은 좁은 땅에는 더할 나위 없이 매력적인 꽃들이 환호성을 올리고 있었다. 여기서 사나흘은 산을 오른 게 분명하다. 해질 무렵, 캠프까지는 아직도 8~10마일은 더 가야 하지만, 리엘 산 기슭 위쪽의 투올름 계곡 본류로 내려갈 때까지 팔다리가 조금도 피곤한 줄 몰랐다. 어둠 속에서 목재가 수도 없이 많이 쓰러져 있는 소다 샘 돔(Soda Springs Dome)을 지나 소나무 숲을 통과하며 산을 오르자니, 시각적 흥분도 모두 사라져 버리고 피로가 몰려왔다. 9시에 본 캠프에 도착하자마자 죽은 것처럼 곯아떨어졌다.

나의 첫 여름

다시 저지대로

9월 9일

피로가 풀리자, 또다시 멋진 야생지로 한두 달 여행을 떠나고 싶은 마음이 간절했다. 준비도 되어 있었다. 하지만 이제 저지대로 돌아가야 하는 상황에서, 하늘이 나를 되밀어 주기를 바라며 기도를 올렸다.

이 산속으로의 여행에서 배운 가장 분명한 사실은 갈라진 절리가 산맥 전체 덩어리에다 조각해 낸 지형에 미친 영향이었다. 광대한 지역이 벌거숭이가 되었지만 그 결과 미묘하고 균형 잡힌 아름다움이 생겨났다. 크게 보면 자연 그대로의 지형은 사람 얼굴의 생김새와 조화로운 연관이 있는 듯하다. 실제로 그것은 사람처럼 보이며 바위와 눈에 덮여 아무리 가려 있어도 신성한 사상과 영적 아름다움을 발산한다.

딜레이니 씨는 내 여행이 즐거웠는지 물어볼 시간조차 거의 없었지만, 여름 내내 나의 계획을 격려하고, 도움을 주었으며, 언젠가는 내가 유명해질 것이라고 말했다. 그런 추측이 친절한 얘기기는 해도, 겸허한 자세로 자연의 교훈을 따르고 배우며 즐기는 동안 명성은 생각해 본 적도, 꿈꾼 적도 없고, 야생지를 사랑하는 방랑자에게는 이상하고 터무니없는 이야기 같았다.

이제 캠프에서 쓰던 물건을 말 등에 싣고, 양 떼는 본래의 목장으로 향한다. 저 멀리 소나무 숲을 지나, 그렇게 오랫동안 우리가 머물렀던 사랑스런 풀밭을 떠나 간다. 또다시 볼 수 있을까? 잔디는 어찌나 억세고, 빈틈없이 촘촘한지 양 때문에 손상되는 일은 거의 없다. 다행히 양들은 비단 같은 빙하 풀밭의 잔디를 좋아하지 않는다. 더할 나위 없이 맑은 날씨 덕택에 구름은 물론 없고 나올 기미도 전혀 보이지 않으며, 바람도 없다. 9,000피트나 되는 고지지만, 날씨가 이토록 변함없이 늘 평온하고, 화창하며, 쾌적한 곳은 이 세상 어디에도 없을 것이다. 날씨가 그렇게 엄청나게 변하리라고는 생각하기 어렵지만, 재해를 불러오는 폭풍우가 두려워 우리는 떠나고 있는 것이다.

요즈음 강물의 수위가 낮기는 해도 양 떼를 몰고 강을 건너려고 하자 여느 때처럼 어려움이 닥쳤다. 모두들 발을 적시기보다는 차라리 마른 채로 어떤 죽음도 감수하기로 단단히 결심한 것 같았다. 목양업(牧羊業)에 관한 한, 카를로는 최고의 양치기 못지않은 완벽한 지식을 가지고 있는데 그 멍청한 녀석들을 겁을 주거나 밀어서 물속으로 넣으려는 카를로의 재치 있는 시도를 보고 있으면 무척 흥미롭다. 녀석들을 아주 빽빽하게 몬 후 둑 너

나의 첫 여름

머로 밀어야 한다. 뒤로 밀고 나갈 수 없어 어쩔 수 없이 한 녀석
만 건너고 나면, 양 떼가 별안간 다 함께 물속으로 뛰어든다. 이
세상에서 가고 싶은 곳이 오직 그 강뿐인 것처럼 말이다. 돈 문
제만 아니라면 사람들은 양을 치느니 차라리 늑대를 칠 것이다.
녀석들은 건너편 강둑을 기어오르자마자, 아무 일도 없었다는
듯이 매-매 하고 울면서 풀을 뜯기 시작했다. 풀밭을 가로질러,
내가 커시드럴 봉우리로 가는 길에 지나쳤던 숲을 지나 계곡의
남쪽 가장자리 위로 천천히 녀석들을 몰고는, 커다란 측면 빙퇴석
꼭대기에 있는 작은 연못 옆에서 캠프를 치고 하룻밤을 보냈다.

9월 10일

아침에 동이 트자 2,000마리 양이 단 한 마리도 보이지 않았다.
발자국을 보고 뿔뿔이 흩어졌다는 것을 알았는데 아마도 곰 때
문인 것 같았다. 결국 몇 시간이 지나 모두 찾아내, 다시 한곳으
로 몰았다. 사슴 한 마리가 시야에 선명하게 들어왔다. 멍청하고
먼지투성이의 헝클어진 양과 비교할 때 어느 모로 보나 얼마나
우아하고 완전무결한가! 근처의 높은 지점에서 북쪽으로 내려다
본 전경 또한 웅대했다. 위로 솟아오르며 물결치는 바다 같은 둥
근 언덕과 소나무가 가장자리를 두른 가운데, 수많은 뾰족한 봉
우리들에 둘러싸인 둥그스름한 산등성이들. 그 봉우리들은 잿빛
의 불모지처럼 보였으나 아름다운 생기로 가득 차 있었다. 오늘
도 아침과 저녁엔 구름 한 점 없이 고요하고 온화하며 자줏빛이

감돌았다. 지난 이삼 주 동안 저녁놀은 대단히 눈부셨다. 아마도 '황도광(黃道光)'인 것 같다.

9월 11일

하늘에는 구름 한 점 없고 약간의 서리가 내렸다. 이제 본격적으로 내리막길에 접어들었고, 테나야 호수의 서쪽 끝 풀밭에 캠프를 쳤다. 멋진 곳이다. 유리처럼 매끈한 호수 면은 빙하가 연마해 놓은 수마일에 걸친 포석과 깎아지른 듯한 산맥을 비춰 준다. 아직도 과꽃이 피어 있는 것을 보았다. 이곳은 해발 8,000피트쯤 되는 곳으로 캘리포니아검은참나무보다 2,000피트 정도 더 높은 곳까지 퍼져 있는 자그마한 골드컵참나무의 생장 한계선 주변이었다. 아름다운 저녁, 해가 진 후 호수면에 비친 풍경은 놀라울 만큼 인상적이었다.

9월 12일

황금빛 태양뿐, 구름 한 점 없다. 그 유명한 포르투갈 인들의 곰 캠프에 있는, 요세미티의 끝으로부터 2마일도 채 떨어지지 않은 멋진 은전나무 사이에 다시 들어왔다. 투올름 강의 목초지 주변에는 없던 골드컵참나무와 만자니타, 케아노투스 덤불이 이 부근에는 지천으로 자라고 있다. 거기가 이곳보다 별로 고도가 높지 않은데도 말이다. 이엽송은 투올름 강의 목초지 주변에 훨씬 더 많긴 하지만, 상당히 습한 목초지 주변과 이 근방의 시냇가에서 가장 높이 자란다. 물에 잠기지 않은 최고의 땅은 모두 멋진 은전나무들이 차지하고서 최고 높이까지 자라는데 경계선이 명확한 띠 모양을 하고 있다. 눈부시게 아름다운 나무다. 밤에는 그 가지로 훌륭한 잠자리를 만들었다.

9월 13일

오늘 저녁은 예전에 우리가 캠프를 쳤던 자리 근처의 작은 모래 바닥에 캠프를 쳤는데, 시냇물이 가까운 요세미티 강가였다. 나뭇잎들은 이미 갈색과 노란색으로 물든 채 말라 있었다. 어느 곳에서도 이 강둑에서 자라고 있는 이엽송들의 늘씬한 자태보다 더 아름다운 모습은 본 적이 없는 것 같다. 얼핏 보면 별개의 종으로 보일지 모르지만, 기름진 땅에서 떼를 지어 빨리 잘 자라는 것을 보니 변종(變種)인 무라야나(Murrayana)가 확실했다. 노란소나무도 그 정도로, 아니 그 이상으로 변종이 많다. 이곳과 1,000피트 더 높은, 부서져 떨어져 나가고 있는 바위에서 자라는 노란소나무들은 가지가 넓게 퍼져 있고 주름이 촘촘하며, 껍질이 불그스름하고 열매가 크고 잎사귀가 길다. 소나무 중에서 가장 튼튼하며 대단한 생명력을 가진 종이다. 햇빛을 받아 은빛으로 빛나는 장식술 같은 길고 강인한 솔잎이 바람에 모두 한 방향으로 흔들리는 모습은 이 영광에 넘치는 시에라 숲에서 꼭 보아야 하는 가장 웅장한 광경 중의 하나다. 이 폰데로사소나무(Pinus ponderosa)의 변종을 종이 다른 제프레이소나무(Pinus Jeffreyi)로 보는 식물학자도 있다. 이 유명한 요세미티 시내의 분지에는 바위가 대단히 많아, 큼직한 자갈을 깐 도로처럼 완전히 돌으로 포장된 듯하다. 내가 그곳으로 탐험을 갈 수는 없을까? 나의 마음을 너무나 강하게 유혹해 그것이 말하는 가르침을 얻기 위해서라면 어떤 희생도 마다하지 않을 참이다. 잠깐이나마 이렇게 볼 기회를 주신 신께 감사를 드린다. 이 산의 매력은 평범한 이성을 뛰어넘는 것이고, 삶 자체만큼이나 불가사의하며 이루 다 설명할 수도 없다.

9월 14일

멋진 전나무 숲 속에서 종일을 보내다시피 했다. 꼭대기 가지에는 방울방울 맺힌 순수한 수지 때문에 빛나는 멋진 회색의 솔방울들이 수직으로 달려 있었다. 다람쥐들은 놀라운 속도로 솔방울을 잘라 내고 있었다. 쿵, 쿵, 솔방울 떨어지는 소리가 들리기가 무섭게 다람쥐들은 겨울에 먹을 양식을 한데 모아 저장했다. 이 부지런한 추수꾼들이 혹시 남겨 둔 것들은 완전히 익으면 비늘과 포엽(苞葉)을 떨구는데, 그 자줏빛 날개가 달린 씨들이 자신의 운명을 찾아 소용돌이치며 즐겁게 떼를 지어 날아가는 모습은 참 보기 좋다. 주요 숲 지대에서 자라는 거의 모든 나무의 줄기와 죽은 가지들은 눈에 잘 띄는 노란이끼(yellow lichen) 뭉치나 가늘고 긴 조각들로 장식되어 있다.

모노 오솔길 교차점 근처의 캐스케이드 샛강에서 하룻밤을 보냈다. 이제 만자니타 열매가 다 익었다. 구름의 양은 약 10퍼센트 정도. 숲 사이사이로 자줏빛, 심홍색의 저녁노을이 눈부시도록 아름답게 타올랐다.

9월 15일

순금처럼 빛나는 날씨에 구름의 양은 약 5퍼센트이다. 지평선 주변엔 점점이 혹은 연필로 그린 듯 새털구름이 떠 있었다. 2~3마일을 이동하여, 태머랙 평원에 캠프를 쳤다. 목초지와 인접한 소나무 뒤쪽의 이곳 숲에서 이리저리 거닐다가 기막히게 멋진 은전나무의 대단히 귀한 표본들을 발견했다. 약 240피트 정도의 키에, 지면으로부터 4피트 높이에서 잰 지름이 약 5피트에 이르는 대단히 큰 것들이었다.

9월 16일

오늘은 멋진 숲을 지나 크레인 평원까지 4~5마일을 느긋하게 걸어가, 그곳에서 하룻밤을 보냈다. 여름 내내 그토록 경탄해 마지않던 숲은 이 부드러운 가을빛 속에서는 훨씬 더 아름다워지고 기품이 있는 듯하다. 별이 빛나는 사랑스러운 밤, 칠흑같이 어두운 하늘을 배경으로 뾰족이 솟은 우듬지가 두드러진다. 나는 자러 가기 싫어, 불 가에서 꾸물댄다.

9월 17일

아침 일찍 캠프를 떠났다. 돈키호테가 가리키는 대로, 투올름 분수령을 넘고 전에 들은 적이 있는 세쿼이아 숲까지 몇 마일을 달려 내려갔다. 세쿼이아가 약 100에이커가 채 안 되는 지역을 차지하고 있다. 그중 일부는 장엄하고 거대한 오래된 나무로, 장대한 사탕소나무와 더글러스전나무에 둘러싸여 있다. 타 버리거나 꺾인 데 하나 없는 완벽한 표본은 신비스러울 정도로 가지런하고 좌우 대칭을 이루지만, 그렇다고 틀에 박힌 모습이 아니라 전체적인 통일성과 조화 면에서 무한한 다양성을 보여 준다. 줄기는 홈이 파이고 짙은 자줏빛을 띤 갈색 껍질로 덮여 있는데, 그 고결한 줄기는 150피트 정도 높이까지는 가지 하나 없이, 여기저기 잎으로 된 꽃 장식으로 치장하고 있다. 가장 오래된 나무의 주된 가지들은 매우 크고 뒤틀리고 깔쭉깔쭉한데, 꾸불꾸불하고 단단하게 바깥쪽으로 향한 모습이 분방해 보이는 듯하지만, 의외로 줄기로부터 적당한 거리에서 딱 멈추고, 돌기물이 붙은 듯한 일단의 잔가지들 속으로 사라진다. 이리하여 균형을 이루면서도 한편으로는 지극히 다양한 윤곽을 갖게 된 것이다. 잎으로 뒤덮이고 잔가지들이 모여 바깥쪽으로 불룩한 덩이로 된 원통형 기둥은 끝부분이 기품 있는 돔 형상이다. 크기뿐 아니라 습성이나 풍채가 더할 나위 없이 위엄 있는 모든 침엽수의 왕, 소나무와 전나무, 가문비나무의 어두운 층 위로 하늘을 배경으로 우뚝 솟아 있어 멀리서도 알아보기 쉽다. 지름이 약 30피트, 높이가 80~90피트가량 되는 까맣게 탄 그루터기를 하나 발견했다. 고색창연하고 인상적이며 오래된 그 기념비적인 나무는 한창때는

나의 첫 여름

숲 속의 제왕이었을 것이다. 군데군데 크고 작은 묘목들이 희망차고 무성하게 자라고 있어, 그 종이 죽어 간다는 징후는 아무데도 없었다. 신(神)의 나무들 중에서 가장 고귀한 이런 나무들의 생존을 위협하는 건 나쁜 기후 조건이 아니라 바로 불이다. 이 오래된 기념비의 나이테를 셀 수 없어 유감이다.

봄에 산을 오르다가 묵었던, 우리의 옛 캠프 근처에 있는 분수령의 드넓은 뒤뜰 쪽 헤이즐 초원에서 오늘 밤을 보냈다. 이 산등성이에는 이번 여름에 한 놀랄 만한 여행 내내 보았던 숲 중에서 가장 훌륭한 사탕소나무 숲과 가장 멋진 만자니타, 케아노투스 덤불이 있다.

9월 18일

브라운즈 평원으로 갈라지는 분수령의 남쪽으로 한참 동안 산을 내려왔다. 위에 있던 웅대한 숲을 이제는 떠났지만 사탕소나무만은 여전히 꽤 잘 자라고 있어, 노란소나무, 삼목, 더글러스전나무와 함께 이 세상 어디와 비교해도 최고로 멋진 숲을 이루고 있다.

이곳 인디언들은 평지의 오래된 뜰 한쪽이 염려되는지 거기를 가리키며 우리한테 접근하지 말라고 했다. 아마도 그들 종족 중 일부가 거기 묻힌 듯했다.

9월 19일

오늘은 산맥을 오르는 길에 처음으로 다다른 드넓은 대지에 위치한 스미스 방앗간에서 하룻밤을 묵었다. 그곳에는 훌륭한 재목이 되기에 부족함이 없을 만큼 큰 소나무들이 자라고 있었다. 또한 여기에는 밀과 사과, 복숭아, 포도도 자라고 있었는데, 우리에게 포도주와 사과를 내왔다. 나는 포도주를 좋아하지 않았지만 딜레이니 씨와 인디언 운전수 그리고 양치기는 하늘이 내린 음식이라고 생각하는 듯했다. 하늘에서 갓 흘러나와 거품이 이는 살아 있는 시에라의 물과 비교하면 포도주는 산뜻한 맛이 없는, 탁하고 하찮은 음료 같았다. 그러나 과일 중의 과일인 사과는 어찌나 맛이 있던지, 신에게도 인간에게도 딱 맞는 과일이다.

브라운즈 평원에서 내려오는 길에 우리는 바우어 동굴에 들러 한 시간을 보냈다. 자연이 지하에 만든 대저택 중에서 이보다 더 진기하고 흥미로운 것도 없을 것이다. 동굴 입구에서 자라는 단풍나무 네 그루의 잎사귀 사이사이로 햇살이 쏟아져 내리며, 맑고 잔잔한 못과 동굴의 대리석 내실을 밝게 비춰 주었다. 손에 닿는 벽의 일부가 파괴자들의 이름으로 심하게 손상되기는 했지만 아름답고 매혹적인 곳이었다.

9월 20일

여전히 생기가 넘치고 잔잔하기는 해도 더운 하루였다. 이제 우리는 산기슭에 내려와 있다. 잿빛 사빈소나무를 제외한 침엽수림대를 지나왔다. 더치보이즈의 목장에 캠프를 쳤는데, 요즈음 그곳에는 먼지투성이 그루터기 말고는 무엇 하나 보이지 않는

나의 첫 여름

광활한 보리밭이 펼쳐져 있다.

9월 21일

태양이 이글거려 지독히 덥고 먼지만 이는 하루였다. 가시처럼 날카로운 가지와 덤불을 제외하고는 양의 먹이가 될 만한 것이 하나도 없는 곳에서 어슬렁거려 봐야, 득 될 일은 아무것도 없었다. 한참동안 양을 몰아, 우리는 해가 지기 전 샌호아킨의 누런 평원 위에 있는 우리의 원래 목장에 도착했다.

9월 22일

오늘 아침 양을 한 마리씩 우리 밖으로 내보내며 숫자를 세어 보았다. 이상하게 들리겠지만, 양 떼를 어리둥절하게 하던 바위와 덤불, 시내를 헤매고, 곰 때문에 흩어지기도 하고, 진달래와 칼미아, 알칼리성 토양을 먹고 중독되기도 했지만 모두 다 행방을 알수 있었다. 봄에 야위고 허약한 몸으로 우리를 떠났던 2,050마리 중에서, 2,025마리가 통통하고 강한 양이 되어 돌아왔다. 잃어버린 양 중에 10마리는 곰에게, 1마리는 방울뱀한테 잡아먹혔고, 1마리는 큰 바위의 사면에서 다리가 부러져서 죽일 수밖에 없었다. 또 어쩌다 무리에서 떨어져 나간 1마리는 공포에 새파랗게 질려 달아나 버려, 모두 13마리를 잃었다. 끝내 돌아오지 못할 운명이었던 나머지 12마리 중에서 3마리는 목장 사람들에게 팔렸고 9마리는 캠프에서 식용으로 먹었다.

영원히 잊지 못할 시에라 고원 지대로의 첫 여행은 여기서 끝난다. 하나님이 만든 것 중에서 가장 빛나고 최고임이 분명한 빛의 산맥을 지나왔다. 나는 이제 그 영광스런 모습을 기꺼이 또다시 보게 되기를 희망하며 기쁜 마음으로 감사하며 기도한다.

옮긴이의 글

국립공원의 아버지, 야생지의 선지자, 우주의 시민. 미국의 대표적인 자연주의자이자 역사상 가장 영향력 있는 환경 보호론자 존 뮤어를 일컫는 말들이다. 뮤어는 살아생전 300여 편의 논문과 기고문, 그리고 10여 권의 저술을 통해 요세미티, 세쿼이아, 라이너 산, 페트리파이드 숲, 그랜드캐니언을 국립공원으로 지정하는 데 결정적인 역할을 하였다. 특히 당시 미국 대통령이던 시어도어 루스벨트를 요세미티로 초청해 이틀간 야영을 같이한 후 루스벨트가 백악관으로 돌아가 이 지역을 국립공원으로 선포하게 한 사실은 매우 잘 알려진 일화이다. 현대 환경 보존 운동은 여러 유파로 나뉘어 있지만 그들 모두는 직접적이든 간접적이든 뮤어의 영향 아래 놓여 있다. 이러한 뮤어의 자연과 환경에 대한 혜안을 고스란히 담고 있으면서 헨리 데이비드 소로의 『월든』, 그리고 앨도 레오폴드의 『샌드 카운티 연감』과 더불어 미국 생태 문학의 고전으로 칭송받는 작품이 바로 이 책 『나의 첫 여름』이다.

2004년 4월 21일 존 뮤어의 생일을 맞아 캘리포니아 주지사 아널드 슈워제너거는 이 날을 '존 뮤어 기념일(John Muir Day)'로 선포했다. 연설에서 그는 환경 보호론자로서 뮤어의 선구자적 사유는 그가 죽은 지 90년이 지난 지금도 자연 유산을 소중히 여기고 보호하도록 사람들에게 영감을 불어넣고 있다고 말했다. 이어서 그는 "'존 뮤어 기념일'은 자연 속에서 인간의 역할의 중요성을 인지하고 이를 존중하는 기회인 동시에 우리 자신의 행복을 위해 그리고 미래 세대들의 이익을 위해 자연의 보존을 진작하는 기회로 삼고자 한다."고 덧붙였다. 미국의 50개 주가 자신의 주를 대표할 만한 인물이나 기념물, 혹은 특징적인 것을 도안으로 하여 발행하는 주 쿼터, 25센트 동전에 캘리포니아 주가 요세미티 계곡과 하프돔을 조망하고 있는 뮤어를 새겨 넣은 것은 여러 면에서 의미심장한 일이다. 이는 자연의 아름다움을 보존하기 위해 평생을 바친 그의 업적을 기리는 동시에 그의 선구자적인 혜안이 오늘날 더욱 빛을 발하고 있기 때문이라 생각된다.

　　『나의 첫 여름』은 1911년, 뮤어 나이 73세에 발간된 책이다. 그러나 이 책은 뮤어가 1869년, 31세의 나이로 캘리포니아 주 하이시에라 산맥을 처음 답사한 경험에 그 뿌리를 두고 있다. 뮤어는 이 여정을 노트에다 상세히 기록하여 보관하다가 1887년 다른 공책에 옮겨 썼는데 이 과정에서 상당한 확대, 개편이 있었을 것이라고 학자들은 추정한다. 그러나 이 원고는 다시 20여 년을 더 기다려, 그가 요세미티 지역을 탐험한 지 40여 년이 지나서야 빛을 보게 되는 기이한 출판 역사를 지니게 된다. 따라서 이 책에는 30세 청년 뮤어가 요세미티와의 운명적 만남에서 받은 강력한 인상과 그 후 미국의 대표적 자연주의자, 환경 보호론자로서의 원숙한 뮤어만이 볼 수 있는 그 첫 경험에 대한 반성적 사유가 함께 녹아 있다.

뮤어는 이 책에서 무엇보다도 자연이 실용적인 가치 이외에 미적이고 영적인 가치를 지니고 있다는 사실을 강조한다. "야성은 그것 없이는 우리가 살 수 없는 필수품이다. 산의 공원과 보호 구역은 목재와 관개(灌漑)용 강의 근원으로서뿐 아니라 생명의 근원으로서 소중한 것이다."라는 말이 바로 이를 두고 하는 말이다. 자연을 자신의 욕망을 충족하기 위한 자료 창고나 수단으로서만 존재하는 저 너머에 있는 물질이 아니라 우리들 자신과 불가분의 관계를 맺고 있는 살아 있는 생명체임을 역설하는 것이다. "우리가 어떤 것 하나를 떼어 내려고 해도, 그것이 우주의 다른 모든 것들과 얽혀 있다는 것을 깨닫게 된다."고 하며 이런 순간에 우리는 "모든 만물이 우리와 같은 심장을 가지고 뛰고 있다."는 것을 알게 된다고 말한다.

모든 숨어 있는 세포가 음악과 생명으로 두근거리고, 섬유 조직이 하프의 현처럼 떨리는 동안, 발삼의 총상화관과 이파리에서는 향이 끊임없이 흘러나온다. 언덕과 숲이 하나님의 제일 성전임이 결코 놀라운 일이 아니다.

비록 너무 고요하고 인적이 드물긴 하지만, 여기는 모든 선한 것들과 완전한 영적 교감을 나누며 세상을 향해 열린 곳이다.

위와 같은 인용문에서 보듯 뮤어는 인간의 이성과 상상력을 압도하는 장엄한 자연과의 조우를 통해 살아 있는 신을 만나고 이를 통해 근본적인 변화를 체험한다. 자연은 뮤어가 '주 하나님'을 풍자해 만든 '주 인간(Lord-man)'이 금전욕에 사로잡혀 마음대로 착취할 수 있는 죽은 물질이 아니라 신의 말씀이 새겨진 책이며 참된 성전인 것이다. 뮤어는 나아가 "이런 아름다운 자연 속에서 그 빛에 찔리면 우리 몸은 하나의 미각이 되고 만다."고 하여 자연과 온전히 하나가 된 참된 삶의 모습을 보여 준다.

장엄하고 신성한 요세미티 계곡을 찾아와서도 그 아름다움을 보지 못하는 사람들을 뮤어는 눈에 안대를 하고 귀를 틀어막은 사람이라고 하며 이들이 모두 문명의 노예가 되어 속박의 삶을 살고 있다고 주장한다. 따라서 뮤어는 이집트의 종살이에서 허덕이던 이스라엘 사람들을 가나안으로 인도한 모세처럼 문명과 소유에 사로잡혀 자연의 참된 가치에 눈멀고 참 자유를 누리지 못하는 사람들을 자연의 복음, 빛의 산맥으로 인도하고자 한다. 자연과의 운명적 만남을 통해 뮤어 스스로 자연의 종교로 회심(回心)한 경험에 바탕을 둔 것으로서, 독자들도 자신을 따라 비슷한 회심을 경험하기를 바라는 간절함은 이런 선지자적이고 선교사적인 자세를 드러낸다. 오직 인간과 그가 기르는 가축만이 대

나의 첫 여름

자연의 아름다움을 훼손한다고 한탄하며, 우리 모두가 자연의 파괴자인 동시에 보호자라는 두 가지 역할을 수행할 수 있는데 대자연이 베푸는 세례를 받고 나면 사람들은 자연의 보호자가 될 수밖에 없다는 것이 뮤어의 생각이다. 골드러시가 끝나고 캘리포니아 지역에 무차별적인 방목을 기반으로 하는 목축업이 융성하던 시절, 뮤어는 이를 직접적으로 비난하고 당시의 인간 중심주의적인 환경 윤리의 문제점을 지적한다. 인간이 만든 모든 도그마 중에서 자연이 인간을 위해 만들어졌다는 말이 인간과 자연에 관한 올바른 관계를 이해하는 데 최대의 장애물이며, 자연은 다른 무엇이 아닌 자연 스스로를 위해 만들어졌고, 인간은 이 자연이 베푸는 자비심에 기대어 살고 있기 때문에 겸손한 경배자, 청지기의 자세를 지녀야 한다고 말이다.

이런 그의 자연관과 생태 사상에 바탕을 두고 캘리포니아의 자연을 보존하기 위해 1892년 창립된 시에라 클럽이 "나무들을 행복하게 하기 위해"라는 모토를 내건 것은 상당히 시사적이다. 이는 곧 나무가 행복한 세상만이 인간이 행복할 수 있는 세상이며 자연과 인간의 호혜적 상생만이 자연과 인간 둘 다의 생존을 보존하는 유일한 방법임을 말하는 것이다. 창립부터 1914년 죽기까지 시에라 클럽 회장을 지내며 뮤어가 벌인 여러 활동 중 가장 심혈을 기울였던 것이 헤치헤치 계곡에 댐을 건설하는 문제였다. 수많은 관광객으로 붐비는 요세미티 계곡을 대신할 제2의 요세미티를 건설할 최적의 장소로 간주되던 이 아름다운 계곡에

샌프란시스코에 수돗물을 공급하기 위한 댐을 건설하려는 계획에 맞서 뮤어는 격렬한 투쟁을 벌였다. 그러나 그의 노력은 개발주의자들의 경제 논리에 막혀 좌절되었다. 그리하여 1923년 댐은 완성되었으나 지난 80여 년간 이 댐은 개발과 보존의 가치 사이에서 역사상 가장 뜨거운 논란의 중심에 서 있었다. 1987년에 이르러 이 댐을 헐어 헤치헤치 계곡의 아름다움을 복원해야 한다는 논의가 본격적으로 제기되었고 현재 캘리포니아 주 정부와 연방 정부가 복구를 위한 다양한 방안을 모색 중이다. 너무나도 늦게, 계곡에 댐을 건설해 그 소중한 아름다운 장관을 수장시키지 않고서도 필요한 수자원을 확보할 수 있었다는 깨달음에 이른 것이다. 복원에 들어갈 천문학적인 예산은 고스란히 사람들의 몫으로 돌아오겠지만, 그러나 이런 막대한 예산을 쓴다고 해도 과연 원래의 아름다움을 되찾을 수 있을지 의문이다. 자신의 이익에 빠져 도처에 가득한 아름다움을 보지 못하는 사람들을 향해 "이런 사람들은 영혼이 잠들었거나, 하찮은 기쁨과 격정에 휩싸여 혼미해졌다."라는 뮤어의 질책은 과거의 실수에서 아무것도 배우지 못하고 같은 일을 반복하고 있는 우리들에게 너무나 시의적절하다.

　이런 책을 책상에 앉아서만 번역할 수는 없었기에 10년 만에 요세미티 국립공원을 다시 찾았다. 10년 전에 관광버스에 앉아 주마관산 격으로 볼 때와 달리 3일간 텐트에서 잠을 자고 새벽에 밤새 추위에 떨던 몸을 달래 올라갔던 계곡과 숲은 그 은밀

나의 첫 여름

하고 따뜻한 품을 동방의 순례자에게 열어 주었다. 겨우내 쌓인 눈이 녹아 1킬로미터 이상을 낙하하는 요세미티 폭포가 내뿜는 하얀 물줄기는 지축을 흔드는 것 같은 굉음을 내며 폭포 근처 500미터 내에 들어오는 모든 이들에게 세례를 베푼다. 인간의 상상력을 완전히 압도하는 이 웅대한 자연이 베푸는 세례를 받고 나면 누구나 자연의 아름다움을 전파하는 전도자로 거듭나게 된다. 그동안 닫혀 있었던 오감이 열려 혀에 와 닿는 햇볕의 색깔이, 코를 타고 폐로 들어가는 공기의 결이, 피부를 간질이는 꽃의 향기가 나를 압도한다. 여기에서라면 나를 온전히 버릴 수 있을 것 같다. 자유로의 방기(放棄)가 가능한 땅! 그곳에 다녀온 후 나는 세상으로 귀양 온 이방인이 되고 말았다. 그 빛의 산맥에 다시 발을 들여놓을 은총만을 꿈꾸는.

번역의 노고를 함께 진 이영현 번역가와 이 책의 기획부터 지대한 관심을 가지고 전 과정을 도와준 사이언스북스의 편집부에 감사한 마음을 전한다. 그리고 이 은총의 땅을 같이 순례한 친구, 신두호 교수에게도 깊이 감사한다. 나의 딸 리리와 아들 조은이가 자신들의 아이를 데리고 그곳을 다시 찾을 때까지 햇볕이 사탕소나무 위에서 춤추고 폭포가 힘차게 표호하기를 기도한다.

2008년 4월

김원중

김원중

성균관 대학교 영어영문학과와 같은 대학원을 졸업하고, 미국 아이오와 대학교 대학원에서 박사 학위를 받았다. 현재 성균관 대학교 영어영문학과 교수로 재직 중이며 주로 생태와 환경에 관한 글을 쓰고 있다. 우리나라 시를 영어로 번역하는 작업을 꾸준히 하여 김지하, 정현종, 신경림, 황지우 시선 등 7권의 책을 미국에서 출판하였다. 지은 책으로『브라우닝 사랑시 연구』가 있고, 옮긴 책으로『인디언의 복음』, 『숲에 사는 즐거움』, 『샤갈의 아라비안나이트』, 『샤갈의 다프니스와 클로에』 등이 있다.

이영현

숙명 여자 대학교 수학과를 졸업하고 성균관 대학교 대학원에서 번역학 석사 학위를 받았다. 현재 성균관 대학교 영어영문학 박사 과정에 재학 중이며 전문 번역가로 활동하고 있다.

 자연과 인간 13

나의 첫 여름

1판 1쇄 찍음 2008년 4월 15일
1판 1쇄 펴냄 2008년 4월 21일

지은이 존 뮤어
옮긴이 김원중, 이영현
펴낸이 박상준
펴낸곳 (주)사이언스북스

출판등록 1997. 3. 24.(제16-1444호)
(135-887) 서울시 강남구 신사동 506 강남출판문화센터
대표전화 515-2000, 팩시밀리 515-2007
편집부 517-4263, 팩시밀리 514-2329
www.sciencebooks.co.kr

값 13,000원

한국어판 ⓒ 사이언스북스, 2008. Printed in Seoul, Korea.

ISBN 978-89-8371-538-8 04840
ISBN 978-89-8371-525-8 (세트)